ゾンビの帝国

アナトミー・オブ・ザ・デッド

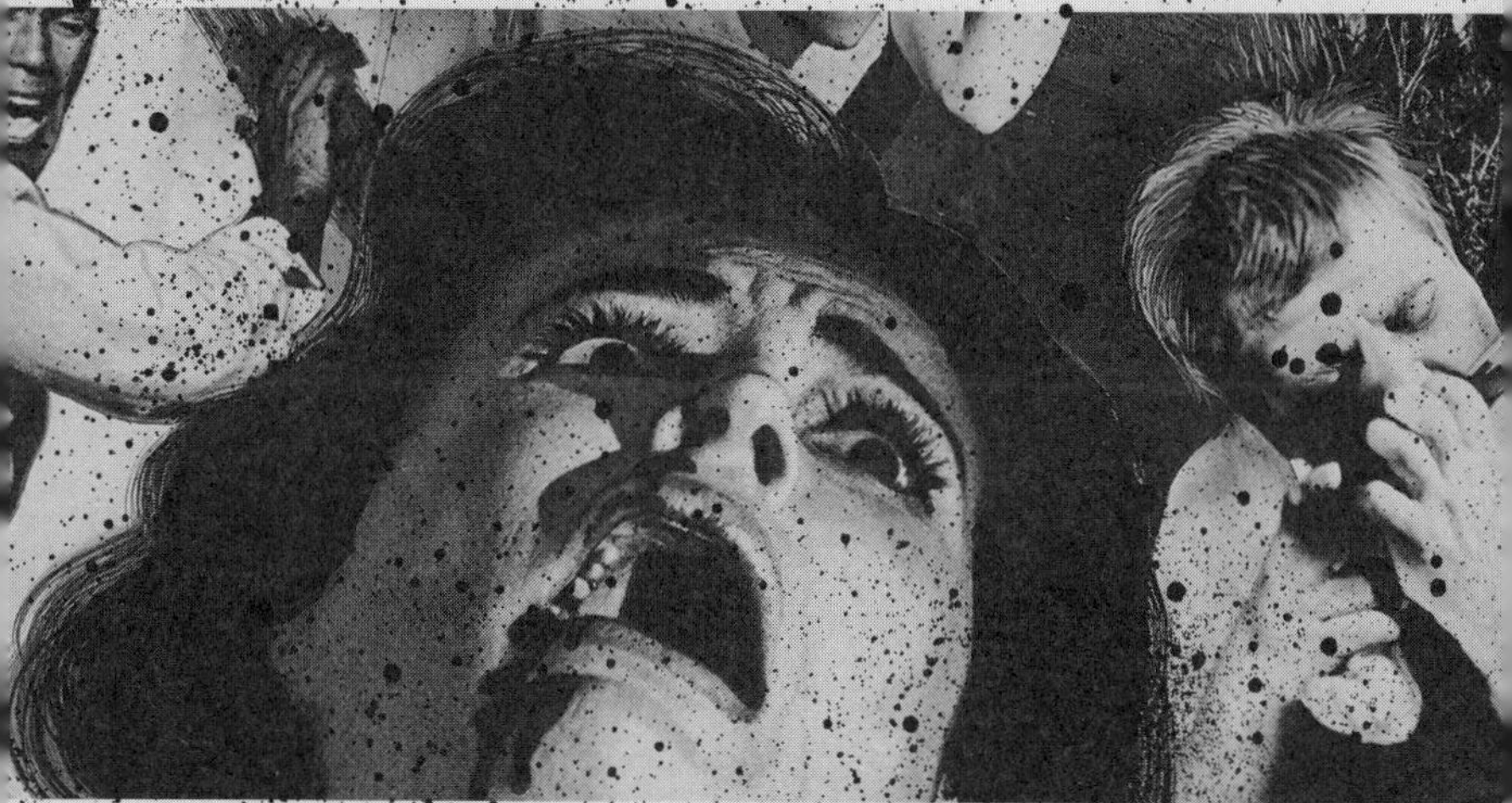

西山智則

TOMONORI NISHIYAMA

THE ANATOMY OF THE DEAD

小鳥遊書房

目次

※註は各章末に付した

まえがき

なぜ、人はゾンビに魅惑されるのか。恐ろしいものを見たい衝動からか。ゾンビが永遠の「生／死」を得ているからか。死ぬまで働かされる我々のような生きた屍だからか。死体を見たいという心理は珍しくない。たとえば、スティーヴン・キング原作の映画版『スタンド・バイ・ミー』は、心に傷のある四人の少年たちが森に死体を見つけにゆく話だった。また河川敷で放置された死体を見つけ、その秘密を共有する若者たちを描く岡崎京子のコミックを二〇一八年に映画化した『リバーズ・エッジ』では、ゲイの山田一郎はこの死体を「宝物」だと呼んでいた。そして、「生きてるか死んでるか、いつもわかんないけど、これを見ると元気がでるんだ」とつぶやいている。生と死の境界線を失ったゾンビは、我々の姿なのだろうか。ゾンビの生みの親ジョージ・A・ロメロの『ランド・オブ・ザ・デッド』の冒頭では、ガソリン・スタンド店員の黒人ゾンビのビッグダディを見た男は「ゾンビと人間には大きな違いがある。あいつらは死人だ。生きているふりをしている」といい、主人公のライリーは「人間も同じだ。生きたふりをしている」といい返す。このセリフは妙に心に響いてくる。荒唐無稽なようで、ゾンビは心の深層をえぐるのだ。

最近、ハロウィンの渋谷ではコスプレがファンタジー系から残忍なゾンビ・コスプレ系に移行し、「死者の行進」が過激化しているという。ゾンビになってしまえば、何も考えなくてよいのがゾンビ・コスプレの魅力かもしれないが、「何も考えなく」とも、ゾンビには何らかの「無意識」がひそんでいる。たとえば、このゾンビ・コスプレに日本の「気持ち悪いけど可愛い」という「キモカワ」文化を見出し、化粧によって「美しく」あることを強要される女たちが、ゾンビ・メイクによってあえて「醜く」なるという社会的抑圧からの解放が指摘できるという〔岡本 二〇一七年(2)〕。本書はこの「無意識」とゾンビを解き明かそうとするものだ。次々に衣装を着脱してキャラクターに変身してゆくコスプレは、もはや「同一」のものではない「自己同一性《アイデンティティ》」の「流動性」を表している。『ワールド・ウォーZ』でイスラエルの分離壁を乗り越えるゾンビは「液体」のようだった。ゾンビは時代を表象する。二〇世紀初頭にアメリカが植民地化したハイチから流れてきたゾンビは、アメリカ生まれのアメリカ育ちで「アメリカン・ゴシック」の生粋の子供である。ゾンビを産業化したアメリカは「ゾンビの帝国」である。ゾンビは「グローバル・ゴシック」として世界を飲み込んだ。カイル・ウィリアム・ビショップの二〇一五年の研究書『いかにしてゾンビはポピュラーカルチャーを征服したのか』のタイトルが示すように、大英帝国に侵入したドラキュラでさえ果たせなかった世界制覇を、ゾンビは成し遂げたのではなかろうか。

火葬のために死体の文化が希薄だった日本においても、ゾンビはすっかり定着した。スマートフォン向けゲームアプリ『ねこあつめ』は人気を集め、『ねこあつめの家』として二〇一七年に映画化された。行き詰まっている新人作家の佐久本勝が暮らし始めた家に、猫がどんどん集まってくるヒューマンドラマだが、映画の最初に編集者は佐久本勝に「主人公がゾンビになるっていう話」を勧め、「まだ半分以上連載が残っているので、ここらでドカーンと山をつくらないと」と述べるのは、気になるところである。とにかくゾンビが登場すれば本が売れる。たしかに、ゾンビ研究書の出版もなかなか盛況だ。ジョージ・A・ロメロが死去した二〇一七年、日本だけに限っても、岡本健の社会学的研究『ゾンビ学』（人文書院）、ロジャー・ラックハーストのゾンビ文化史研究『ゾンビ最強完全ガイド』（エクスナレッジ）、藤田直哉のカルチュラル・スタディーズ『新世紀ゾンビ論――ゾンビとは、あなたであり、わたしである』（筑摩書房）、伊東美和・山崎圭司・ノーマン・イングランドほかの『ジョージ・A・ロメロ――偉大なるゾンビ映画の創造者』（洋泉社）、伊東美和・山崎圭司・中原昌也の『ゾンビ論』（洋泉社）などが続々と刊行されたのである。

とにかく、ゾンビを扱った本が増えている。同じく二〇一七年に出版されたさくら剛の『（推定3000歳の）ゾンビの哲学に救われた僕（底辺）は、クソッタレな世界をもう一度、生きることにした』（ライツ社）は、古代ギリシア時代から生き（死に）続けたゾンビに救われた主人公ひろが、このゾンビ先生から、ソクラテス、デカルト、ニーチェ、ソシュールなどの哲学を学んでゆく対話形式の哲学解説書である。「おまえは物理や数学を『哲学とは別のもの』として考えているが、そもそもそれらの学問は、すべて同じものだったんじゃよ。最初は物理も化学も数学も、哲学だったんじゃよ」と、ゾンビ先生は語る〔四〇頁〕。そして「ろくに働かずとも、ギリシア人は奴隷のおかげで生活には不自由せん……人間は生活が満たされると、心の余裕もできてくるものじゃ。古代ギリシアでも……『人生とはなにか』『善く生きるためにはどうすればよいか』というような込み入ったことを考えるようになったのじゃ」と、哲学の誕生について教えてくれるのだ〔六〇―六一頁〕。対話式の哲学入門書はこれまで無数にあったが、「人間は牛や豚を食べるのに、なぜゾンビが人を食ってはいかんのじゃ」と、ソクラテスらと同じ時代を生きたゾンビが問いかけ、哲学をわかりやすく教えてゆく点が目新しい。

こうした問いは、かつて、たとえば、ハーマン・メルヴィルの『白鯨』において、人喰い人種クィークエッグとベッドを共にした語り手イシュメールが発していたものだ。第六五章「美味としての鯨」では、「土曜の夜、肉市場に行ってみればよい。無数の二本足の群れが、四本足の屍の列を眺めているではないか。それは人喰い族でも震撼する光景ではないのか。だが、人喰い族とは何か。だれが人喰いでないというのか。フィージーの原住民にとって、飢饉にそなえ宣教師を穴蔵で塩漬けにするほうが、グルメを気取る文明人が地面に釘付けにしたガチョウの肝臓をフォアグラとして食べるよりも、最後の審判の日に罪が軽いのではないだろうか」と、イシュメールは相対化された視点の問いを投げかけていた〔三三七頁〕。ところが今では、本を売るために、ゾンビが同じように問うのである。映画、アニメーション、小説、ゲームと、ジャンルの境界線を超えて、ゾンビ現象はすでに世界を包んでいる。ここで、再び問うことにする。なぜ我々はゾンビに熱狂するのか。無数の領域を「ハイジャック」して、ゾンビはその時代へ「適応《アダプテーション》」を繰り返し、「進化」してゆく。本書では「世界的感染《パンデミック》」を見せているゾンビの歴史を二〇世紀初頭からたどってゆきたい。そして、その問いに答えたい。

ゾンビは、一八〇四年に奴隷の蜂起で初の黒人共和国として独立したハイチなどのヴードゥー教の産物である。この国は秘薬を使ってゾンビを生産するとされた。このゾンビの謎に魅惑されたのがラフカディオ・ハーンやゾラ・ニール・ハーストンやウィリアム・シーブルックらの作家たちである。そして、映画監督Ｄ・Ｗ・グリフィスや米国小説家Ｈ・Ｐ・ラヴクラフトはゾンビ映画の礎を築いている。二〇世紀初頭にハイチはアメリカの統治下にあり、一九三〇年代から『ホワイト・ゾンビ』『私はゾンビと歩いた！』など、奴隷制を連想させるヴードゥー・ゾンビ映画が製作されだした。やがて一九六八年からロメロは三部作『ナイト・オブ・ザ・リビングデッド』『ゾンビ』『死霊のえじき』の製作を開始し、ヴードゥー教の奴隷としてのゾンビを新たに変革し、アメリカの人種問題、消費主義、右翼化を描いた。また『ランド・オブ・ザ・デッド』では同時多発テロの問題に挑んだのである。同時多発テロ後には、テロリストのように素早く「走るゾンビ」と並んで、時代への「適応《アダプテーション》」として、「ゾンビとの共生」を模索する物語がでてくる。現代ゾンビは八〇年代のビデオという「媒体《メディア》」が誕生させたものだが、テロに関する映像が溢れPOV映画が流行する現在、ロメロは彼唯一のPOV映画『ダイアリー・オブ・ザ・デッド』で記録への欲望を風刺し、真実を映すはずの映像の欺瞞を見せつけ、ポスト・トゥルース時代のメディアを考え直そうとしたのである。本書はこうしたゾンビの表象を「解剖《アナトミー》」することで、その裏に隠れた言説を浮きあがらせることを望んでやまない。

序章　ゾンビ映画研究ことはじめ——生きる屍は何を生き返らせるのか

1　はじめに——ゾンビの文化史

死去した愛おしい人の甦りを願うのは人の常だ。ギリシア神話の「オルフェウスの冥界下り」を思いだしてみればよい。オルフェウスが死んだ妻を連れ戻しに冥界へと向かうが、振り向くなという禁を破ったがために、妻は黄泉の国に帰ってしまう。「オルフェウスの冥界下り」は数々の「翻案《アダプテーション》」がなされてきたが、「イザナギの冥界下り」では見るなという禁が破られて、イザナミは蛆の涌いた恐ろしい死者の姿を露わにする。恐怖の女への変身は男が女に抱いている潜在的な恐怖を表している。「オルフェウスの冥界下り」は時代への「適応《アダプテーション》」を果たして、ゾンビ映画に「進化」している。ジェフ・ベイナ監督の『ライフ・アフター・ベス』（二〇一四年）は、主人公の男のもとに死んだ恋人ベスが復活するが、次第に凶暴なゾンビになってゆくコメディである。死者を再生させたい欲望。ゾンビはそれに答えてくれる。[1] 本章では、まずゾンビ映画の歴史を概観した後、映画の誕生時より存在した列車の恐怖をたどり、『新感染　ファイナル・エクスプレス』（二〇一六年）が列車事故という古びたスペクタクルを再生させたことをみてゆく。そして「アダプテーション研究」に依拠して、多くの文学が時代への「適応《アダプテーション》」を通してゾンビものとして「再生」していることを確かめる。さらに『高慢と偏見』と『鏡の国のアリス』というイギリス文学の古典が『高慢と偏見とゾンビ』『バイオハザード』になっていかに劣化／進化しているかを考え、オリジナルとコピーの区分が揺らいだ時代に、ゾンビが二項対立的な思考を超えるメタファーとなったことを示したい。

＊

世界を震撼させた二〇〇一年九月一一日の同時多発テロ以後、『バイオハザード』（二〇〇二年）をきっかけにして、一九九〇年代には少し息をひそめていたゾンビ映画が再流行し、「ゾンビの新時代」が始まっている。二〇〇六年頃からようやく同時多発テロを題材にした映画が製作されだすが、ゾンビ映画はそれを商魂逞しく「ハイジャック」するのだ。たとえば、ポール・グリーングラス監督の『ユナイテッド93』（二〇〇六年）は、ハイジャックされた四機のジェット機のうちユナイテッド航空の九三便だけが三三人の乗客の抵抗で、標的のホワイトハウスに達せず、ペンシルヴァニア郊外に墜落したことが忠実に再現された。そして、その翌二〇〇七年には、そのゾンビ版として、乗客がジェット機を乗っ取ったゾンビたちと死闘を繰り広げるスコット・トーマス監督の『デッド・フライト』が製作されるのである【図1】。また、マルティン・ギギ監督の『ナインイレヴン——運命を分けた日』（二〇一七年）は、ワールド・トレード・センター北棟のエレベーターに男女五人が閉じ込められ、夫（チャーリー・シーン）の自己犠牲によって妻が救出される人間ドラマだが、すぐ後に、主人公がゾンビの暴れるビルでわずかに開いたままのエレベーターに閉じ込められるダニエーレ・ミシシチア監督の『デス・フロア』

【図1】ゾンビ映画の9.11映画のハイジャック

（二〇一七年）が、閉所恐怖を取り込んだゾンビ版として公開される(2)。ゾンビ映画はなかなかの適応力をもっている。また、同時多発テロ以後の世界がゾンビ映画でどう表象されているかは、第六章に譲りたい。

テロがやまないこの「恐怖《テロ》の世紀」に、汎用性逞しいゾンビは世界に蔓延している。藤田直哉は「虚構と現実」が混濁しフェイク・ニュースやデマで「情動」が操作されるポスト・トゥルースの政治状況は、ありえないことを現実だと思わせるために、「現実」と「虚構」を交差させる技法を洗練させてきたホラー映画と無縁ではないという。「侵略」「壁」「生存」などをキイワードに、「まるでゾンビ映画のような想像力を異民族や異文化に対して用いはじめ、行動する人たちが現実に出てきている」とする［二〇一八年 五一頁］。こうした報道の問題を『ダイアリー・オブ・ザ・デッド』（二〇〇八年）がどう扱ったのかは、本書第七章において論じたい。また、本書最終章は、大衆の「情動」を扇動しうまく操るポスト・トゥルース時代のトランプが大統領に選出されたことで、『IT／イット――〝それ〟が見えたら、終わり。』と『シェイプ・オブ・ウォーター』という対極の立場の映画史に残る怪物映画が二〇一七年に誕生したことについて考える。なぜ前者がかくも大ヒットしたのか。なぜ後者がかくも批評家の評価が良かったのか、これに答えることを課題にしている。

ゾンビ研究の時代が到来している。『アメリカン・ゾンビ・ゴシック』（二〇一一年）において、カイル・ウィリアム・ビショップは「ゾンビ・ルネサンス」という言葉をつくりだした［一二頁］。また、ビショップは「もうゾンビの研究者はこそこそ陰に隠れたり、ゾンビ研究をすることについて美辞麗句を並べて正当化する必要はなくなった」とも主張している［二〇一五年 一頁］。有名なフェミニストのダナ・ハラウェイの「サイボーグ宣言《マニフェスト》」は一九八五年のことだが、ハラウェイは機械と身体の区分を撹乱するサイボーグを「ポスト・ヒューマン」の規範と考えて、男と女を分けてきた境界線を揺るがそうとしていたのである。さらに、二〇〇八年には学術誌『バウンダリー2』において、「ゾンビ宣言《マニフェスト》」という論文が掲載されている〔ローロ〕。主体／客体の区分を破壊し、従来の概念を転覆させようとする「ポスト・ヒューマン」のモデルとして、今度はゾンビが、サイボーグに取って代わったのは興味深い。生と死の区分もなく「個」を失い「主体」であることを止めたゾンビが、サイボーグがもちだされるのである。

しかしながら、すでに一九八九年の日本では、面白いことに、社民党の土井たか子議員によって実際に奇妙な「ゾンビ宣言《マニフェスト》」が宣誓されていた。ジョージ・A・ロメロ監督の『ナイト・オブ・ザ・リビングデッド』（一九六八年）の後日談的映画で、この映画のゾンビを保存した容器が発見されるというダン・オバノン監督の『バタリアン』（原題「リターン・オブ・ザ・リビングデッド」）が一九八五年に大ヒットしていた。そして、「軍団」を意味する邦題『バタリアン』をもじって、中年女性《オバサン》のふるまいを風刺する堀田かつひこの四コマ漫画『オバタリアン』もまたブームになっていた。『オバタリアン』の第一巻の裏表紙では「オバタリアン症候群」を「一九六〇年あたりから猛威を振るうようになった、女性特有の奇病。感染することからウイルス説もあるが、原因は不明で、効果的な治療法は未だに発見されていない。ずうずうしくなる、羞恥心はなくなる、自分を正当化するなどの独特の症状がみられるが、決して死んだりなんかしない」と、ゾンビの隠喩のように定義している。この流行語を使って全国女性議員団結成総会において「私はオバタリアンだ」と宣言した土井たか子議員の挨拶は、『月刊社民党』（一九八九年）の四〇七号では、「オバタリアンのパワーで日本を変えよう」という「オバタリアンの反乱」という記事となり、その年の衆議院選で社民党のマドンナ議員が多数当選したのである。

もともとゾンビは黒人奴隷がアフリカから西インド諸島のハイチにもち込んだヴードゥー教の伝説である。一八〇四年に奴隷革命によって独立し、世界最初の黒人共和国になったハイチは、アメリカに最も近い脅威の秘境だった。英語圏で最初に西インド諸島のゾンビを紹介したのは、第一章で論じるラフカディオ・ハーンだが、それは精霊に近いものであった。そして、精霊ではなく死者が生き返るゾンビが最初期に登場したのは、ヴードゥー教とゾンビを扱う本書第四章で考察するように、ウィリアム・シーブルックのルポルタージュ『魔法の島――ハイチ』（一九二九年）においてである。一九一八年に人手不足のアメリカ系企業ハスコーの砂糖工場でゾンビが奴隷として働かされていたという話が収集され、シーブルックも働くゾンビを目撃している。この一九一八年から百年の間にゾンビは著しい「進化」を遂げた。世界最初のゾンビ映画はヴィクター・ハルペリン監督の『ホワイト・ゾンビ』（一九三二年）で、ゾンビマスターの魔術によって操られ、農場で奴隷のように働かされるゾンビたちが誕生する。大不況の時代に生まれた「ウォーキング・デッド」ならぬ「ワーキング・デッド」。それは、ファイドと呼ばれる首に縄のついたペット・ゾンビが登場する『ゾンビーノ』（二〇〇七年）、ヴィクター・フランケンシュタインの蘇生技術によって屍者が労働力にされる伊藤計劃・円城塔のSF小説を映画化した『屍者の帝国』（二〇一五年）などに継承されている。

『ホワイト・ゾンビ』のヒットによって、三〇、四〇年代に『月光石』（一九三三年）『私はゾンビと歩いた！』（一九四三年）『死霊の漂う孤島』（一九四一年）『ヴードゥーマン』（一九四四年）など、ゾンビ映画が十本ほどつくられた。だが、我々の知るゾンビはまだ現れない。五〇、六〇年代は、放射能汚染や東西冷戦の影響によるSF映画ブームを迎える。『黒い蠍』の巨大サソリや『放射能X』の巨大アリなどの巨大生物による動物パニックもの、赤い共産主義を表象した『絶対の危機』の赤いアメーバや『宇宙戦争』の火星人など、エイリアンものが量産されるが、ゾンビ映画は多くはない。エイリアンがゾンビを使って侵略を企む鬼才エド・ウッド監督の『プラン9・フロム・アウタースペース』（一九五九年）、幽霊のメイクがゾンビ映画に影響を与えたハーク・ハーヴェイ監督の驚愕のどんでん返しのホラー『恐怖の足跡』（一九六二年）、ヴードゥー教によって奴隷にされたゾンビが鉱山で働くハマー・フィルムの『吸血ゾンビ』（一九六六年）と、ホラー映画史に残る作品は僅かである。そしてようやく一九六八年、生き返った死体が人間を食べる「現代的ゾンビ」が生み落とされる。ジョージ・A・ロメロ監督の『ナイト・オブ・ザ・リビングデッド』（以後『NOTLD』と略）の登場である。

兄と一緒に父親の墓参りに墓地を訪れたバーバラは死人に襲われ逃げだし、黒人の主人公ベン、白人家族、白人カップルと一緒に窓や扉に板を張って農家に閉じこもる。ゾンビ映画では「籠城する人間たちをゾンビが襲う」という「侵略物語《インヴェージョン・ナラティヴ》」が主流である。この構図は、本書第三章で論じるように、D・W・グリフィスの『国民の創生』（一九一五年）において、南北戦争後解放された黒人の集団に包囲された白人たちの危機が描かれて以来、西部劇のインディアンに襲われた騎兵隊の砦や動物に襲われた家などに形を変えて、映画史上で反復されてきた。主人公の黒人が白人のゾンビたちに包囲される『NOTLD』は、『国民の創生』を反転させた「陰画《ネガ》」にほかならない。同じパターンが「反復《リメイク》」されるのを人間は好んで鑑賞するものだ。ゾンビ映画を大きく分類すれば、『ホワイト・ゾンビ』からこの『NOTLD』の一九六八年までを第一期、一九六八年から同時多発テロ前までを第二期、二〇〇二年の『バイオハザード』から現在までが第三期ということになろう（巻末の年表参照）。こうした意味で二〇一八年は「現代的ゾンビ生誕五〇周年」だった。そして皮肉なことに、二〇一七年七月一六日にゾンビ映画の創始者ジョージ・A・ロメロは、肺がんのために七七歳で亡くなったのである。

だが、ゾンビ映画評論家の伊東美和のインタビューにおいてロメロは、ゾンビは「自分の子供ではないような気」がして、「ゾンビ映画の父」としての実感もないことを告白している。「『ナイト・オブ・

ザ・リビングデッド』を撮ったときは、こんなことになるとは予測もしていなかった。あの映画に出てくるクリーチャーにしたって、いわゆるゾンビを描いたつもりはなかった。ゾンビは本来、ハイチのヴードゥー司祭の作るものだろ。私が本当に描きたかったのは、この世界を一変させるような大災害についてであって、それを体験する人々が事態を把握できずに、いままで通りのやり方を貫こうとしてあがく姿だった。新しいモンスターを生み出してやろう、なんて考えはこれっぽちもなかったよ」〔伊東 二〇一一年 三〇―三一頁〕。しかしながら、本書第五章で論じるように、続いて『ゾンビ』（一九七八年）『死霊のえじき』（一九八五年）の三部作を完成させたロメロは、やはり「ゾンビ映画の父」にほかならない。『NOTLD』では「ゾンビ」という名ではなく、「やつら（them）」「暗殺者（assassins）」「殺人犯（killers）」「もの（things）」「グール（ghouls）」などと呼ばれた歩く死体たちは、わずか半世紀の間に世界に「世界的感染《パンデミック》」を見せ始めたのである。ロメロの現代的ゾンビが偶然の産物だったのは少々皮肉だが、ゾンビは二〇世紀初頭の文化が生み落とした怪物であり、都市の地下にひそむ近代的「グール」をゾンビの原型として誕生させたのが、本書第三章で扱うH・P・ラヴクラフトなのである。

2 ゾンビとは何か——『新感染 ファイナル・エクスプレス』と銀幕を通勤するスペクタクル

そもそもゾンビとは何なのだろうか。ケビン・ブーンはゾンビを「ゴーストゾンビ、心理的ゾンビ、テクノゾンビ」など九タイプに分類したが、ゾンビの定義は難しい。たとえば、原発事故の放射能で皮膚のただれた人間たちが血を飲み、頭を破壊されれば死亡するウンベルト・レンツィ監督の『ナイトメア・シティ』（一九八〇年）はゾンビ映画として扱われることが多いが、凶暴化した人間はナイフやマシンガンを扱い走りまくっている。ニック・マンティーンはゾンビに原爆被爆者のイメージを指摘しているし［九〇頁］、(3)『NOTLD』では金星探査の人工衛星爆発による放射能の影響がニュースでゾンビ発生の原因だと疑われており、一九五七年、ソ連に人工衛星打ち上げで先を越された「スプートニク・ショック」の影響も指摘できるように、ゾンビと放射能の関係は浅くない。だが、『ナイトメア・シティ』の「これはゾンビですか」。殺害された相川歩が魔術でゾンビとなり、女装した魔法少女として敵と戦うという木村心一のライトノベル『これはゾンビですか？1　はい、魔法少女です』（二〇〇九年）のタイトルは、ゾンビの定義を撹乱するゾンビの流動性を示唆している。

それではゾンビ映画の魅力は何なのか。まずさまざまなゾンビが鑑賞できることだろう。たとえば、二〇一四年に始まったテレビドラマの『Zネーション』では、鼠ゾンビ、フランケンシュタインゾンビ、植物ゾンビ、シャム双生児ゾンビなど、奇想天外なゾンビが多数登場してじつに楽しい。リンカーンのコスプレをした人々がゾンビになったリンカーンゾンビもでてくるが、「フォース・シーズン」では、前大統領や中国系女性現大統領がゾンビの大統領になって登場する。また、観客は登場人物と共にゾンビをいろいろな方法で破壊する快感を体感できる。(4)西部劇や戦争映画では、敵がインディアンやナチスであっても爽快に殺戮を味わえないが、ゾンビ映画では、ゾンビが人間でないために、人体破壊を躊躇なく楽しめる。『バイオハザード』のようなシューティング・ゲームが発売されるのは不思議ではない。オラフ・イッテンバッハ監督の怪作『新ゾンビ』（一九九八年）では、破壊されたゾンビの数が最後に一三九人とカウントされる。また、人間の「戯画《カリカチュア》」であるゾンビ映画にはコメディが多いのも頷けよう。『ゾンビ』を見事にパロディしたエドガー・ライト監督の『ショーン・オブ・ザ・デッド』（二〇〇四年）、

『ワールド・ウォーZ』（二〇一三年）が第一位のゾンビ映画北米興行収益第三位に輝くルーベン・フライシャー監督の『ゾンビランド』（二〇〇九年）、老人とゾンビの歩き方をパロディにしたマティアス・ハーネー監督の『ロンドンゾンビ紀行』（二〇一二年）のように、傑作も少なくない。凄惨な死体のシーンを笑いでカモフラージュするゾンビ映画は、「人間いつかは死ぬんだよ」と、死を笑い飛ばす治療薬にもなっている。

ゾンビ映画には、禁断の森でキャンプしてセックスに明け暮れる若者たちが罰として殺される『一三日の金曜日』シリーズのように、いいつけに背いて森に入り、狼に襲われてしまう「赤頭巾」的な性の戒めはさほど匂わない。むしろ、幼児期に禁じられた噛みつきたい欲望、愛する相手を食べたいカニバリズムを躊躇なくゾンビは代行する。アンドレア・ビアンキ監督の『ゾンビ3』（一九八一年）がカルト映画として名高いのは、ゾンビになったマザコン息子が母親の乳房を喰いちぎるクライマックスのためだろう。乳房への欲望は人間が幼児期に禁止される最初期の禁であるが、ゾンビ映画はタブーを楽々と越えてゆく。むろんホモセクシュアルのゾンビ映画も存在する。ガス・ヴァン・サント監督にも影響を与えたブルース・ラ・ブルース監督のゲイゾンビポルノ映画『オットー――アップ・ウィズ・デッド・ピープル』（二〇〇八年）では、自分探しをするかのように、街をさまよっているゾンビのオットーが最終的にはゾンビ映画『アップ・ウィズ・デッド・ピープル』に出演するようになるというものだが、ゲイゾンビたちのセックスが描かれる。ゾンビが相手のゾンビの身体の傷にペニスを突っ込むシーンもあり、「セックス」と「死」という「エロスとタナトス」を垣間見せる。

『バタリアン』では葬儀社の地下でゾンビたちが生き返るが、その近所の墓場ではパンクの女性が、最も恐ろしい死に方とは、大勢の老人に生きたまま貪り食われることだと、マスターベーションをしながら語りだす。その後彼女はストリップを踊るが、結末にゾンビに喰いちぎられて「エロスとタナトス」を体現することになる。ゾンビ映画にはほとんどタブーがないといってもよく、億面もなく「死体愛好症《ネクロフェリア》」ですら描かれる。『ホワイト・ゾンビ』では、魔術師によって意思のないゾンビにされた新妻マデリンが横恋慕する男に手渡されていたが、ジョン・ギリング監督の『吸血ゾンビ』でも、鉱山でゾンビを働かせる地主ハミルトンによってヒロインのシルヴィアは魔術をかけられ、死体のように祭壇に寝かされキスをされる。女の身体が男のために抵抗できないゾンビにされてしまうこれらの姿は、物いわぬ死体を思うがまま弄びたいという「死体愛好症《ネクロフェリア》」に接近している。マーセル・サーミエントとガディ・ハレル監督の『デッドガール』（二〇〇八年）では、廃墟の病院に監禁されていたゾンビの女を性の玩具にしている二人の少年が登場している。究極はホリユウスケのオムニバス・コミック『デリバリー・オブ・ザ・デッド』（二〇一八年）で、「ワーキング・デッド」としてデリヘルで派遣される風俗ゾンビと人間のドラマが描かれる。

伊東美和の『ゾンビ映画大事典』（二〇〇三年）は、一九三二年の『ホワイト・ゾンビ』から二〇〇二年の『バイオハザード』まで、三五〇本のゾンビ映画を解説している。七〇年代では感染する怪物といえば吸血鬼だったが、現在、ゾンビ映画の数は吸血鬼映画の数を追い抜いた。『ゾンビ映画大事典』の続編が『別冊映画秘宝　ゾンビ映画大マガジン』（二〇一一年）であり、『バイオハザード』以後から二〇一〇年までの約三〇〇本を紹介している。ゾンビの本場カリブ海においても二〇一一年にキューバ初のゾンビ映画『ゾンビ革命――ファン・オブ・ザ・デッド』がつくられたように、「グローバル・ゴシック」としてゾンビ映画が世界じゅうで製作されている。日本では『パキスタン・ゾンビ』『ギリシャ・ゾンビ』『インド・オブ・ザ・デッド』のように、製作された国の名前を映画につけ、二〇一三

【図2】映画史で繰り返される列車の転覆シーン

年にヒューマントラストシネマ渋谷の企画「ゾンビ・オリンピック」においては、イギリスの『ビフォア・ドーン』、カナダの『アンデッド・ウェディング』、オランダの『ゾンビ・クエスト』、日本の『レイプゾンビ2・3』の四カ国のゾンビ映画を集めた「ゾンビ・オリンピック」という上映会も行なわれた。そして、二〇一六年には、ゾンビ映画が当たらないはずの韓国映画でも、高速鉄道でゾンビ・パニックが勃発するヨン・サンホ監督の『新感染 ファイナル・エクスプレス』が大ヒットを記録する【図2】。

森茂起の『トラウマの発見』（二〇〇五年）によれば、一八四二年にパリ―ヴェルサイユ線路で死者五三人をだした列車事故が起こり、その事故についての一八六六年の英国外科医ジョン・エリクセンの論文「神経系の鉄道事故および他の原因による障害について」が最初のトラウマの記録だという〔一九一五〇頁〕。鉄道による物理的移動は当時の乗客に不安を与え、そのいっぽうで振動のリズムは身体への快感であっただろう。『モダニティの夢――精神分析・映画・文学』（二〇一四年）の二章「エディプス・エクスプレス」や三章「鉄道旅行と読書」において、ローラ・マーカスは、フロイトの精神分析や鉄道やセンセーショナル・ノベルを論じる。一八七〇年代に猛スピードの列車内部において、窓の外の風景から切り離されることに不安を感じた観客は、列車内でセンセーショナル・ノベルや探偵小説を読むことで、その恐怖を緩和し、快楽として消費してゆくという。トラウマと列車とホラー文学は初期から結びついていたのである。鉄道を使った探偵小説は探偵ポワロが活躍するアガサ・クリスティーの『オリエント急行殺人事件』（一九三四年）が有名であり、一九七四年に豪華キャストでシドニー・ルメット監督が映画化したが、クリストファー・リーとピーター・カッシング主演の『ホラー・エクスプレス――ゾンビ特急地獄行き』（一九七二年）は、満州で発見された怪物の死体をヨーロッパに運ぶ大陸横断特急で謎の連続殺人が起こる物語で、ゾンビ版『オリエント急行殺人事件』と宣伝されていた。

そもそも、映画とは観客の心をスクリーン内部に運ぶ乗り物であり、最初の映画とされるリュミエール兄弟監督の『ラ・シオタ駅への列車の到着』（一八九五年）以来、列車と映画はその始まりから深い関係で結ばれていた［加藤 二〇〇一年 一一五―一七一頁］。駅に入ってくる列車を見た観客は思わず逃げだしたとされるが、長谷正人が検証するように、じつに多くの新聞や雑誌にこの出来事が記されている。また、ロバート・ポール監督の『田舎者とシネマトグラフ』（一九〇一年）では踊り子のダンスの後に画面に現れた列車を見て観客が逃げだすというシーンが展開し、エドウィン・S・ポーター監督の『映画ショーにおけるジョシュおじさん』（一九〇二年）というそのリメイク映画さえ製作されたのだから、神話だとして片づけることはできない。むしろ、映像の列車を本物だと思い込んだ人間はいなかったとしても、現実そのものだと表現したくなるほどの衝撃だったことに注目したほうが良い。一九〇四年の七月から九月までの鉄道事故の死者は四一一人にも及び、数々の列車事故を新聞や雑誌で知っていた観客は「鉄道恐怖症」を共有していたという［長谷 三八―六〇頁］。一八五〇年代に鉄道事故の後遺症は、「身体的」な脊椎の損傷などだったのが、一八八〇年代には「精神的」なトラウマに変わっていた［カービー 五八頁］。こうした恐怖を緩和するためか、一八九六年のテキサスを皮切りに、アメリカ各地では機関車を衝突させるショーが各地で行なわれていた。いわば恐怖のエンターテインメント化だ。

最初のアメリカ映画とされるエドウィン・S・ポーター監督の『大列車強盗』（一九〇三年）では、強盗団が列車を奪うわけだが、ポーターは早くも一九〇四年に機関車の正面衝突を撮影した『鉄道事故』

を製作している。また一九二六年、北軍に奪われた恋人を乗せた機関車を喜劇王バスター・キートンが追跡する喜劇活劇『キートンの大列車追跡』では、機関車が橋の下へ落下する。映画誕生と共に列車は恐怖の装置であり、奪われ続けてきたのである。映画の初期から、新幹線に八〇キロ以下になると爆発する装置が取りつけられ、身代金が要求される高倉健主演の『新幹線大爆破』（一九七五年）や、人工衛星の操作装置をつんだ列車がテロリストに乗っとられ、ペンタゴン地下の原子炉の破壊が予告されるスティーヴン・セガール主演の『暴走特急』（一九九五年）と、強奪された列車は文字通り「暴走する」科学の姿を視覚化してきた。『カサンドラ・クロス』（一九七六年）でも、保菌者ゲリラのために列車内の乗客に感染が広がり、荒廃した鉄橋カサンドラ・クロスから列車が落下するように、列車の転覆シーンは映画史を勤勉に「通勤する」古びたスペクタクルである。列車の転覆をクライマックスに見せつける『新感染 ファイナル・エクスプレス』は、ゾンビを絡めることで、「死んだ」はずの列車パニック映画を「再生」させたのである。まったくゾンビにふさわしい。

3 エドガー・アラン・ポーとゾンビ映画——生きる屍の時代への「適応《アダプテーション》」

最古の本として聖書は多くの文学の原型となるが、イエスの復活という奇跡を含んだ聖書には、マイケル・J・ギルモアが示すように、ゾンビ的テーマが散見される。東雅夫は「ラザロの裔《すえ》——生きる《リビング・》死者《デッド》たちの文学誌」で「世界で最も有名な生ける死者とは誰か」という問いに、『新約聖書』「ヨハネの福音書」において、病没後四日目にイエスの祈りによって墓布で包まれたまま甦ったラザロだと答えている［六八頁］。死者の復活は人々の関心を呼び続け、ラザロの物語の「翻案《アダプテーション》」は無数に存在する。ロシア作家のレオニード・アンドレーエフの翻案小説「ラザルス」（一九〇六年）では、最初は奇跡の復活を喜ばれたラザルスが、醜悪な水ぶくれをした姿と虚無を突きつける瞳にやがて人々が嫌悪を示し始め、追放されてしまうのである。水木しげるの「大人物」（一九六三年）は、ある男が長年研究した秘伝の粉で西郷隆盛を甦らせるものの、困り果てて消し去る短編漫画だが、これもまた「ラザロの裔《すえ》」だろう。

東雅夫は英国怪談の古典W・W・ジェイコブズの「猿の手」（一九〇二年）を「世界中で最も人口に膾炙したゾンビ・ホラー小説」だという〔六八頁〕。三つの願いを叶える猿の手に二百ポンドを求めた家族は、息子の事故死の保険金としてその金を手に入れる。息子の死を悼む母が息子の復活を猿の手に願うと、ドアにノックの音が響いてくる。だが、甦った死者を恐れた父親は、息子を墓場に戻してくれと、三番目の願いを求める。すると扉のノックは消え、外には何もなかった。死者が墓場から帰ったのか、それとも、ノックはただ風の音だったのか。ゾンビの登場しない「猿の手」は、父が交通事故死した息子をペットの霊園の力を借りて再生させるスティーヴン・キングの『ペット・セマタリー』（一九八三年）のような小説に継承される。また、後に『ゾンビ』に出演して特殊メイクも担当した実力者トム・サヴィーニの最初の仕事は、ベトナムで戦死した息子が血液を必要とする吸血ゾンビになって帰還してくるボブ・クラーク監督の『デッド・オブ・ナイト』（一九七四年）であり、それは「猿の手」の「翻案《アダプテーション》」である。(5) トム・サヴィーニはベトナム戦争の戦場カメラマンであり、戦場の死体を実際に「カメラ越し」に目撃し、ゾンビのような無気力な帰還兵になって帰国していた。『ゾンビ』で嬉々としてゾンビの殺戮を楽しんだサヴィーニは、特殊メイクによって死を擬態することで、ベトナムの「現実」をゾンビ映画という「虚構」に置き換えて再生したのである。

横山孝はキングの小説『ペット・セマタリー』の映画版において、墓場の魔力で死骸から甦る黒猫とポーの「黒猫」(一八四三年)を比較しているが、ポーの文学にはゾンビという言葉こそ登場しないものの、甦る死美女たちで溢れている。[6] たとえば、「アッシャー家の崩壊」(一八三九年)において、兄ロデリックに生き埋めにされ、嵐の夜に棺を破って兄のもとに帰ってくる妹マデリンは、復讐を遂げるゾンビさながらである。「息が切れた」状態が実際に起こって死んだと間違われ、「生きていながら、死者の資質をそなえ、死んでいながら、生者の特徴をもつ」[六三頁]というゾンビのようになったラコブレス氏を描く「息の喪失」(一八三二年)、生き埋めの恐怖にとり憑かれた男がそれを克服するさまを描く「早すぎた埋葬」(一八四四年)など、生きた死体になることをポーは執拗に描き続けた。また「ライジーア」(一八三八年)では、石棺が置かれた東洋風の部屋で、新妻ロウィーナの体を借りて包帯を振りほどいて甦る先妻ライジーアは、女ミイラを連想させる。一七九九年のロゼッタ・ストーン発見によってエジプト熱がアメリカに到来していたころ、電流を流されたミイラが再生し、エジプト文明とアメリカ文明を対比させる文明批判論「ミイラとの会話」(一八四五年)もポーは書いている。

死者が生き返る話以外にも、古びたアッシャー館という「小世界」が沼に沈む「アッシャー家の崩壊」から、地球に彗星が衝突して「全世界」が滅ぶ「エイロスとカルミオンとの対話」(一八三九年)と、奴隷の反乱と国家が南北に分裂する予感に怯える「恐怖の一九世紀」に「アポカリプス」を描いてきたポーは、現在のゾンビ文化にも少なからず影響を与えている。前国際ポー学会会長だったポール・ルイスの『ゾンビで学ぶAtoZ——来るべき終末を生き抜くために』(二〇一七年)では、不安で眠れない息子に父親が読み聞かせる絵本で、AからZにわたってアルファベット順に地球の危機が展開する。「Aはアステロイドの A/猛スピードで空を突っ切る小惑星/ドでかいのがやって来る/ぼくたちみんな死んじゃうよ〜」から「Zはゾンビの Z/群れて歩く/君に向かってドシンドシンとくる/糞を踏んづけながら／Zはゾンビのフ／唸り声をあげて、噛みつく／やつらは玄関にいるぞ／だからもう…いいかい…もうおやすみ」まで、地球の現状が警告される。訳者の伊藤詔子は、この本ではポーがすでに描いた「一九世紀的黙示論的ビジョンが、二一世紀世界の地球の危機的ありさまとして実写され、アルファベットのすべてのページで展開」すると述べている。

おそらく『ゾンビで学ぶA to Z』が踏まえているのは、ピューリタン植民地時代のニューイングランドにおいて、子供の読み書き教育に使われた『ニューイングランド初等読本（*New England Primer*）』だろう。信仰心を子供たちに培わせるために、宗教的メッセージに満ちた絵と文を組み合わせて、AからZのアルファベットが教えられたのである。「A・アダム（Adam）は楽園を追われ、我々はみな罪を犯した」から始まって、最後は「Z・イエスの弟子ザアカイ（Zacchaeus）は、イエスを見るために木に登った」で終わり、読み書き教育と宗教的教育が同時になされる。また、この初版が発行された一六八七年から一六九〇年の間は、イギリス本国が力をつけてきたマサチューセッツ植民地を封じ込めようと干渉を強化した時期に当たっている。巽孝之によれば、子供たちに信仰心をすり込み教育する『ニューイングランド初等読本』は「宗主国側の抑圧を植民地側が乗り越えて行くためのサバイバル・キットの一種だったのかもしれない」〔二〇一七年　一五頁〕。『ニューイングランド初等読本』の「裔《すえ》」である『ゾンビで学ぶA to Z』もまた、「恐怖の二一世紀」に直面するための「サバイバル・キット」だろう。ゾンビはいたるところに出没する。

映画化作品が二百本以上もあるポーは、シェイクスピアにも匹敵するほど映像化されてきた作家である。数あるポーの映画化作品のなかでも有名なのは、名高いB級映画監督ロジャー・コーマンを中心に一九六〇年から一〇本ほどがつくられた「アメリカン・インターナショナル・ピクチャーズ（AIP社）」

の「ポー映画シリーズ」だろう。ポーの「長方形の箱」（一八四四年）はヴィンセント・プライスとクリストファー・リーが共演した『呪われた棺』（一九六九年）として、このシリーズで映画化された。ポーの原作の「長方形の箱」は、ニューヨーク行きの船舶で『最後の晩餐』の模写が入っていると思われる長方形の箱を後生大事にする男に周囲は困惑するが、その箱には男の急死した愛妻の死体が入れられていたというミステリーである。いっぽうそれを映画化した『呪われた棺』は、ヴードゥー教の呪いによって顔がただれたために監禁された男にまつわる物語で、秘薬を使って仮死状態で長方形の棺に埋葬されるなど、生き埋めというテーマ以外にはポーとの接点はないが、キャッチ・コピーが「エドガー・アラン・ポーによるリビングデッドの古典的物語」だったように、ゾンビのイメージを利用している。ちなみに、ロメロの『NOTLD』の公開は前年の一九六八年である。

このAIP社のポー映画シリーズでは、Edgar Allan Poeというアルファベットが名作推理小説の「盗まれた手紙（The Purloined Letter）」ならぬ「盗まれた文字（The Purloined Letters）」になってしまったような気もする。版権の切れたポーのテクストは、「エドガー・アラン・ポー」という署名だけを残して、原形なきほどアレンジされ続けるのだ。しかしながら、考えてみると、ポーの名前をもじった江戸川乱歩の場合のように、ポーは「盗まれる」ことで読み継がれてきた作家ではなかったのか。「盗まれたポー（Purloined Poe）」。生前から誇張されてきた刺激的なキャラクターゆえに、ポーを主人公とする映画や文学は数限りない。たとえば、セス・グレアム＝スミスの『ヴァンパイアハンター・リンカーン』（二〇一〇年）は、リンカーンの書簡などを改変して挿入し、南北戦争という「現実」の歴史と吸血鬼たちの陰謀という「虚構」を混濁《マッシュアップ》させた歴史改変小説である。この小説では、南部連合と結託し黒人から血液を搾取する吸血鬼たちと母親を吸血鬼に殺されたリンカーンとの間で戦いが起こり、これまで人種差別主義者とされてきたポーがリンカーンの友人として登場している（この小説は二〇一二年に『リンカーン／秘密の書』として映画化され、同年この映画のゾンビ版『リンカーンVSゾンビ』も製作された）。

二人の名匠監督ジョージ・A・ロメロとダリオ・アルジェントは、『マスターズ・オブ・ホラー――悪夢の狂宴』（一九九〇年）においてポーの作品を映画化している。ロメロが選んだのは、瀕死の人間に催眠術をかければ死をひき延ばせるかを問う「ヴァルドマアル氏の病症」（一八四五年）だった。それは、DVD収録のインタビューでロメロも認めるように、ゾンビの物語だからである。最初にロメロは「赤死病の仮面」（一八四二年）を選び、赤死病に相当するエイズが階級を瓦解させる話を考え、アルジェントは南米の独裁国家に舞台を移した「陥落と振子」（一八四二年）を映像化するつもりだった。二六編のゾンビ物語を集めたスティーヴン・ジョーンズ編『マンモス・ゾンビ・ブック』（一九九三年）にも、ゾンビものとして「ヴァルドマアル氏の病症」は収録されているのである。原作では、催眠術をかけられて死んだヴァルドマアルは、呼びかけに対して舌のみが反応する。七ヵ月後に催眠術を解くと、体が溶けだして腐敗した液体だけが残る。これに対して映画版では、遺産目当ての妻とその愛人に操られたヴァルドマアルは死後地下室の冷蔵庫に保存され、死体から声が響いて生き返る。「お前を捕まえに行くぞ」という『NOTLD』のセリフを発するヴァルドマアルは、ゾンビのように頭部に銃弾を浴びせられる。ちなみに、ゾンビの生みの親の一人であるH・P・ラヴクラフトは、ポーのこの短編から影響を受け、「冷気」（一九二八年）で自分の身体を冷凍して生命を維持する男を描いた。

4 古典の劣化／進化論⁉
――『高慢と偏見』VS『高慢と偏見とゾンビ』、『鏡の国のアリス』VS『バイオハザード』

ロメロがポーの原作の映画化という「アダプテーション」を通してつくった『マスターズ・オブ・ホラー――悪夢の狂宴』において、ヴァルドマアルはゾンビとして甦った。原作の雰囲気から余りに遠いために、原作をゾンビのように腐敗させたという批判はたやすい。ポーの作品ではないともいえかねない。しかし、ゾンビの表象を使って原作をみごとに「換骨奪胎《カニヴァライズ》」し、「再生」させたと考えることはできないのか。そもそも「原作」とは、じつは映画化されることによって誕生するわけで、映画化以前は「ただの小説」にすぎない。映画化とは「ただの小説」が「原作化」することだと波戸岡景太は述べている［八―九頁］。テクストがオリジナルになるためには、まずそれがコピーされなくてはならないのだ。これまで映画化されるときに原作から離れることは否定的に考えられてきたが、映画化など別の媒体への「翻案《アダプテーション》」を積極的に評価する「アダプテーション研究」の台頭によって、状況が変化してきた。映画化に原作をできるだけ「忠実」に映像化する「トランスレーション」を期待するのではなく、「アダプテーション」に含まれる進化論的な「適応《アダプテーション》」という意味に研究者たちは注目し、小説が映画という異質な環境にいかに「適応」したかを逆に評価している。

『アダプテーションの理論』（二〇〇六年）においてリンダ・ハッチオンは、アダプテーションが原作に対して「異議を差し挟んだ敬意」をもって「エディプス・コンプレックス的に妬み」ながらも「同時に敬愛」することで、それを創造的に「蘇生」させるという［九―一〇頁］。ハッチオンは「アダプテーションは吸血鬼のようなものではない。もとのものから生き血を吸って、それを瀕死状態にしたり死亡させたりはしない。また翻案元の作品より生気に乏しいということもない。逆に、翻案されなければありえなかったような第二の生を与え、前の作品を生かし続けるだろう。リチャード・ドーキンスは次のような論を唱える。つまり、観念は、模倣により増殖するので、悪性であれ良性であれ寄生虫のようなものだ……強いあるいは弱い『感染力』を本当にストーリーはもっているのだということを、アダプテーションは明らかにする」と述べている〔二一九頁〕。吸血鬼や感染の隠喩を肯定的に使うハッチオンなら、原作に第二の生を与え、永遠に生かし続ける「古典のゾンビ化」に賛成するだろう。ハッチオンが「アダプテーション理論」を体系化したその三年後、オースティンの「文化遺伝子《ミーム》」をひき継いだ究極の「アダプテーション」の小説が登場する。「マッシュアップ小説」とも名づけられたあの作品である。

ジェイン・オースティンの『高慢と偏見』（一八一三年）では、ベネット家の五人姉妹のエリザベスたちの近所に、資産家の独身男性ビングリーが、友人のダーシーと共に越してくる。母親のベネット夫人は娘たちを結婚させようとするものの、ビングリーは長女ジェインと親しくなってしまい、エリザベスはダーシーと知り合うが、高慢な性格ゆえに好きになれない。そこにコリンズ牧師も絡んできて、さまざまな結婚のすれ違いが起こってゆく。この古典小説がゾンビに感染した。『ヴァンパイアハンター・リンカーン』についでセス・グレアム＝スミスは、ゾンビと古典をミックスさせた『高慢と偏見とゾンビ』（二〇〇九年）を書きあげたのである。オースティンの原文をそのまま生かし、何割かを自分の言葉と入れ替え「マッシュアップ」し、ゾンビとのサバイバルと女たちの結婚が描かれる。かの有名なオースティンの冒頭とグレアム＝スミスの冒頭を比べると、違いとその面白さがよく分かるだろう。巽孝之はこの作品を「ハイジャック・ナラティヴ」と呼び、「ゾンビ的襲撃とは、まさに本書の物語学自体の

【図3】「不朽の名作、感染」

成り立ちをめぐる自己言及的隠喩にほかならない」と指摘する［二〇一一年 五二三頁］。ジェイン・オースティンとゾンビの奇抜なマッシュアップ。そして、当然のように『高慢と偏見とゾンビ』は二〇一六年に映画化された【図3】。ゾンビはさまざまな物語に「適応」する。

オースティン『高慢と偏見』

It is a truth universally acknowledged, that a single man in possession of a good fortune, must be in want of a wife. However little known the feelings or views of such a man may be on his first entering a neighbourhood, this truth is so well fixed in the minds of the surrounding families, that he is considered the rightful property of some one or other of their daughters. "My dear Mr. Bennet," said his lady to him one day, "have you heard that Netherfield Park is let at last?" Mr. Bennet replied that he had not.

これは広く認められた心理であるが、それ相応の財産を得ている世の独身男性は妻を求めずにはいられないものである。近所に越してきたばかりでそういった男の気持ちや意見はわからないが、さきほど語った真理だけは、近隣の家の人たちの心にしかと根をおろして、もうその男は自分たちの娘の旦那の一人に決められてしまうのである。「ねえあなた、お聞きになった？」そんなある日、ベネット家の奥方が夫に尋ねた。「ネザフィールド・パークにまたどなたかお入りになるんですって」ミスター・ベネットは聞いていないと答えた。

グレアム＝スミス『高慢と偏見とゾンビ』　傍線部はオースティンの原文が変更された箇所

It is a truth universally acknowledged, that a zombie in possession of brains, must be in want of more brains. Never was this truth more plain than during the recent attacks at Netherfield Park, in which a household of eighteen was slaughtered and consumed by a horde of the living dead. “My dear Mr. Bennet,” said his lady to him one day, “have you heard that Netherfield Park is occupied again?” Mr. Bennet replied that he had not and went about his morning business of dagger sharpening and musket polishing – for attacks by the unmentionables had grown alarmingly frequent in recent weeks.

これは広く認められた心理であるが、人の脳を食したゾンビは、さらに多くの脳を求めずにはいられないものである。この心理を生々しく見せつけられたのは、先ごろネザフィールド・パーク館が襲撃されたときだった。一八人の住人がひとり残らず、生ける屍の大群に食い尽くされてしまったのだ。「ねえあなた、お聞きになった？」そんなある日、ベネット家の奥方が夫に尋ねた。「ネザフィールド・パークにまたどなたかお入りになるんですって」ミスター・ベネットは聞いていないと答えて、せっせと朝の仕事を続けた。短剣を研ぎ、マスケット銃をみがく——忌まわしい化け物の襲撃は週を追うごとにひんぱんになりまさり、うかうかしていられる状況ではないのだ。［七頁］

これまでBBCによってよく映画化されてきたオースティンの小説は、映画に触れた英文科の女子学生などが好んで卒論に取りあげるイギリス文学の古典でもある。『高慢と偏見』はジョー・ライト監督の正統派イギリス映画『プライドと偏見』(二〇〇五年)のように、その時代背景のまま「忠実」に映画化されるだけではなく、現代に舞台を移すなどのさまざまなアレンジを受けてきた。たとえば、『高慢と偏見』を現代的コメディに変身させたシャロン・マグワイア監督の『ブリジット・ジョーンズの日記』(二〇〇一年)がある。ヘレン・フィールディングの同名小説の映画化だ。オースティンという作者名や原題の痕跡が希薄にもかかわらず、三二歳の等身大の女性のブリジット・ジョーンズのキャラクターに女性たちが感情移入し大ヒットした。また、エイミー・ヘッカーリング監督の青春コメディ映画『クルーレス』(一九九五年)は、ビバリーヒルズを舞台に女子高校生シェールが友人に恋人を見つけようと奮闘する物語である。『クルーレス』は『エマ』を原型にしているにもかかわらず、オースティンの名を隠蔽し、それを発見する楽しみも映画の魅力のひとつにした。こうした映画は原作からかけ離れていればいるほど、そこに隠された「忠実さ」を発見する楽しみを含んでいる[新井]。

また、女性読者に人気の高いジェイン・オースティンという作者も、キャラクターとしてよく使われてきた。ジュリアン・ジャロルド監督の伝記映画『ジェイン・オースティン――秘められた恋』(二〇〇七年)では、オースティン自身の若き日の恋が描かれる。二〇〇七年に映画化されたカレン・ジョイ・ファウラーの小説『ジェイン・オースティンの読書会』(二〇〇四年)は、「私たちはそれぞれ自分だけのオースティンをもっている」と、人生に悩む六人の男女が『高慢と偏見』『エマ』『ノーサンガー・アビー』『説得』『マンスフィールド・パーク』の六冊の小説を輪読する読書会を通して人生の転機を迎えてゆく物語で、作品以上にオースティンという作者がうまく活用されている(7)。さらに、登場人物が誰と結婚するかという人生ゲーム的要素を含むオースティンの小説は、しばしばゲーム化もされている。「読者がその物語を書き直す《リライト》ことができる」と宣伝されたエマ・キャンベル・ウェブスターの『エリザベス・ベネットになって──あなた自身のジェイン・オースティンの冒険をつくろう』（二〇〇七年）のようなゲームブックから、ＲＰＧの『見合いと結婚──ある高慢と偏見ストーリー』（二〇〇九年）などのアレンジも存在し、分野を横断するアダプテーションの典型となってきたのである［岩田　九八−一〇二頁］。

このように映画化やゲーム化など、多種多様な「アダプテーション」を受けてきたオースティンの作品のなかで、ゾンビ物語と結婚物語を連結させたグレアム＝スミスの『高慢と偏見とゾンビ』は、究極の「アダプテーション」だろう。もともと、女性が壁を見つめるシーンで始まるロメロの『ゾンビ』や『死霊のえじき』の頃から、戦う女性を主人公に据えたゾンビ映画はフェミニズム的要素も強かったが、世間の腐った風習や差別という「壁」に囲まれてきた古典の女たちは、『高慢と偏見とゾンビ』で腐った死体と戦うのだ。映画版のキャッチ・コピーは「不朽の名作、感染」だった。腐らないはずの「不朽」の名作が「腐敗」したゾンビに感染する。こう考えると、商業的な目的に利用された古典の「搾取《エクスプロイテーション》」であり「劣化」だと考えられる。しかし、「アダプテーション研究」の立場で肯定的に眺めるならば、ゾンビが古典を感染させたというよりは、ゾンビによって古典が息を吹きかえし、環境に「適応」した古典の「進化」だとも解釈できるだろう。「古典というオリジナル」vs「サブカルチャーというコピー」という二項対立が揺さぶられるのである。

また、ゲームクリエイターの三上真司は『ＮＯＴＬＤ』や『ゾンビ』を徹底的に分析し、カメラの死角にゾンビの気配を漂わせる等の映画的演出をゲーム内に導入することで、一九九六年に人気ゾンビ

【図4】『鏡の国のアリス』のキャラ名レッドクイーンのホログラフ

【図5】ジャバウォッキーに似たゾンビ

ゲームシリーズの第一作『バイオハザード』を誕生させた。このゲームは大ヒットし、ハリウッド映画版の『バイオハザード』シリーズをはじめ、コミックやCGアニメーションにもなりメディア・ミックス的展開を見せる。アンブレラ社が開発したT–ウイルスの影響でゾンビが蔓延する世界を、アリスという名の主人公が戦い抜いてゆく。とりわけ、最終作『バイオハザード――ザ・ファイナル』（二〇一六年）が興味深いのは、過去の記憶を失ったアリスが「鏡の館」と呼ばれる地下施設《ハイブ》でトラップの「穴」に落ちたり、ジャバウォッキーそっくりのゾンビ的怪物と戦ったり、T–ウイルスを開発した教授の娘で早老症のアリシアの少女時代の姿のホログラムで現れる人工知能「レッドクイーン」がルイス・キャロルの『鏡の国のアリス』（一八七一年）のキャラクターの名前だったり、『鏡の国のアリス』にますます近づいてくることである【図4、5】。「不朽の名作」が「感染」した「ゾンビの国のアリス」の誕生。ティム・バートン監督のアリスの後日談『アリス・イン・ワンダーランド』（二〇一〇年）は、ジャバウォッキーと剣で対決する単純明快な戦闘少女アリスを描いてみせたが、キャロルの原作は少々複雑だ。

『鏡の国のアリス』においては、本を手にしたアリスが「ジャバウォッキーの物語」という詩を読み、「息子よ、ジャバウォッキーに注意しろ、喰らいつく顎、ひきつかむ爪、ジャブジャブ鳥にも気をつけろ、怒れるバンダースナッチには近寄るな、ヴォーパルの剣を手にして、長きにわたり敵を探し、タムタムの木の側にて休みし彼は、思いにふける」と、「物語のなかの詩」が続く〔一三二頁〕。この詩は、アリスが「頭が混乱するわ、何だか分らないわ、でも誰かが何かを殺したのね」と嘆くように、意味不明な詩である〔一三四頁〕。本来ジャバウォッキーは「意味不明なことを喋る」という意味の jabber を語源とし、言葉の混沌の表象でもあった。この原作のジャバウォッキーがたんなるゾンビにされてしまうと、たしかに原作の「退化」だと非難したくもなる。だが、『バイオハザード――ザ・ファイナル』には意味深いシーンも多い。鏡の世界のように、アンブレラ社の黒幕であるクローンのアイザック博士とオリジナルの博士が殺し合い、アリス自身もまた、自分の記憶がアンブレラ社によって植えつけられた記憶であり、身体はアリシアのクローンだったという秘密を知ってしまう。アリスはT-ウイルスを撲滅するために自分を犠牲にする行動を選び、「レッドクイーン」はアリスを、クローンという「コピー」でありながら、人間よりも人間らしいと称賛するのである。「コピー」が「オリジナル」よりも本物になるポストモダンのゾンビ映画だ。

『高慢と偏見とゾンビ』から後には、日本でも古典とゾンビのミックスものが流行している。生と死の境界線を揺るがすゾンビは、ジャンルの境界線もたやすく超えるのだ。『ドーン・オブ・ザ・デッド』が原題のロメロの『ゾンビ』以降、「オブ・ザ・デッド」という題名が好まれ、それがつくことで集客が保証される。芥川賞受賞作家・羽田圭介の『コンテクスト・オブ・ザ・デッド』（二〇一六年）は、新人賞を受賞したがその後は活動せず、最近、ゾンビ小説を発表した作家K（「圭介」の頭文字を意味？）を主人公に、夏目漱石なども甦るゾンビ映画と文壇のメタフィクション的小説である。トークセッションでは対談に息詰まるKが「なんにでも『〜オブ・ザ・デッド』の冠をつけ商品として流通させ実際にそれらが受け入れられてしまうという順応性もあるいっぽうで……」と聴衆に一方的な話をして、自虐的メタフィクションを展開する〔二五三頁〕。人間の戯画《カリカチュア》であるゾンビは、パロディやメタフィクションと親和性が高いのだ。また、森晶麿のライトノベル『奥の細道・オブ・ザ・デッド』（二〇一一年）では、ゾンビを使った奥州藤原氏復活の陰謀に挑むべく、俳句を詠みつつ芭蕉が旅を続け、架神恭介翻案・目黒三吉作画のコミック『こころオブ・ザ・デッド――スーパー漱石大戦』（二〇一六年）においては、ゾンビになりつつあるお嬢さんを研究所に連れてゆくためにKと先生が共に協力して旅をする。「オブ・ザ・デッド」は古典を「腐敗」させるのか。それとも「再生」させるのか。

現代では、オマージュ、トリビュート、リブート、カバー、リメイクなど、多くの「オリジナル」に関する語彙が氾濫している。原作を読んで映画化を観るのではなく、映画を観て原作を読む時代である。映画のリメイクも大流行だが、オリジナルを観て、リメイクを観るのではなく、リメイクを観た後で、オリジナルを観る。いったいどちらがオリジナルなのか。オリジナルという概念が揺らぐ。リメイク映画の大流行は、独創的な題材が消滅したという「想像力の欠乏」を意味しない。むしろ「リ・イマジネーションの時代」を迎えたのだ。ドラキュラ伯爵という「起源《オリジン》」がいて、その「配下《コピー》」の吸血鬼が増殖するような感染をゾンビはしない。コピーとしてのゾンビが、コピーとしてのゾンビをただ増やしてゆく。ゾンビは「オリジナルとコピー」という二項対立を笑いとばす。やがて、コピーが高速で可能になったデジタル時代、ゾンビは走りだし、人間がゾンビに変身する時間も短くなる。『ドーン・オブ・ザ・デッド』（二〇〇四年）のノベライズ版では、装甲車にゾンビが群がり、「白人、黒人、アジアン、ヒスパニック、以前は人間だった者たちが、人種や年齢や性別の区別なく、バスの両側へと盛大に跳ね飛ばされていく」と、境界線が失われる混沌の恐怖が描かれていた［ガン　二二六頁］。それが最近変化している。生と死の境界線を揺るがすゾンビは、二項対立に挑みかかるのである。「世界滅亡の徴」から「人類解放の兆」へ、ゾンビは変化する。人々が同化しだしたゾンビの進化は止まらない。ゾンビは走り続ける。さらに猛烈なスピードで。

【註】

（1）USJのハロウィンのゾンビ仮装イベントにならって、広島市横川駅の「横川ゾンビナイト」では、ゾンビは商店街などの町おこしイベントにも使われているが、「ゾンビ」という「死」の表象が都市を「再生」させるのは何とも皮肉だ。

（2）ロメロの『ゾンビ』でも、スティーヴンが逃げ込んだエレベーターにゾンビが侵入するシーンがあり、ロメロは閉所恐怖を巧みに利用している。

（3）たとえば、「うらめしや」と手を垂らした伝統的な幽霊画を踏襲することになった丸木位里の絵画『原爆の図』（一九五〇年）の被爆者たちの惨たらしい姿は、凄惨なアポカリプスとしてゾンビの「行進」を思わせなくもない。

（4）たとえば、『ゾンビ』では偶然に歩いてきたゾンビがヘリのプロペラで頭を飛ばされるシーンがあるが、『28週後…』（二〇〇七年）においては意図したヘリのプロペラに大量のゾンビが巻き込まれる。

（5）アンソニー・M・ドーソン監督の『地獄の謝肉祭』（一九八〇年）は、ベトナム戦争で人肉を食べた帰還兵が人肉を求め米国を震撼させるゾンビ映画だが、疎外された帰還兵が町を崩壊させる『ランボー』（一九八二年）のような「ベトナム帰還兵もの」のホラー版である。血生臭いベトナム戦争に続いた死の匂いのない戦争として報道された湾岸戦争の後、『羊たちの沈黙』（一九九一年）では、ゾンビのような血生臭いカニバリズムではなく、洗練された人食鬼のハンニバル・レクター（アンソニー・ホプキンス）という元精神科医の殺人鬼が誕生し、心理スリラーの流行によりスプラッター映画が下火になる。

（6）詩「ウラルーム」において「グールの一族の住むウィアという森のなかの」という一節を繰り返したポーだが、「黒猫」で許されざる罪を犯した語り手が絞首刑の後グールになって殺人を続けるケイス・グーヴィアの『黒猫とグール』（二〇一四年）という小説がある。

（7）『ジェイン・オースティンの読書会』の小説では、映画化された『マンスフィールド・パーク』を二人が観に行く場面がある。「二人は座席をはさんで歩きながら、さらに話をした。プルーディーはジョスリンが自分と同じように原作をいじり過ぎるのはよくないと考えていることを知った。本の素晴らしいところは、書かれた言葉はけっして揺らがないということだ。自分が変われば本の読み方も変わっていくだろう。だが、本そのものはいつも同じなのだ。よい本は初めて読んだときは最初から最後まで驚きの連続だが、二度目からはそうでもなくなる。ご承知のとおり、映画はそんなことには無頓着だ。人物はみなねじ曲げられている」［一〇〇頁］。映画版では「こんなのオースティンではない」とまでいわれる。

第一章　ラフカディオ・ハーンとゾンビ
——小泉八雲の多国籍妖怪たち

1　ラフカディオ・ハーンの人と生涯——自分の顔を探して

パトリック・ラフカディオ・ハーンとゾンビ。日本人の心の琴線に触れる『怪談』（一九〇四年）を残した作家と現代アメリカン・ホラーの寵児ゾンビ。関連は薄そうだ。むろん、ハーンには、幽霊になって女が夫婦の契りを交わした男のもとに帰ってくる『知られざる日本の面影』（一八九四年）の「帰ってきた死者《リターニング・オブ・ザ・デッド》」のような幽霊話は多い。だが、それはゾンビではない。『影』（一九〇〇年）に収録の「死体にまたがる男」において、蘇った女の死体にまたがった男が髪をつかんで奮闘の一夜を過ごす話が、ハーン文学において最もゾンビに近い作品だろう。膨大なゾンビ研究書のなかでも、ハーンとゾンビ文化を論じる著書は意外に少ない。ロジャー・ラックハーストの『ゾンビ最強完全ガイド』（二〇一五年）がわずかに五頁ほど割いただけだ。しかしながら、ハーンこそゾンビ伝説を最初期に英語圏に紹介した作家なのである。本章では、ハーンがマルティニーク島を描いた『仏領西インドの二年間』（一八九〇年）におけるゾンビ伝説を眺めた後に、『怪談』の「むじな」を分析し、この話が美女に変身するゾンビを描いた「魔女」に類似していることを示してみたい。そして、これまで日本的だと思われてきたハーンの妖怪たちの多国籍性を発見してゆく。

＊

一八五〇年、ギリシアのレフカダ島でアイルランド人の父チャールズとギリシア人の母ローザの間にハーンは生まれる。妖精や精霊を信じるケルト文化のアイルランドに家族で移住するが、馴染めない母ローザはハーンを残し、一八五四年にギリシアへ帰ってしまう。一八五七年、別の女と結婚した父はインドへ行き、孤児の境遇になる。父の生地アイルランドの守護聖人にちなむ「パトリック」の名を捨て、母の「レフカダ島」に由来する「ラフカディオ」を名乗ったハーンは、父を捨てて母なるものを生涯探していたのだろう。イギリスで少年時代を過ごした後、一九歳の一八六九年にアメリカに移住、シンシナティの『インクワイアラー』紙の記者として活躍し、黒人のマティ・フォリーと結婚する。一八七七年からニューオリンズに移り『アイテム』紙などで働く。後に日本やマルティニーク島の「風景」の緻密な美しい描写を見せるハーンは、「死体」について猟奇的な記事を書きまくっている。『大眼鏡《ギグランプス》』という雑誌をめぐる自伝的エッセイ「大めがね」では、自分自身を「人生の小路は地下納骨所へとつながっており、地下の墓から這い上ることはできない……墓をあばく悪鬼グール」にたとえた。「『デイリー・インクワイアラー』紙に関係していた……この若い男は生まれつき極端なものの賛美者だった。彼は、『ぞっとするほど恐ろしいもの』、または『耐えられないほど美しいもの』しか信じていなかった。フランスの煽情派を崇拝し、朝食を取っている人々の鼻先に、骨や血や毛髪の混った悪臭粉々たるものを突きつけることに耽溺していた」と記している〔一九八〇年 一二二頁〕。

ハーンには猟奇趣味の「顔」があった。『インクワイアラー』紙に掲載の「皮革製作所殺人事件」がアメリカ時代の記者としての最も有名なものだろう。三人の犯人が男を皮なめし場で闇討ちし、生きたまま焼却場で焼き殺した一八七四年の殺人事件の記録である。ハーンは男の損壊死体を克明に描写している。「頭蓋骨の上部は鉤裂きに引き裂かれ、ある部分は燃えて焦茶色となり、またある部分は黒焦げとなり黒い灰と化していた。脳漿はほとんどすべて沸騰してなくなってしまったが、それでも頭蓋の底部にレモン程度の大きさの小さな塊が残っていた。パリパリに焼け焦げて、触るとまだ温かった」〔四〇頁〕。「肝臓はただ単にローストされたにとどまり、腎臓は焼かれてうまく揚がっていた」と、料理の比喩を使っているのも見逃せない〔一九八〇年 四一頁〕。この記事で名をあげたハーンは、好んでグロテスクな記事を次々に執筆する。精神病院が正常な人間までも狂わせ監禁するという「精神病院の恐怖」、一九歳の殺人犯のロープが切れて絞首刑が失敗する様子を描いた「絞首刑」、死体を食べた人間の風習を検証した「人間遺体の利用に関する覚え書」、埋葬後掘り起こされて解剖される男の死体を描写した「死体を掘り起こす」、交霊術儀式に参加した「死霊の狭間で」、ほかにも「毒殺の歴史」「阿片常用癖」「病的な自殺」と、枚挙に暇がない。「怪談以前の怪談」を書きまくった記者時代に恐怖を煽る才能が培われていたのである〔マクワータ〕。

さまざまな伝承を収集するハーンには、エジプト、インド、アラビア、ユダヤなどの物語を再話した『飛花落葉集』（一八八四年）、中国の伝奇物語を集めた『中国怪談集』（一八八七年）がある。一八八七年から一八八九年までフランス領のカリブ海西インド諸島のマルティニーク島にハーンは滞在し、その体験からいくつかの著作を残す。嵐によって身元不明の孤児として育てられた少女チータの数奇な物語『チータ』（一八八九年）、白人の子供を育てる黒人乳母ユーマの悲劇『ユーマ』（一八九〇年）などの小説も書いた。このときの紀行文『仏領西インドの二年間』は一八九〇年に出版されている。また、島の様子や「荷運び女」「クレオール婦人」など現地の女性もハーンは写真で撮影しており、「あたかもルイス・キャロルの写真収集癖にも似てどこか偏執的ですらある」と西成彦は指摘している〔二〇〇〇年六〇五―六〇六頁〕。一八九〇年には、ジャーナリストとしてのハーンの「顔」を認めた『ハーパーズ・マンスリー』誌の通信員として訪日。だが、後にその契約を破棄し、日本への帰化を決意する。一八九〇年八月から九一年一一月まで『古事記』ゆかりの地である島根県松江市で英語教師を勤め、小泉セツと一八九一年に結婚する。一八九六年には帰化し「小泉八雲」と名乗る。「小泉」の姓はセツにもらい、名の「八雲」は在住した「出雲」にちなむ和歌「八雲立つ 出雲八重垣 妻籠みに 八重垣作る その八重垣を（雲の湧く出雲で、妻と暮らすよい場を見つけた、生け垣を幾重にもつくろう）」から取られている。ハーンは松江の後、熊本、神戸、東京に居を移し、一八九六年には、東京帝国大学で英文学を教えた。

　熊本五高と帝大のハーンの後任が夏目漱石だった。帝大で学生たちが留任させようと運動を起こしたほど人気だったハーンと、漱石は自分を比べて劣等感を抱いていた。現実にはハーンと漱石の接点はない。だが、坂手洋二の戯曲『漱石とヘルン』（一九九七年）では、二人が幻想のなかで出会う。「夏目は傲慢な男です。ハーン先生の軽蔑する西洋かぶれの日本人の典型です。ロンドン帰りを鼻に掛け、首の回らないようなハイカラーをして、カイゼル髭を固めた油をぷんぷん臭わせています」と学生に毛嫌いされる漱石に、ハーンは「私が日本人真似する、着物、下駄、笑う、同じ」と同情し、「ミスター・ナツメ、なぜ、神経衰弱なりましたか……知らない国で一人生きる、さみしい。私、わかります」と共感している〔二四二―二四三頁〕。母親に捨てられたハーンは、自分を孤児のように感じていた。『知られざる日本の面影』（一八九四年）の「日本海の浜辺」には、これまで六人の子供を捨ててきた百姓に、腕に抱えて庭にでた七番目の子供が「俺を前に捨てたときもこんな月夜だったね」と告げる出雲の伝承が含まれる。ハーンは死んだ女が生まれ変わって男と再会する『怪談』収録の「お貞の話」のように輪廻転生をよく描いたが、漱石の『夢十夜』（一九〇八年）は、『デイリーアイテム』紙に収録の棺で女を待ち続ける男の死体から一本の花が咲くというハーンの「死んだ恋人」によく似た「第一夜」で始まり、漱石はハーンへの負い目からか、同じ子捨ての話を「第三夜」で執筆している(1)。

ハーンは「怪談《ミステリー》」を愛して遍歴を続けた。ハーン来日時のスケッチをもとにした島根県松江市カラコロ広場のハーン像は、『男はつらいよ』シリーズの旅を愛した車寅次郎にそっくりだ【図6】。そんなハーンをキャラクターに使った小説は少なくない。たとえば、「小早川警視正シリーズ」第七弾の斎藤栄の『小泉八雲殺人旅情』(一九九一年)では「むじな」を思わせるのっぺらぼうの死体、「策略」のように石を咥えた死体がでてきたりと、怪談になぞらえた殺人事件が展開する。二〇〇四年から始まった神永学の小説『心霊探偵八雲』シリーズは、死者の魂が見える赤い左眼をもった「斉藤八雲」を主人公にしている。ハーンは視力のない左眼を気にして左の顔は撮影させなかったが、左眼は見えなかったのではなく、違うものが見えていたのかもしれないという発想からこの小説は誕生している【図7】。また、久賀理世の『ふりむけばそこにいる――奇譚蒐集家 小泉八雲』(二〇一八年)は、少年時代のハーンが寄宿舎で、幽霊列車、砂男、人魚のミイラの怪異を解決する小説で、最終話は人形を使って死んだ子供を蘇らせようとする母親の話であり、墓場から這いだした死体のことも言及され、ヴードゥー教を含んでいる。こうしたハーンをキャラクターに使った小

【図6】松江市カラコロ広場のハーン像

【図7】失明した左眼を見せないハーン

説群は、彼とその小説がいかに日本の大衆の心に根づいているのかを示すと共に、ハーンの波乱万丈な生涯の「物語性」を見せつけている。

それどころか、一九三二年に編者ロバート・パワーズは、アリス・リデルとルイス・キャロルのように、一八七一年から二十年間にわたり当時まだ少女だったアンネッタに送り続けたハーンの未発表の二八通の手紙を「一異端者への手紙」として刊行した。日本でもそれを信じ込んだハーンの息子の小泉一雄が翻訳し『小泉八雲全集』(第一書房)に収録されたが、その手紙はパワーズによる偽造だったことが解明されたという探偵小説まがいの騒ぎもあった。だが、この偽造書簡騒動でひそかに紡がれたのは「孤児ハーンの遍歴の物語」だったと大塚英志は喝破する〔二〇〇六年 二一七頁〕。また、大塚英志・森美夏のコミック『八雲百怪』の二巻の「こんな晩」は「子捨て」の話を使った物語で、「なにしろこれからは国民皆兵の時代ですから……子供だってじゃんじゃん産んでもらわなきゃ」と語られる時代を背景に、「明治三五年、開国によって怒涛のように押し寄せた『近代』という時代と新しい世界像、日本は西欧の全てを吸収すべく多くの『お雇い外国人』を招き入れた。ラフカディオ・ハーンはその最後の世代に属し、今は帰化して、名を小泉八雲という」と始まる〔一〇─一一頁〕。そして、セツに「パパさんはもう独りでも旅人でもありませんよ」といわれるハーンに、おぶった子供が彼が捨てたはずの父方の「パトリック」という名前を呼ぶのである〔七─八頁〕。セツとの間には三男一女を授かり、ハーンは一九〇四年に狭心症で五四歳の人生を閉じる。遍歴の果てに日本を愛した外国人という「顔」が好まれるハーンだが、亡くなったのは日露戦争の年だった(2)。

黄禍論が唱えられだした頃、ハーンは「中国と西洋世界」(一八九六年)で東洋と西洋の生存競争が起こり、強靭な肉体の中国人が台頭することを示唆している。ハーンは東と西の人種が融合した新しい文明の誕生を期待していたが、日清戦争後、日本の脅威が強くなると彼の日本論が黄禍論を煽るために使われた。たとえば、日露戦争に記者として参加した米国作家ジャック・ロンドンは、ハーンの『日本――ひとつの解釈』（一九〇四年）に言及して、高い出生率によって西洋を上回る日本や中国が共同で立ちあがってくる脅威を説く「もし日本が中国を覚醒させたら」（一九〇九年）を執筆した。「比類なき侵略」（一九一〇年）は、黄色い生命の洪水である中国移民が驚嘆の出産率で一九七〇年に西洋の侵略を開始するが、細菌兵器によりアメリカに撃退されるSFで、ハーンの「柔術」「旅日記から」「趨勢一瞥」のなかの社会情勢を参考にしたという［橋本］。また、真っ赤になって死ぬ真紅の病で人類が二〇一三年に絶滅し、研究所に避難した人間で唯一生き残った男がサバイバル生活を語るゾンビ映画的小説『赤死病』（一九一二年）も書いた。ロンドンのこれらの細菌SF小説は、吸血鬼によって文明が滅ぶリチャード・マシスンの『地球最後の男』（一九五四年）、ロメロの『ナイト・オブ・ザ・リビングデッド』（一九六八年）に影響を与えたかもしれない。その原点にハーンがいたのだ。この点ではハーンもゾンビと希薄な関係が浮かぶが、もっと密接につながらないのだろうか。

2　『仏領西インドの二年間』とゾンビ――「わが家の女中」『ユーマ』「魔女」

一八九六年の明治三陸地震が起こった翌年、ハーンは『仏陀の国の落穂』（一八九七年）に収録の「生神様」を執筆した。一八五四年の安政南海地震時に、津波が来る警鐘として稲むらを燃やし人々を救い、「生神様」と崇められた長者を描いた物語である。この話によってTSUNAMIという言葉は英語圏に紹介され、英語としても定着する（「生神様」は東日本大震災後の二〇一一年一二月に日系人キミコ・カジカワの絵本『津波 TSUNAMI!』として書籍化された)。また、日本訪問前にハーンは西インド諸島マルティニークを訪れていた。マルティニークではフランスの植民地として黒人奴隷によるサトウキビ農場が経営されていた。一七九一年からハイチの黒人奴隷たちが反乱を起こしたハイチ革命の影響で、マルティニーク島でも奴隷の暴動が起こった。一八〇四年にはハイチは黒人共和国として独立するが、マルティニークはフランスの植民地を脱せず、奴隷制は残る。ここではハーンが『ユーマ』で取りあげた暴動以外の大きな暴動は少なく、現在はフランスの海外県になっている。ゾンビ伝説を生んだヴードゥー教は、アフリカから西インド諸島などに連れてこられた奴隷の間で発展した信仰である。ハーンはマルティニーク島滞在の経験を生かし、一八九〇年に『仏領西インドの二年間』を出版している。そこに収録された『マルティニーク・スケッチ』の「わが家の女中」には、英語圏最初期のゾンビについての記述を発見できる。このスケッチにおいてハーンは家政婦からゾンビのことを聞くのだ。

家政婦のシリリアは私のことを心配してくれるが、それは衛生面や食事だけではなく、霊的なことにまで及んでいる。シリリアは魔法や魔女やゾンビの力によって、私に何か起こらないかとたいへん心配してくれているのだ。彼女は疑問の余地がないほど、ゾンビの存在を信じている。……ゾンビという言葉は、これをつくった人間にとっても神秘的な謎である。……我々の言語でこれに一番近いのがゴブリンという言葉だろう。しかし、このゴブリンという言葉が必ずしもゾンビのことをいい当てているかといえば、そうでもない。……このゾンビの形は、原始的な人種によって信じられている迷信にもよく似ているが、悪夢のようなもので示される。その悪夢においてゾンビとは、知っている人間が悪意ある怪物に変わってしまうものである。ゾンビは、アラブの精霊のように、旅人、旧友、ときには、動物の姿に変わって、人間を欺くのである。それゆえにクレオールの黒人は、夜道で出会う生き物、たとえば、迷い馬、牛、犬など、全ての物を恐れるのだ。母親たちはゾンビの猫やゾンビの動物が来るよといったりして、子供がいたずらをすることをやめさせようとする〔二〇〇九年　四八八―四八九頁〕。

また、ハーンはエッセイ「最後のヴードゥー教徒」「亡霊」などでヴードゥー教に触れ、「薄明の認識」でも金縛り状態に垣間見るゾンビのことを記すが、それは精霊のようなゾンビである。さらに、白人の子供マイヨットと黒人乳母ユーマの生活を綴った『ユーマ』を考えてみたい。第四章において、乳母のユーマは物語を聞きたい四歳のマイヨットに、魔法のオレンジの木が天に伸びる『モンタラの話』、娘が妖精と結婚する『マザンラン・ガンの話』、過ぎ去った日々の色をした羽の『ゾンビ鳥の話』などの話を聞かせる。あるとき「昼間にゾンビの話をすれば、夜にゾンビを見るから駄目だ」とたしなめるユーマに、「ゾンビを見ても怖くないから」とマイヨットは話をねだり、『ケレマン婆さんの話』が語られる〔二〇〇九年　五六一頁〕。森で道に迷った少女が、蛇やヒキガエルと踊っている「ケレマン婆さん」という魔女に出会い、老婆の名前を当て、魔法を解き蛇にされた女の子を人間に戻すという話である。その夜マイヨットの寝室に蛇が壁の穴から入ってくる。ユーマは蛇を足で押さえつけ、黒人召使のガブリエルが蛇の頭を刀で刎ねる。「昼間お話をせがんだ罰があたったの」とマイヨットは泣きじゃくる。「しかしこの蛇はゾンビが化けたものではなかった。蛇の通った跡をたどると、客間の食器棚の下の板張りに鼠が空けていた穴に行き着いた」〔二〇〇九年　五六九頁〕。また、第十章では、ユーマの夢で巨大な樹木の根が目をもち触手のように伸びて、マイヨットやユーマをつかもうとし、ガブリエルは「これはゾンビだ。俺は切ることができない」と叫ぶのである〔二〇〇九年 五九二頁〕。

蛇はヴードゥー教の象徴であり、寝室の穴から黒い蛇が入ってくる場面は、マイヨットの家を反乱奴隷たちが包囲する結末に呼応する。奴隷たちが丸太で扉を破って入ってきて、マイヨットをかばってユーマは焼け死んでしまう。「もはや美しいユーマの顔には恐怖や憎悪はない。ガブリエルが見た、蛇の頭を踏みつけ動かなかったあの夜のように、彼女は落ち着いていた。背後にあがった炎に照らされ、ガブリエルが港の教会で見たような、金地を背景にした『良き港の守りの聖母』を思わせるユーマの背の高い姿が浮かんだ」〔二〇〇九年 六一一頁〕。自己犠牲を厭わない聖母を思わせるユーマは、ハーンが好みそうな姿だ。我々が想像するゾンビはここには現れない。しかしながら、『ユーマ』で白人の家に侵入してくる黒人たちは、D・W・グリフィス監督の『国民の創生』（一九一五年）において、丸太小屋の白人たちを黒人たちが包囲するというゾンビ映画の原型的シーンを先取りしている。日本で怪談を収集する前に、ハーンがヴードゥー教を取材したことは強調されてもよい。そうすれば、日本的な『怪談』にも、ゾンビ伝説が紛れ込んでいる可能性が浮かびあがってくるはずだ。

また『仏領西インドの二年間』収録の「魔女」で、ハーンは羊飼いの娘アドウに「ゾンビとは何か」と質問すると、「ゾンビはまだ見たことがありません。見たくもありません」と答え、問答が始まる。

ハーン「夜に騒ぎを起こすのがゾンビなのか。それは十分な説明ではない。死んだ人の幽霊がゾンビなのか。霊が帰ってくるのか」
アドウ「そうではありません」
ハーン「そうではないのか、この前お使いで墓地を通るときに、何といって恐れていたのだったか」

アドウ「死人がいるので、お墓のそばは通りたくない。死人が道で邪魔をして、帰れなくなるから」
ハーン「それを本当だと思っているか」
アドウ「みんなそういいます。旦那も夜にお墓に行けば、帰ってこれませんよ。死人がひき止めますから」
ハーン「死人がゾンビなのか」
アドウ「いいえ、死人がゾンビではありません。ゾンビはどこにでもいます。死人は墓場で静かにしていますが、万霊節の晩は別で、その晩には死人たちは自分の家に帰ります」
ハーン「扉や窓に鍵をかけ閂をしても、夜にゾンビが入ってくるのか。一四、一五フィートの女の姿で」
アドウ「きっとそれはゾンビです。夜、わけのわからない騒ぎをするのはゾンビです。夜にこんな背の高い犬が入ってきたら（彼女は五フィートほどの位置にまで手をあげて）、ゾンビだと大声で叫びます」〔二〇〇九年 三二六―三二七頁〕。

アドウの話によれば、ゾンビは夜にいたずらをする死人の幽霊のようなもので、動物に化けたり、大きさが変わったりする。さらに、アドウの母のテレーザ婆さんは、ゾンビのいたずらとして、夜道の鬼火、三本足の馬のことをあげる。背が高く伸びたゾンビの犬は、ハーンの『怪談』の「ろくろ首」を思わせる。ハーンはゴブリンのようなゾンビをマルティニーク島で発見したのだった。

夜に大通りを歩いておられると、大きな火を見ることがあります。火の方に行こうと歩いていると、行けば行くほど、火は先の方へ動いていくのです。これはゾンビのいたずらです。また、三本足の馬がそばを通りすぎることもありますが、これもゾンビの仕業です。……サン・ピエールの崖のそばの通りにベイドーという頭の狂った黒人が住んでいました。ある晩どこかにでかけたベイドーは、夜中に一人の黒人の子供を見つけて、手を引いて帰ってきました。妹に「俺の連れてきた子を見ろ。ずっと俺には子供がいるといってきただろう。お前は信じなかったが、見てみろ」といったのです。……妹がその子供を見ていると、ますます背が高くなってゆきました。でもベイドーは頭がおかしいので「俺の子だ」と叫び続けます。そこで妹は鎧戸を開けて、近所に聞こえるように叫びました。「助けて、ベイドーが連れてきたものを見て」、するとその子供はベイドーにいいました。「気の狂ったお前は幸せだ」。近所の人たちがやってきましたが、何もいませんでした。ゾンビは行ってしまったのです［二〇〇九年 三二八頁］。

「魔女」は黒人のファファが通りかかった謎の女を追いかける物語で締めくくられる。歩くのが早い謎の女を追いかけて、ファファは木々が生い茂り夕闇が迫りくる山道を歩いている。女は「私のことがそんなに好きか」と何度もファファに問う。ファファは「そうとも」と答える。「すると、彼女は突然夕陽の赤い光の彼のほうに、恐ろしい化け物に変わった顔をくるりと向けると、けたたましい笑い声の叫びをあげ、『キスしておくれ』といった。その瞬間、男は女の名前がわかり、その顔を見て、頭が撃たれたようになって、後ろに卒倒し、二千フィートほど下の谷川の岩に落下して死んでしまった」［三三八頁］。恐ろしい怪物に変貌した顔を、ファファにくるりと向ける魔女は、ゾンビが「化けた」ものだったのだ。美しかったはずの女の顔が恐怖の顔に反転する恐怖は、男たちが心の深層にひそませてきた恐怖が露呈したものである。たとえば、日本では『四谷怪談』の毒薬を飲まされ崩れゆくお岩の顔がすぐさま連想されるだろう。しかしながら、この「魔女」は『怪談』に収録された有名なあの話を思いださせはしないのか。そう、「むじな」のことを。

3　顔のない顔の後ろに——「むじな」の生体解剖

「耳なし芳一」「ろくろ首」「雪女」「むじな」などは日本人なら誰もが聞いたことのある話だろう。だが、これらはハーンに英語で再話されたものだ。ハーンの再話文学が日本で土着化していった一つの要因に、英語教科書に収録されたことがあげられる。たとえば、「むじな」は中学英語教科書『ニュー・プリンス・リーダーズ』や『サンシャイン・イングリッシュ・コース』に、一九六二年から一九八九年まで英語教材として掲載されてきた。あたかも、「語り続ける」という怪談の使命を果たすかのようだ。「むじな」は日本の古来の民話に「化け」てきたのである。「むじな」では、夜の紀伊国坂を歩いていた商人は、お堀ばたですすり泣く綺麗に髪を結ったお女中に出会う。どうしたのかと声をかけると、「女はこちらを振り向いて袖を落とすと、自分の顔をその手でつるりと撫でた。——と見れば女の顔には眼もなければ鼻も口もない」〔二〇一四年　二〇七頁〕。逃げだした商人は屋台の灯を見つけ、蕎麦屋に仔細を聞かせようとする。だが、お前が見たのはこんな顔かと蕎麦屋がいうと、「自分の顔を手でつるりと撫ぜた——と途端にその顔は大きな卵のようにのっぺらぼうとなった……。そして、同時に、屋台の火も消えた」〔二〇一四年　二〇九頁〕。「最初《オリジナル》」の恐怖が「再現《コピー》」される。だが、「最初《オリジナル》」の恐怖よりすべてが闇となる「再現《コピー》」された恐怖のほうが恐ろしい。

【図8】『狂歌百物語』の「のつぺらぼう」

「むじな」はハーンも所蔵していた町田宗七編『百物語』（一八九四年）の「第三三席」を「再話」したものである。原話の『百物語』では、「佐太郎といふ実直な老僕」は紀伊国坂で「高島田《たかしまだ》にフサフサと金紗《きんしゃ》をかけた形姿《みなり》も賤しからざる一人の女」が、「持病の癪《しゃく》」でかがんでいるのを目にする［一柳・近藤　二三九頁］。佐太郎がハッカを渡すから手をだしなさいというと、礼を述べる女の「ぬッと上た顔を見ると、顔の長さが二尺もあろうといふ化物」に変わる［一柳・近藤　二四〇頁］。蕎麦屋についても、「モシ、その化物の顔は、こんなでは御坐《ござ》いませんかと、言ッた蕎麦屋の顔が、また弐尺《にしゃく》」とだけしか記されていない［一柳・近藤　二四一頁］。原話の「のっぺらぼう」は顔の長さが二尺で、目鼻口がないかどうかは分からないのだ。鳥山石燕の妖怪画『百鬼夜行』（一七七六年）の「ぬつぺつぽふ」、九六四の妖怪に関する狂歌に挿絵を添えて編集された天明老人の『狂歌百物語』（一八五三年）の「のつぺらぼう」のように、それは巨大な顔の化け物に近いようだ【図8】。小泉八雲を主人公にしたコミック『八雲百怪』の三巻の「むじな」では、八雲が「オリジナルでは本当はお化けはただ顔の長い化け物なのです。では何故こんなお化けにしたのか？　その訳をあなただけにお話しましょう」と語っていた［五頁］。なぜハーンはこう変えたのか。この「顔のない顔」に何が隠れていたのか[3]。それが問題だ。

「むじな」の原典を詳細に探した増子和男は、町田宗七編『百物語』の「顔の長さが二尺もあらうといふ化物」が『絵本百物語――桃山人夜話』（一八四一年）巻三第二三の「歯黒べったり」にも近いことを示唆している［二〇二―二〇三頁］【図9】。また、多田克己によれば、中国の『荘子』の「応帝王」は、目耳鼻口などの七つの穴がない「渾沌《こんとん》」という帝に対して、もてなしの返礼として二人の帝が善意から穴をあけると、七日たって渾沌は死んでしまったという話だが、世界が始まる前の「混沌」を秩序化しようとする失敗が描かれており、「渾沌」という名の帝は鳥山石燕の「ぬつぺっぽふ」を連想させるという［一一三頁］。京極夏彦は不可解なものがキャラクター化されたものが妖怪だと定義した［七頁］。つまり「混沌」とした未知の存在の脅威が「記号《キャラ》」化されることで馴致され、集められたものが妖怪なのである。ハーンは消えてゆく妖怪を採集した。ハーンは二尺の巨大な顔の「のっぺらぼう」の原話を、美しいはずの顔が振りむくと「のっぺらぼう」に変わる恐怖に書き換えていた(4)。それは、マルティニーク島の取材で書かれた「魔女」で、ゾンビが化けた美女が怪物に変身する姿にも似ている。「むじな」にゾンビ伝説が紛れ込んでいる可能性は捨てきれない。

【図9】『絵本百物語』の「歯黒べったり」

また、『百物語』の「第三三席」では「それは、御堀《おほり》に栖《す》む獺《かわうそ》の所業《しわざ》だろうといふ評判《ひょうばん》で御座《ござ》いましたが、この説話《はなし》は決して獺《うそ》の皮ではないさうで御坐《ござ》います」と、物語の信憑性に「獺《かわうそ》」と「嘘《うそ》」をかける洒落でどこか滑稽に終わる［一柳・近藤　二四一頁］。しかしながら、「むじな」では、牧野陽子によれば、同じ恐怖が二度繰り返され、「夢の中に登場する象徴表現」のような口をきかない女や無表情の蕎麦屋によって、「悪夢のような、この永久に逃れられぬ無限反復の空間感覚」が支配している［一〇七頁］。また、「その顔は大きな卵のようにのっぺらぼうとなった。そして、同時に、屋台の火も消えた」と最後が恐怖と静寂で締めくくられる。「灯も消えた」という結末は、怪談話が一話終わるごとにロウソクが一本消される『百物語』の最後に場が闇と化す恐怖ばかりか、どこか「虚無感」まで漂わせてならない。商人がお女中と遭遇し逃げだした後、「あたりは一面の真っ暗闇、前方は空無でなに一つ見えない（all was black and empty before him）」と加筆された部分は、明かりが消えてすべてが「空白《のっぺらぼう》」になる結末への伏線になっている〔二〇一四年 二〇八頁〕。「原話《オリジナル》」よりも怖い「再話《コピー》」。この「顔のない顔」の背後には「虚無」がひそんでいた。それはまたハーンが感じていた恐怖ではないのか。

「むじな」の原体験としてよく論じられるのが、ハーンが幼少期を語った「私の守護天使」である。ハーンが六歳だった頃、家を訪ねてくる親戚ではないが「従姉妹《カズン》ジェーン」と呼ばれる女性がいた。あるときジェーンに、神を否定したハーンは、地獄の業火で焼かれると脅かされて恐怖を感じる。「ジェーンなんかはやく死んでしまえ、と願った。そうなれば、もう二度と顔を見ないですむ」と、ハーンは彼女を憎み始めた〔二〇〇四年 二七頁〕。ある秋の夕暮れ、ハーンは寝室に入ってゆくジェーンを目撃した。「わたしがいることに初めて気がついたかのように、ジェーンは振り返った。ジェーンが微笑みかけてくれると思って、わたしは顔を上げた。しかし、そこには、ジェーンの顔はなかった。顔の代わりにあったのは、青ざめた、のっぺりしたものだけだった。わたしが驚いて目を見張っているうちに、ジェーンの姿はかき消えてしまった。しだいに消えていったのではなく、炎が吹き消されたかのように一瞬のうちに消えたのだった」〔二〇〇四年 二九頁〕。たしかに「むじな」に瓜二つだ。また、つけ加えておくと、『アメリカ雑録』（一九二四年）の「奇妙な体験」は、黒人女性の霊媒が鏡に顔が映らない異様に背の高い女を目撃するものの、近づくと、蝋燭の灯が消えるように女も消えてしまった体験をハーンに語ったもので、「私の守護天使」と似ている。

だが、のっぺらぼうのジェーンとは何だったのか。神を否定して叱責を受けたハーンはジェーンを憎んだ。「わたしは、従姉妹ジェーンの死を望んだ。そして、その願いは実現したのだ。しかし、やがてわたしは罰を受ける日がやってくる……漠然とした思いやとりとめのない恐れが、胎児期の眠りから目覚めるように、わたしの中で頭をもたげ始めた。なかでも、人間を憎み、邪悪な存在となる死者を恐れる気持ちが強まった」〔二〇〇四年 三一―三二頁〕。ジェーンは肺病で死んでしまうが、のっぺらぼうになったジェーンは、彼女の死を願ったハーンの自分を罰したいという罪の意識が生んだのかもしれない。また、「わたしの寝室には、ギリシャのイコンが掛けられていた。それは聖母子像が描かれたあたたかい色合いの小さな油絵だった。母親のことはほとんど覚えていなかったけれど、わたしはその茶色の聖母を母だと信じていた。そして、聖母に抱かれた大きな目をした子どもは、わたし自身だと思いこんでいた」と書かれていたように〔二〇〇四年 二二頁〕、母と生き別れたハーンは母なる存在を探していたはずだ。ならば、目口鼻のあるべきものがない「のっぺらぼう」のジェーンの顔には、いるべき母のいない喪失感を抱え、アイデンティティを失った孤児ハーンの顔が、あたかも、後述するハーンの「茶碗の中」の顔のように、映っていたのではなかろうか。

4 ハーンの多文化的妖怪たち――「雪女」「耳なし芳一」「茶碗の中」

前節では「むじな」にゾンビ伝説の影を垣間見たが、ハーンのほかの怪談にも多文化の糸を発見してみたい。「むじな」「魔女」「私の守護天使」など、ハーンの女たちは恐怖の対象に変貌していた。むろん、その系譜に『怪談』の「雪女」を含めてもよい。吹雪の山小屋で巳之吉と茂作は雪女と出会う。茂作の顔に息を吹きかけ命を奪い、巳之吉を上から覗き込む。「白い女はだんだん低くかがみこんできて、その顔がいまにも触れなんばかりになった」〔二〇一四年 二二七頁〕。雪女は今夜のことを秘密にする約束で巳之吉の命は助ける。やがて、巳之吉はお雪という女を妻にし、十人の子供もできる。だが、約束を破ってあの夜のことを話してしまう。ところが、雪女は彼の命を奪わず、白い霞となって煙だしの穴から消えてゆく。禁を破ることで破綻する「鶴の恩返し」のような「異類婚姻譚」だ。ところが、この雪女のイメージは日本独特のものではない。男たちの上に乗って息を吹きかける雪女は「女夢魔《サキュバス》」を思わせる。スカンジナビアの伝説の夢魔を語ったハーンの『アメリカ雑録』収録の「夢魔あるいは夢魔伝説」は、「雪女」によく似た話である。「夢魔（nightmare）」はスカンジナビア語で「ナイトマーラ（Night-Mara）」と綴るが、この話には「夜のマーラ」という「女夢魔《サキュバス》」がでてくる。マーラを捕まえた騎士は結婚し子供ももうけるが、最後にマーラは鍵穴から靄となって消えてしまうのである〔『飛花落葉集』に収録の「泉の乙女」も同様の話だ〕。

「雪女」では、二人が「村から二里ほど離れた林」に入るには「途中に広い川があり、そこを舟で渡らなければならない」〔二〇一四年 二二六頁〕。吹雪の森のなかで眠り込んだ巳之吉が、「女夢魔《サキュバス》」のように、眠り込んだ男たちの上に屈んでくる謎の女を目撃した出来事は、境界を越えた向こうの世界の「夢」のような話でもある。一八五六年生まれの精神分析学者のフロイトと一八五〇年生まれのハーンはほぼ同時代で、フロイトの『夢判断』は一九〇〇年に出版されている。『骨董』（一九〇二年）の「夢を食らうもの」は、ハーンが自分の夢のことを悪夢を食べる獏《ばく》に語るエッセイである。夢のなかでハーンは幽体離脱したかのように、通夜の席で自分のひどく伸びた死体を眺めている。やがて顔も長く伸び始めて、そ

【図10】小林正樹監督の『怪談』雪女（左）ハーンの漫画風の絵（右）

の不気味さに耐えかね、斧でその死体を叩き割るのである（長く伸びる顔は『百物語』の二尺の顔の「のっぺらぼう」のようだ）。ハーンがその夢を貘《ばく》に話すと、それは自我が解体されるめでたい夢だから、食べることはできないと答えられる。アイデンティティの悩みも窺えるハーンの「夢判断」のようでもある。患者の不気味な悪夢を分析してきたフロイトもまた、貘《ばく》のように夢を食べ続けてきたといえるが、さらに、「雪女」を通してハーンの精神分析をしてみよう。

　男たちを凍りつかせる雪女には女吸血鬼の姿も指摘されている［藤原］。聖職者が女吸血鬼と恋に落ちるゴーチェの『死霊の恋』（一八三六年）をハーンは帝大の講義で高く評価し、『知られざる日本の面影』の「化け物から幽霊へ」でも、雪女は美しい姿で若い男から血を啜るという地方の話を註釈にあげている。また、蚊による疫病がしばしば勃発するニューオリンズでハーン自身もデング熱にかかっており、『アイテム』紙に描いた人間を襲う巨大な蚊の漫画風の絵は、男の上に屈む雪女とよく似てはいないだろうか【図10】。墓地の水溜めに発生する蚊をどう駆除するかについてのエッセイ「蚊」も『怪談』に残している。「こうした水溜めと花立ての中で私の敵は生まれるのである。何百万という数の蚊が死者の水から出てくる。そして、仏教の教義に従うと、その何匹かはほかならぬこの死人の生まれ変わりなのかもしれない。前世の咎で食血餓鬼の境涯に堕とされてしまったのだ」〔二〇一四年 二八四頁〕。「お貞の話」のような愛による輪廻転生の物語を書いたハーンは、このエッセイにおいて血を吸う蚊は死者の生まれ変わった「食血餓鬼」だと語るのである。

また、『怪談』の「食人鬼」は、死後に亡骸を食べる鬼に生まれ変わった老僧の話であり、『インクワイアラー』紙の記者の頃に書いた「大めがね」において、自分を「墓をあばく悪鬼グール」にたとえたカニバリズム好きのハーンが本領を発揮した作品だろう。この「食人鬼」は上田秋成の『雨月物語』（一七七六年）の「青頭巾」を原話とするが、寵愛した稚児を亡くした住職がその肉を食べたことから食人鬼と化すホモセクシュアルな部分は割愛され、不信心の罰として食人鬼に生まれ変わったことになっている。食堂を経営したこともあり、『クレオール料理読本』（一八八五年）も書いたハーンは、「英国人と食人族」「カニバリズム奇談」などのエッセイを残し、女が男の心を試すために砂糖でできた死体を食べて驚かす「奇妙奇天烈な話」ではカニバリズムを茶化したが、食について「カニバリズムほど、心を騒がせる主題はなかった」という〔ローゼン 九八頁〕。やはり、ハーンはどこか遠いところでゾンビと結びついていたのではないか。とりわけ『雪女』においてハーンの脳裏では、熱帯ニューオリンズで彼を悩ませた蚊、西洋の吸血鬼伝説、そして日本の雪女が溶け合っていたのだから。

誰にもいわないという約束を破ると、お雪は恐怖の雪女に変身する。十人の子供の献身的な「優しい母」が「恐ろしき母」に変貌するのだ。しかしながら、お雪は巳之吉の命を奪わず去ってゆく。その姿は、精神不安定となりハーンをダブリンに残し、ギリシアへと帰国した母親ローザに重なってくる。ハーンは人生の旅を通して母なる存在を探していた。こうした意味では、死んだ母親が棺桶にいる赤ん坊のために幽霊になって飴を買い続ける「飴買う女」は、ハーンの心の琴線に触れる母の物語だったに違いない。それならば、「雪女」において幼児期の離別の体験を語り直すことで、ハーンは彼を捨てて故郷に帰国せざるをえなかった母親ローザの心境を理解するという、自己カウンセリングを行なっていたのではないのか。また、お雪が巳之吉のもとを去ってゆく結末は「異類婚姻譚」の破綻で、「お雪」の「雪」は国際結婚をしたハーンの妻の「セツ」とも読めるのもなかなか面白い。ハーンの『雪女』の物語は、二〇一七年にも現代に置き換え杉野希妃主演の『雪女』として映画化されたように、日本できわめて人気の高い物語である。しかしながら、日本的だと思われるハーンの怪談は、ゾンビ伝説も含まれた「むじな」のように、多文化的要素に満ちた物語だった。

いうまでもなく「異類婚姻」を果たした雪女は「運命の女」である。平家の姫君の亡霊に見初められた伊藤則資という侍がやつれてゆく「伊藤則資の話」、男が人間とは思えないほど美しい乙姫に出会う「夏の日の夢」、夫に再婚を禁じて死んだ妻お亀が毎夜添い寝にやってくる「お亀の話」のように、「運命の女」はハーンの得意《おはこ》の物語でもあった。こうした視点で「耳なし芳一」を読み直せば、この物語がくるりと違う顔に変貌する。阿弥陀寺の盲目の琵琶法師芳一は、ある夜、使いの武士に弾き語りを頼まれる。屋敷につくと芳一は女に手を引かれ、高貴な老女とその一門の前で『平家物語』を演奏する。ところが、それは平家の亡霊たちだった。衰弱してゆく芳一の体に和尚は般若心経を書いて守ろうとするが、書き忘れた耳が死霊にちぎり取られてゆく。この平家の死霊の宴は『アメリカ雑録』の「バンジョー・ジムの物語」を思いださせる。夜道を歩いていたバンジョー弾きの黒人ジムは、シンシナティの廃墟のダンスホールで鬼火を伴って踊る幽霊たちのダンスを目撃する。[5] バイオリンを弾く幽霊は天井につくまで背が伸びてゆき、それは、「魔女」のゾンビが化けて伸びてゆく女や犬や樹木、「夢魔の感触」でハーンが幼少時に見た天井へと伸びる幽霊に似ている。[6]

芳一は外では甲冑を着た武士に手を引かれて、屋敷では女に手を引かれて案内される。琵琶を奏でると、すすり泣きが続くが、屋敷にうごめくのは男たちではなく女たちの気配である。エロティックな香りが漂う。ハーンは「運命の女」との逢瀬をよく取りあげていたが、やつれてゆく芳一の姿は、夜ごとに女の死霊に訪問される男がお札を家に貼ってやり過ごそうとする『牡丹灯篭』と同じであり、セクシュアルなものを読み込みたくなる。女の嗚咽や称賛を聞く芳一の「耳」は、反応する「男根」の象徴と考えることができよう。(7) 和尚や下男は芳一に「化かされている（you are bewitched）」という。このbewitchedという英語はむろん魔女を連想させるし、ファファを化かした『仏領西インドの二年間』の「魔女」の話を思いだしてもよい。そのいっぽうで、芳一の体に般若心経を描き込む阿弥陀寺の和尚の「筆」について、「ファロス状の形状を有し……芳一の全身を愛撫する毛筆」のイメージを西成彦は指摘している［二〇〇四年 六四頁］。和尚と芳一に疑似的な親子関係ではなく「ホモセクシュアル」を読み込めば、この話は「ヘテロセクシュアル」の死霊の女たちと「ホモセクシュアル」の和尚が、芳一の体を奪い合う物語とも解釈できるのだ。

ハーンの文学にはホモセクシュアルな要素が隠れている。『骨董』の「茶碗の中」は『新著聞集』（一七四九年）の「茶店の水椀若年の面を現ず」の再話である。関内は飲もうとした茶碗の中に男の姿を見つけ、不気味ながらそれを飲み干すと、その夜に式部平内という男が現れる。関内がこの男を切りつけると消えてしまい、その後三人の家臣が抗議に現れるという不思議な筋がハーンの物語だ。これに対して原話のテーマはもっと明白で、関内に思いを寄せて茶碗に現れた平内は、茶が飲み干されて願いが成就したと考えて姿を現したが、それを切りつけた関内の思わせぶりな態度に三人の家臣が物申しにくるという「男色の物語」である。牧野陽子によれば、この原話をハーンは「茶碗の中」という

「翻案」においてホモセクシュアルな要素を「排除《ころ》」して、「関内」が自分の分身「平内」を茶碗の中に見出してしまい、ドッペルゲンガーが現れる「分身物語」にしたという。(8) 冒頭で語り手が回想する古い塔の螺旋階段を登った先の何もない場所、海岸の崖の道の向こうの絶壁などのアイルランド的風景から、関内が切りつけた幻覚は、父方の「パトリック」の名と共にアイルランド文化を捨てたハーンが封じ込めようとした「内なるケルト的分身」だと牧野陽子は看破している〔一四七頁〕。(9) また、小林正樹監督の『怪談』（一九六四年）では、茶碗の中から魔界に誘い込む死霊に、結末には物語を語る作家自身も死霊にされ、仲間を引き込もうと水甕から手を伸ばしてくる物語として映像化された。

もし「耳なし芳一」が「同性愛」と「異性愛」という「二つのセクシュアリティ」が芳一の体を奪い合う話だとすれば、またそれは、「声の文化」と「文字の文化」という「二つのメディア」が芳一を争奪する物語でもないのだろうか。『平家物語』は琵琶法師に「口承伝達」で語り継がれたもので、「声の文化」である。再話時にハーンも、物語をまず妻セツに暗記してもらった後、セツの「声」で暗唱されたものを「文字」で書き記したという。ハーンは西インド諸島において黒人奴隷が主人のフランス語を耳で聞き変形されて習得された「クレオール語」を熟知し、「声の文化」を重視していた。種本を用いて再話する際、「文字文芸」の内側に「口承文芸」の香りを含ませる技法にハーンは長けていたのである〔西　二〇〇四年　三五頁〕。ハーンの左目は失明、右目は強度の近眼であった。『知られざる日本の面影』の「東洋での第一日」は、最初は「視覚の描写」に執着した描写だったが、最後には「あんま、かみしも、ごひゃくもん」という女の按摩の呼び声という「音の描写」に変わり、七節虫のお化けのように漢字がうごめく夢で終わっている。「未来の『耳なし芳一』の作者は、「東洋での第一日」のなかであらかじめ筆ならしをおこなっていたことになる」と西成彦は述べている〔一九九三年　一二頁〕。

平家の悲痛な運命を優れた琵琶の音色で「再現」することで、いわば「声」で「再話」した芳一の物語を、今度はハーンが「文字」で「再話」する。この意味では、亡霊から「素晴らしい芸術家だ」と称賛される芳一は、日本の民話を「再話」して読者に提供するハーン自身のことを指す自画像でもあろう。それならば、ハーンは「耳なし芳一」を書きあげることで、両親を喪失し、仲間からも騙され続けてきたというトラウマを癒していたのかもしれない。だが、皮肉なことに、有名になって芳一が金持ちになったのとは逆に、「耳なし芳一」が書かれた一九〇四年には、「口承文芸の終わり」を迎えていたのである。中世の時代には、神社仏閣は漂泊の芸能民たちに居場所を与える庇護者的存在だったが、江戸時代に入ると琵琶法師たちが寺院に登録され管理が始まり、明治四年には盲人を管理統括していた当道座は解体され、琵琶法師たちは弾き語りによる生計が立てられなくなっていた〔西 一九九三年 一八〇―一八二頁〕。体じゅうに「文字」が刻まれ、「耳」が奪われる芳一の姿は、「声の文化」が印刷術の発展による「文字の文化」に取って代わられる姿だったのではなかろうか。耳をひきちぎられた芳一は、二つのメディアにひき裂かれた明治日本の表象でもあったのだ。

「耳なし芳一」は外国人を魅惑する。ロバート・E・ハワードの小説シリーズ『英雄コナン』を映画化した『コナン・ザ・グレート』（一九八二年）において、負傷したコナン（アーノルド・シュワルツェネッガー）が体じゅうに呪文を書きこんで死神から逃れるシーンはその影響だ。また、妖怪五十両、幽霊百両で始末してゆく賞金稼ぎのキャラクターにハーンを使ったトレヴォー・S・マイルズは、奇想天外な小説『妖怪処刑人 小泉ハーン』（二〇一八年）の「耳なし芳一」の章で、ハーンに芳一を狙う「ゾンビ武士団」をライフルや拳銃で退治させている。ハーンの妖怪たちは多文化的要素に満ちている。ハーンは近代化が進む明治で、怪談を日本の精神として「採集」した。巽孝之は「こうした先駆者を持たなかったら、のちに柳田國男の『遠野物語』（一九一〇年）を代表とする民俗学が成立しなかったのは、まずまちがいない」と断言する［二〇〇〇年 七九頁］。南方の妖精伝説を収集して昭和の妖怪文化を開花させた『ゲゲゲの鬼太郎』の水木しげるに継承され、『妖怪ウォッチ』につながってゆく日本の多文化的妖怪文化の先駆者には、ラフカディオ・ハーンがいた。[10] そして、アメリカのゾンビ文化にとっても、マルティニーク島のゾンビ伝説を紹介したハーンは、その生みの親のひとりでもあった。

【註】

（1）漱石の『夢十夜』はハーンの「お貞の話」とよく似た輪廻転生の話「第一夜」で始まるが、「第三夜」もまた、「田んぼ」から「森」へと入ってゆく男に、「盲目」で石地蔵のように重くなる赤ん坊が、百年前こんな夜にお前は俺を殺したのだと告げる「子捨て」の話である。赤ん坊の告げる「文化五年辰年」は一八〇八年に当り、『夢十夜』が朝日新聞に掲載された明治四一年（一九〇八年）の百年前に符合する。「田んぼ」という「耕作（cultivated）された地」から「左」にそれて「森」へ向かう男は過去へ遡っており、「子泣き爺」のような赤ん坊は過去の表象である。「明」るく「治」める「明治」の文明「開化」のもと、「盲目」だった江戸の暗い遺物として「捨てられた」妖怪や幽霊の物語をハーンは「拾い」続けたのである。

（2）しばしばハーンは政治的にも利用された。民俗学研究者で松江市の小泉八雲記念館の顧問の小泉凡は、ハーンのひ孫でその「凡」という名前は、ピーター・ウェーバー監督の『終戦のエンペラー』（二〇一二年）の主人公として描かれたボナー・フェラーズ米軍准将に由来する。一九一一年にアーラム大学に入学したフェラーズは、日本人留学生の渡辺ゆりと知り合い、一九二二年の訪日時には、日本を知る最良の本としてハーンを紹介され、「彼のすべての著作を私は集め、読破したと思う」ほど心酔し、小泉家とも親交があった［東野 四六頁］。西洋を「罪の文化」、日本を「恥の文化」と定義したルーズ・ベネディクトの『菊と刀』（一九四六年）は戦時中のアメリカの敵国研究の産物だったが、フェラーズは『忠臣蔵』にも触れた論文『日本兵の心理』を執筆し、後に日本に対する心理戦を指揮し、一九四四年八月二九日には、対日心理戦指令文書に「『日本人の心理に関する最良の本』は、二〇世紀はじめに書かれた古典であるラフカディオ・ハーンの『日本——ひとつの解釈』なのであった」と書いている［ダワー 八頁］。日本びいきのフェラーズは、東京裁判時に天皇制の象徴としての維持をマッカーサーに進言した。マッカーサーの五千冊の蔵書にはハーンの著作が七冊あったという。むろん、天皇制の継続が混乱を防ぎ、アメリカの日本統治に有益だったことが理由であり、ハーンの文学が天皇を守ったというのはナイーブ過ぎるが、日本を愛しその真髄を捉えた外国人という日本人好みの「顔」をハーンは提供したのである。

（3）一九世紀前半に顔や頭蓋骨の形から性格や能力を読み取る観相学・骨相学が流行し、ハーンはアメリカ時代に観相学者ラファーターや骨相学者コームの名をあげ、観相学について「顔の研究」を書いた。

（4）「むじな」のこの恐怖への反転は、マスクを着けた女が「私って綺麗？」と聞いてきて、「はい」と答えると、マスクを外して「これでも？」と巨大な口を見せる「口裂け女」の都市伝説でも明らかなように、男たちが潜在的に抱える恐怖である。「ウーマン・トランスフォーメーション（変身）」を副題とする亀井亨監督の『妖怪奇談』（二〇〇七年）は、現代版『怪談』とでも呼ぶべき作品で、首が伸びすぎて「ろくろ首」になる女、爪が伸びすぎて「かまいたち」になる女、だんだん顔が消えてゆき「のっぺらぼう」になる女などが登場する。身長が伸びすぎる、あるいは背が伸びないなど、成長に関する思春期の不安を抱え、化粧で顔をつくる女子高校生たちのアイデンティティの揺らぎが描かれる。

（5）『仏領西インドの二年間』の「天然痘」では、疫病の顔に女たちが仮面をつけ、死ぬのを厭わず病原菌をまき散らしながら踊り、「鬼とゾンビはどこで眠る」という歌を子供たちが歌う「死の舞踏」のような謝肉祭が描写されるが、ハーンが夢で見る謝肉祭のダンスは奇妙な無言のものであった。この熱帯の踊りの記憶は、『知られざる日本の面影』の「盆踊り」において、白い手が呪術をかけるがごとくに舞い、「死者を呼び醒ます」ような伯耆地方の「物音のしない」盆踊りの描写につながってゆく。ちなみに、ゾンビ映画ブームの日本で一九八六年に公開されたカルト映画は、死んだ女たちがひたすらストリップを踊るエド・ウッド脚本の『死霊の盆踊り（*Orgy of the Dead*）』（一九六五年）である。

（6）ハーンにとり憑いたこの「伸びる恐怖」は、『影』収録の「ゴシックの恐怖」にも顕著である。巨大な怪物や蛇のような熱帯の椰子の木に対する感動と畏怖が描かれるだけではなく、ゴシック建築の尖塔にも「伸びる恐怖」が当てはめられ、アーチの曲線が椰子の枝の曲線にも似ていて、「夢魔のように上へと伸び」、「怪物的な物神《フェティッシュ》」と形容される。この恐怖は彼のカトリックに対する不信感に遡る。

（7）かわさきひろゆき監督の『耳なし芳一――怨凌姫』（二〇一一年）は、芳一を尼の住職と死霊の女が取り合う話につくられており、死霊たちはすべて女性である。芳一の耳をちぎった女はそれを愛しそうに愛撫するが、それは、愛人のペニスを切断した阿部定を彷彿させる。

（8）赤江瀑の短編「八雲が殺した」（一九七九年）は、「茶碗の中」で原話のホモセクシュアルの部分を削除《ころ》したハーンに納得できない女性のもとに、ワイングラスに映った謎の男が現れるというサスペンスである。

（9）「茶碗の中」は、分身がウィルソンの前に現れ続けて、悪事の邪魔をするエドガー・アラン・ポーの「ウィリアム・ウィルソン」（一八三九年）を連想させる。また、ポーの「群衆の人」（一八四〇年）は、夕暮れのロンドンでカフェの窓越しに群衆を観察する語り手は、謎の「老人の顔」を見つけて追跡を続けるが、「老人の顔」はガラスに映った「自分の顔」だったかもしれず、自己を認識できなかった男の物語とも読めるように、茶碗に映った自分のものとは思えない顔は関内の顔だったのだろう。

（10）アトリエ・セントーのコミック『鬼火』で、「見えない」おばけの姿を撮影できるカメラを携え新潟から青森の恐山まで旅をして、妖怪の写真を集めるフランス人ペアのことを東雅夫は帯で「小泉八雲の再来」と呼んだ。二人を案内するギャラリーの支配人は「原発ってのは青白い光を出すそうだね。鬼火とかね、こういう狐火はお化けが出る前ぶれだよ……昔からいる怪物にかえて、新しい怪物をつくりだしたんだな、われわれは」といい、「向こうのほう……あの山の向こうはさ……福島県だよ」とつぶやく［四四、四五頁］。TSUNAMIという英語を英語圏に紹介したハーンの「再来」の二人組は、「見えない」霊魂に加えて、肉眼では「見えない」放射能という妖怪の誕生を発見するのである。

第二章　D・W・グリフィスとゾンビ——『国民の創生』をめぐって

1　ゾンビ映画の原型の誕生——「侵入される家」「死よりも恐ろしい運命」「最後の弾丸」

二〇一八年八月一二日、「札幌航空ページェント」の自衛隊のヘリ編隊の飛行時に、ワーグナーの曲「ワルキューレの騎行」が流された。むろん、フランシス・フォード・コッポラ監督の『地獄の黙示録』（一九七九年）で、テンガロン・ハットを被り、黄色いスカーフを巻いたキルゴア中佐率いる航空師団が、この曲を流してベトナムの村を襲撃するシーンの影響だろう。[1]「ワルキューレの騎行」を愛したヒトラーの狂気とアメリカの狂気を重ねるのみならず、キルゴア中佐のモデルは映画で「ベトナムを石器時代に戻してやる」ということからも、東京大空襲を含め日本全土を焦土にし、ベトナム北爆時に同じ発言をした米空軍大将カーチス・ルメイであり、ルメイの狂気も揶揄するのがコッポラの「意図」だった。それはあまり伝わらなかったが、彼の脳裏にはD・W・グリフィス監督の『国民の創生（*The Birth of a Nation*）』（一九一五年）があったに違いない。本論では、まず人種差別映画とされる『国民の創生』において、KKKが救出に駆けつける「死よりも恐ろしい運命」のシーンをグリフィスの経歴において考え、黒人を怪物的に描いたグリフィスが弱者にも共感を示した「分裂」を考察する。他者恐怖をすり込む『国民の創生』の「侵入される家」「最後の弾丸」の原型的シーンは、多くの映画に継承されてきた。ロメロはこの映画の「陰画《ネガ》」のような『NOTLD』を製作しているが、ほかにも『国民の創生』の解体を試みる映画は後を絶たない。しかしながら、最後に人種差別とは異なる「もうひとつの『国民の創生』」の顔も探ってみたい。

【図11】キングコングのように女をさらうリンチ

【図12】境界線の危機　壊れた柵のそばのガス

＊

一九〇五年にトマス・ディクソン・ジュニアが執筆した『クランズマン』にもとづき、「アメリカ映画の父」と呼ばれたグリフィスは、最初期のアメリカ長編映画で一九〇分にも及ぶ『国民の創生』を完成させた。南部キャメロン家の子供たちのベン、フローラ、マーガレット、北部ストーンマン家の子供たちのフィル、エルシーは、南北戦争という運命にひき裂かれながらも互いに愛し始める。ベン・キャメロンはエルシー・ストーンマンに、フィル・ストーンマンはマーガレット・キャメロンに恋するのである。奴隷たちが解放された後、黒人の帝国を築こうとする混血黒人サイラス・リンチらの野望が絡んでくる。犬を意味なく絞殺して捨てる残忍なサイラス・リンチは、北部のストーンマン家の娘エルシーに強引に求婚し、彼女をさらってゆく【図11】。また、黒人のガスが家の壊れた柵のそばから南部キャメロン家の娘フローラを眺めるシーンが周到に配置され、混淆によって人種の境界線がゆらぐ脅威を表象している【図12】。あたかも

【図13】丸太小屋に侵入する黒人たち

「赤頭巾」のように、兄のいいつけを守らず森の泉に水を汲みにいったフローラをガスが追い回す。だが、フローラは強姦という「死よりも恐ろしい運命」を恐れ、崖から飛び降りるのだ。この二人の黒人は白人が顔を黒く塗って演じていた。ゾンビのように顔を醜悪に特殊メイクするのではなく、『国民の創生』ではただ黒く塗るだけで黒人という「怪物」が「誕生」したのである。[2]

黒人の兵士たちが街で暴れまわるいっぽう、丸太小屋に閉じこもるキャメロン家やストーンマン家の人々は、黒人たちに取り囲まれる。扉や窓から手を入れてくる黒人たち【図13】。ゾンビ映画の原型シーンの「誕生」だ。「丸太小屋からホワイトハウスへ」が選挙時の宣伝文句だったリンカーンが「政府は国家の家事を行ない、国家は家に相当する」、そして「奴隷制度は国家の分裂の要素」だという言葉を残したように、家は国家の比喩としての典型である〔フォーギー 二七一―二七二頁〕。北朝鮮系のテロ集団にホワイトハウスが襲撃される『エンド・オブ・ホワイトハウス』（二〇一三年）、軍事企業が黒幕の武装集団にホワイトハウスが乗っ取られ黒人大統領が立ち向かう『ホワイトハウス・ダウン』（二〇一三年）のように、「侵入される家」は国家の危機の表象となる。『国民の創生』で黒人たちに家を包囲されて絶望したキャメロン老人は、娘のマーガレットを「死よりも恐ろしい運命」から救おうと、拳銃を振りあげる。小屋にいた少女の涙を流す顔がクローズアップされる。映画史を貫く「最後の弾丸」のシーンが「誕生」した。だが、この絶望の瞬間、黒人という白人たちの共通の敵の前に、白い衣装を着た人種差別主義者の秘密結社「クー・クラックス・クラン（KKK）」が、馬に乗って駆けつけてくる。「ワルキューレの騎行」が

【図15】『見えない敵』の「侵入される家」

【図14】『エルダーブッシュ峡谷の戦い』

雄々しく流れる。やがて、南部と北部の家の子供たちは結婚し、「分裂」していた国家がひとつになる。白い衣装のＫＫＫは街で勝利の「行進」を行なうのだった。

「国家の誕生」という壮大なタイトルを掲げたこの映画は、奴隷たちが綿花を収穫するシーンで始まり、「黒人をアメリカに連れてきたことが国家分裂の種《シード》であった」という字幕が流れる。だが、それは、黒人の姿に仮託された怪物の「原型《たね》」が、銀幕という土壌にまかれた「誕生」の瞬間でもあった。しかしながら、すでに「最後の弾丸」の構図は、グリフィスの『エルダーブッシュ峡谷の戦い』（一九一三年）において完成していたといってもよい。この映画ではインディアンに包囲された小屋で開拓民たちは応戦するが、窮地に追い込まれて男が女たちに拳銃を突きつけ、「最後の弾丸」が放たれる瞬間、騎兵隊が救出に駆けつける【図14】。『国民の創生』のクライマックスは敵をインディアンから黒人に置き換えた『エルダーブッシュ峡谷の戦い』の「リメイク的作品」でもあった。グリフィスは閉じられた内部に敵が侵入してくる構図を好んだのだろうか。たとえば、『見えない敵』（一九一二年）は、金庫の金を強奪しようとする強盗たちが、二人の姉妹が閉じこもった部屋の壁の穴から拳銃を挿入してきて、姉妹は兄に電話で連絡しつつ救出を待つというスリラーが展開する。『国民の創生』と同様に、『見えない敵』では「侵入される家」の恐怖がうまく使われている【図15】。

2 グリフィスの分裂――レイシストかリベラリストか

しかしながら、グリフィスは弱者に対する「視点」も備えていたことを忘れてはならない。たとえば、ポー生誕百周年の一九〇九年、最初のポーの伝記映画『エドガー・アラン・ポー』を製作したのが、このグリフィスだったのである。貧困にあえぐポーが部屋に入ってきた鴉をモデルに「大鴉」の詩を書いて原稿料を手に入れて病床の妻のもとに帰ってくるが、妻はすでに死んでいたという物語で、当時はまだ評価が高くなかった弱者ポーに同情を捧げている。さらに、フランク・ノリスの社会抗議小説の『オクトパス――カリフォルニア物語』（一九〇一年）を題材にした『小麦の買い占め』（一九〇九年）では、投資家たちによる買い占めで小麦の値段の高騰した状況下で労働者たちの苦しみが描かれ、投資家は倉庫に転落して小麦にまみれて死んでしまう。(3) また、同年の『インディアンの視点（*The Redman's View*）』は、一八三〇年にアンドリュー・ジャクソン大統領の強制移住政策によって、荒れ地へと追放されていったインディアンたちの悲惨な「涙の道」を「インディアンの視点（view）」から同情的に再現したものである。すでにグリフィスは多様な人種や階級をとらえていた。

さらに、『大虐殺』（一九一二年）では、幌馬車隊がインディアンに包囲され騎兵隊が駆けつけるも、母親と赤ん坊を除いて殺戮される「大虐殺」がクライマックスに展開する。ところが、前半においてカスター中佐率いる第七騎兵隊がシャイアン族の村を襲撃した「ワシタ川の虐殺」らしきシーンも描かれていて、地面には子供を抱いた母親の死体が映される。この虐殺を初めて本格的に描いたのがアーサー・ペン監督の『小さな巨人』（一九七〇年）だとすれば、グリフィスの視点はきわめて早かったと評価できよう。(4)『小さな巨人』においては、一八六八年の「ワシタ川の虐殺」から百年後、米軍がベトナム人を無差別攻撃した一九六八年「ソンミ村の虐殺」が時代を変えて告発されたのである。また、一八六四年にシャイアン族の無抵抗の女や子供までが騎兵隊に殺戮された「サンドクリークの虐殺」は、ラルフ・ネルソン監督の『ソルジャーブルー』(一九七〇年)において、「ソンミ村の虐殺」と重ねて映像化されている。この映画の青い制服の騎兵隊はインディアンの女たちを強姦し、死体の頭や手足を弄び、馬上からサーベルで女の首を切り落とす。『ゾンビ』において突撃ラッパを鳴らしショッピングモールを襲撃し、ゾンビを殺しまくるバイカーたちの一人(トム・サヴィーニ)が、バイクからサーベルでゾンビの女の首を切り落とすシーンは、『ソルジャーブルー』を絶対に意識している。

また、グリフィスはアメリカの移民にも共感した視点を向けている。たとえば、『ユダヤ人の娘のロマンス』(一九〇八年)は、結婚を許さない質屋の父から逃げだし、客と結婚して子供を生んで転落してゆくユダヤ人娘ルースを描いたメロドラマである。生活に困窮するルースの子供が質屋の祖父に形見のペンダントを持ってきて、父親は娘の不幸な境遇を理解することになる。また、ロンドンが舞台だが名作『散り行く花』(一九一九年)は、アヘン中毒になった中国人移民の男性と暴力的な父から逃げだそうとする娘ルーシーの恋を描いた作品である。連れ戻されたルーシーは死んでしまい、中国人がその父を射殺する悲劇を迎える。そして、何といっても、グリフィスの『イントレランス』(一九一六年)は、弾圧を起こす人間の「不寛容《イントレランス》」による四つの物語を展開する超大作である。「ユダヤ編」のエルサレムでのキリストの受難、「バビロン編」の異教信仰が原因で滅んでゆくバビロン、「フランス編」のカトリックがプロテスタントを殺害したサンバルテルミの虐殺、「アメリカ編」の経営者による労働者の弾圧事件と、「不寛容《イントレランス》」がひき起こした四つの弾圧が同時に進行して描かれる。『国民の創生』の贖罪として、グリフィスは『イントレランス』を完成させたのである。

現実の歴史を見るとKKKは、一八六七年までに南北カロライナ州だけで一九七人をリンチなどで殺害したが、『国民の創生』では結成後にメンバー三人が先に黒人に射殺され、事実が反転させられている。『国民の創生』は、家に侵入する黒人という白人の「見えない」恐怖を「見える」形に視覚化したのだ。グリフィスは多様な人間を描きながらも、デビュー作『ドリーの冒険』（一九〇八年）において少女ドリーを樽に詰めて誘拐するのはジプシーだし、『彼の責務』（一九一一年）や『彼の責務の遂行』（一九一一年）では、白人の娘を守るために自己犠牲をいとわない年老いた黒人召使の男が登場するなど、ステレオタイプ的な人種像もこれまで描写してきた。町山智浩は「『イントレランス』で歴史上の民族や宗教への弾圧を厳しく批判した人道主義者でありながら、同時に、『国民の創生』で黒人から投票権を奪うKKKを正義の味方として描いた差別主義者でもあり」と、南部と北部にひき裂かれたアメリカの国家のようなグリフィスの「分裂」を取りあげている〔三九頁〕。しかしながら、第四節で論じるように、グリフィスその人物だけではなく、人種差別映画と悪名高かった『国民の創生』もまた、その作品内部に「分裂」を抱えていたのではないか。

3 他者恐怖の進化論——『駅馬車』から『ミスト』まで

『国民の創生』は映画史に大きな痕跡を刻んだ。この映画の撮影に参加したジョン・フォード監督は、『駅馬車』（一九三九年）で「最後の弾丸」のシーンを反復させたのである。脱獄囚リンゴ・キッドがウィンチェスター・ライフルを颯爽と廻して登場する『駅馬車』は、名優ジョン・ウェインを「誕生」させた映画ともなった。アルコール中毒の医者ブーン、娼婦ダラス、妊娠中の騎兵隊の妻ルーシー、賭博師ハットフィールド、銀行家ゲートウッドなど、さまざまな階級の人間が乗り合わせた駅馬車の閉じられた内部でドラマが進行してゆく（社会から疎外された人々と貯金を横領した銀行家が乗り合わせるのは、資本主義や大恐慌にあえぐ人々を描いたジョン・スタインベックの小説『怒りの葡萄』（一九三九年）を一九四〇年に映画化したフォードらしい）。護衛の騎兵隊が去った後、ひき返すか旅を続けるかと多数決の投票が乗客によって実施される駅馬車の内部は、アメリカの民主主義が試される空間であり、そこをインディアンが襲撃してくる。やがて、反撃する銃弾も尽き、一行は覚悟を決める。ハットフィールドは拳銃に一発だけ残った弾を込め、「死よりも恐ろしい運命」から救うために、ルーシーの頭に突きつける。女が生きるか死ぬかという権利は男が握っている。ところが、絶望の瞬間に突撃ラッパが響く。「聞こえる」とつぶやくルーシー。騎兵隊が救出に駆けつけてくる。

『国民の創生』の「最後の弾丸」のシーンは『駅馬車』が受け継いでいた。そして、『国民の創生』の公開は第一次世界大戦勃発の翌一九一五年、『駅馬車』は第二次世界大戦勃発の一九三九年と、ナショナリズムが高揚する危機的状況だったことも忘れてはならない。同年のセシル・B・デミルの『大平原』（一九三九年）でも、鏡で映したように「最後の弾丸」の分身的場面が展開する（『駅馬車』も『大平原』も同じアーネスト・ヘイコックスの小説の映画化だが、「最後の弾丸」のシーンは映画の「脚色《アダプテーション》」である。『駅馬車』の原作でハットフィールドは女性に銃を渡すだけだし、『大平原』の原作では対応する場面はない）【次頁の図16】。『大平原』のクライマックスでは、疾走する機関車をインディアンが追跡してくる。脱線した列車に閉じこもり、取り囲むインディアンと戦う二人の男は、電信で助けを呼びながらも、弾丸が尽きてきたことを悟り、愛するモーリーの頭に拳銃を向ける。だが、「聞こえる」とモーリーが囁くと、救出を告げる機関

【図16】「最後の弾丸」の分身的シーン『大平原』（左）、『駅馬車』（右）

車の音が響いてくる（韓国ゾンビ映画『新感染 ファイナル・エクスプレス』において、転覆し折り重なる列車の隙間に隠れた登場人物たちが侵入してくるゾンビと戦う姿や列車を追いかけてくるゾンビ集団は、『大平原』のこの場面を反復している）。

『駅馬車』と『大平原』の「最後の弾丸」を比較したJ・P・テロットによれば、南北戦争で「南北」に分断していたアメリカが、一八六九年に鉄道によって「東西」が結ばれる大陸横断鉄道の完成を描き、「明白なる使命」を疑わない『大平原』に対して、インディアンに向けてより深い描き方をしたのが『駅馬車』だという。『駅馬車』のリンゴ・キッドもジェロニモも「刑務所」や「居留地」から逃亡した「アウトサイダー」だが、なかなか姿を見せないジェロニモは、乗客たちの聞いた言葉によって恐怖が肥大してゆく「見えない敵」であり「恐怖の記号」でもある。また、ブーン医師と娼婦ダラスも偏見から町を追放されており、ブーンはダラスに「我々は社会的偏見という汚い病の犠牲者のようです」といい、ダラスは浄化運動家の女たちに「アパッチより恐ろしいものがある」と皮肉っている。そして、「最後の弾丸」で独善的にルーシーを「死よりも恐ろしい運命」から救おうとするのは、南部貴族を気取るハットフィールドだが、このシーンではインディアンを恐怖としてしか見ない「社会的偏見という汚い病」に彼が染められていることが示されている（リンゴ・キッドは仇の三兄弟を殺すために三発の弾丸を残している）。すでにジェイムズ・フェニモア・クーパーの小説『モヒカン族の最後』（一八二六年）において、ヒロインのコーラー嬢がインディアンのマグワの妻になるよりも死を選ぶように、「死よりも恐ろしい運命」の意識は、アメリカ文化にずっと刻印されてきたのである。

白人を包囲するインディアンの襲撃は映画で頻繁に描かれてきた。とりわけ、一八七六年モンタナ州リトルビッグホーンにおいて、インディアンに包囲されたジョージ・アームストロング・カスター中佐率いる第七騎兵隊が「最後まで抵抗《ラスト・スタンド》」した「第七騎兵隊の全滅」は、ラオール・ウォルシュ監督のカスターの伝記映画『壮烈第七騎兵隊』（一九四一年）から、第七騎兵隊で生き残った男（トム・クルーズ）を描く『ラスト サムライ』（二〇〇三年）まで、数々の映画によって「最後の砦《ラスト・スタンド》」の物語として神話化されていった。主人公が脅威の他者たちに包囲される映画はアメリカ人の好むところである。ハワード・ホークス監督の『リオ・ブラボー』（一九五九年）では、メキシコ国境の町リオ・ブラボーで有力者の弟を逮捕した保安官（ジョン・ウェイン）の事務所を無法者たちが取り囲む。夜になれば無法者のたむろう酒場から、一八三六年にアラモの砦を包囲したメキシコ軍が演奏した「皆殺しの歌」が流れてくる（翌年の一九六〇年にウェインは製作・監督・主演の『アラモ』を完成させている）。この『リオ・ブラボー』は、孤立した警察署がギャングたちに包囲されるジョン・カーペンター監督の『要塞警察』（一九七六年）、この映画のリメイクの『アサルト13 要塞警察』（二〇〇五年）、また、ウェインのウィンチェスター・ライフル廻しを『ターミネーター2』で継承したアーノルド・シュワルツェネッガー主演の『ラストスタンド』（二〇一三年）など、繰り返してリメイクされ続けている。

もともとインディアンの土地を略奪したのは白人だが、映画ではインディアンが白人の農場に侵入してきたように描かれてきた。映画は事実と逆の記憶をすり込むことがある。マリタ・スターケンによれば、一八九九年に精神分析学者フロイトは、トラウマ的記憶を「隠蔽」すべく捏造された記憶が植えつけられることを「隠蔽記憶《スクリーン・メモリー》」と名づけたが、国家にとって負の記憶を隠蔽し、都合のよい記憶を語《かた》/編り続けてきたハリウッド映画は、「銀幕の記憶《スクリーン・メモリー》」として機能してきたという。ロバート・マリガン監督の異色西部劇『レッド・ムーン』（一九六八年）では、騎兵隊の偵察員サム（グレゴリー・ペック）がアパッチのザルバの妻となっていた白人女性と混血の息子を救出するが、ザルバが息子を取り返しにやってくる。家に閉じこもり戦う白人たちを次々にザルバは殺人鬼のように殺してゆく。『捜索者』（一九五六年）はイーサン（ジョン・ウェイン）がインディアンに捕らわれた姪を探し続ける西部劇だが、インディアンが白人に捕らわれた子供を取り返そうとすると、ホラー映画のようになるのである。『レッド・ムーン』と同じ一九六八年に、ロメロは『国民の創生』の構図を鏡で映した「陰画《ネガ》」のような『NOTLD』でひっくり返した。『国民の創生』で白人たちは黒人奴隷らに包囲されるが、『NOTLD』では白人のゾンビたちに黒人の主人公ベンが囲まれるのである。唯一生き残ったベンは、救出にきたはずの自警団にゾンビと間違われて射殺される。自警団はベンにとっての「最後の弾丸」を放ったのだ。

「最後の弾丸」のシーンは、映画史を貫く弾丸のように、無数の映画で改変されてきた。ロバート・アルドリッチ監督の『ワイルド・アパッチ』（一九七二年）では、将校に護衛されて馬車に乗った母と息子をインディアンが奇襲する。将校は一人だけ馬で逃亡するが、嘆願する母の声を無視できず戻ってくる。しかし、母親を連れて逃げることを諦めて、「死よりも恐ろしい運命」から救おうと母親の頭を撃ち抜き、息子だけでも馬に乗せて逃げようとする。絶望の瞬間、女の生死を決定する力は、一方的に男の手に握られている。だが、二人は逃げることができず殺害され、将校の死体から腸をひきずりだして弄ぶインディアンたちの姿は、ゾンビさながらの恐怖の他者である。いっぽう、インディアンに「包囲された家」では、父親はライフルを撃ちまくり応戦している。小屋に火を放たれた窮地の瞬間、騎兵隊のラッパの音が聞こえてくる。神を祝福し救済を喜ぶ父親。だが、ラッパの音は男をおびきだすインディアンの罠だった。農夫は拷問を受けて、無残な焼死体にされてしまう（『ワイルド・アパッチ』でインディアン・ハンターの主人公に扮したバート・ランカスターが、同じアルドリッチ監督の『アパッチ』（一九五四年）では、白人に最後まで抵抗したアパッチ族のマサイを演じているのは、インディアンと白人の「分身的関係」を示唆していて興味深い）。

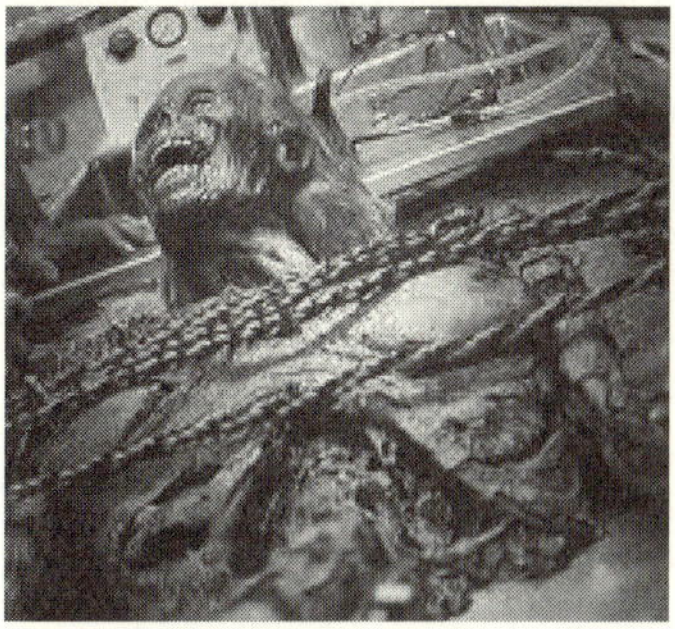

【図17】『バタリアン』
話すことのできるオバンバ

ダン・オバノン監督の『バタリアン』（一九八五年）においては、「最後の弾丸」のシーンはさらに皮肉な改変を見せる。『NOTLD』の脚本をロメロと一緒に書いた映画脚本家ジョン・A・ルッソの原案をもとにした『バタリアン』は、『NOTLD』の事件は「本当」に起こったもので、葬儀社の地下に「秘密」で保存されていたゾンビが事故によって甦ってしまう後日談的パロディである。脚光を浴びなかったジョン・A・ルッソは、ロメロの没後、ゾンビが人を喰うというアイディアを考えたのは「本当」は自分だという「秘密」を暴露しているが、走るゾンビ、話すゾンビ、頭を破壊しても死なないゾンビなど、ロメロの法則を覆すゾンビは、ルッソの『NOTLD』の権利に対する不満の表れだったのかもしれない（葬儀社の人間は「映画と違う」「映画は嘘か」と叫ぶ）[5]。『バタリアン』ではゾンビ映画史上初の「疾走するゾンビ」が登場し、下半身のないオバンバは死の痛みを和らげるために脳を食べるのだと、ゾンビの口から初めて食人の理由が語られる【図17】。また、警察の車に走り寄ってくるゾンビたちが暴動の脅威をリアルに表していた。地下室の人々は樽に書かれた番号に電話して救助を待つ。屋根裏に逃げ込んで絶望を悟った初老の男は女に拳銃を向ける。だが、何かの音がかすかに響いてくる。「聞こえる」という女の囁き。『駅馬車』の「死よりも恐ろしい運命」と同様にセリフが意図的に反復される。だが、その音は救済を告げる騎兵隊の突撃ラッパではなく、生存者を犠牲にして軍がうち込んだ核ミサイルの音だった。

『バタリアン』の翌年、ジェームズ・キャメロン監督の『エイリアン2』（一九八六年）は、戦うヒロインの先駆けとなったフェミニズム映画の観点から「最後の弾丸」のシーンを転換させた。主人公の女性リプリー（シガニー・ウィーバー）は連絡が途絶えた惑星に、筋肉隆々の女性兵士バスクエスらを含む「植民海兵隊《コロニアル・マリーン》」と共に調査に向かうことになる。惑星では住民たちはエイリアンによって捕らえられ、卵を産みつけられている。このエイリアンを先住民に読み替えれば、「インディアン捕囚体験記」で描かれてきた白人たちの先住民との混淆の恐怖が浮上する。女性兵士バスクエスと男性中尉のゴーマンはエイリアンに包囲されて自爆を決意するが、男性が一方的に権力を行使するのではなく、手榴弾を握るのは二人の手である（ブルーノ・マッティ監督の『ゾンビ 二〇〇九』（二〇〇七年）は『エイリアン2』のゾンビ版だが、「最後の弾丸」のシーンは男性二人が手榴弾を爆破させるホモソーシャル的シーンに改変されている）。しかしながら、フェミニズム映画として改変されたこの「最後の弾丸」のシーンにおいて、バスクエスというラテン系の名で、ペニス的な巨大な銃器をかまえる「ファリック・ウーマン」は、境界線を侵犯する存在として抹殺されたことも見落としてはならない。

スティーヴン・キングの短編「霧」を映画化したフランク・ダラボン監督の『ミスト』（二〇〇七年）もまた、「最後の弾丸」を皮肉に改変している。ジョン・カーペンター監督の『ザ・フォッグ』（一九八〇年）のように、霧が湖畔の街を包み、異次元からの怪物たちが襲撃してきて、人々はスーパーマーケットに閉じこもる（キングは「クトゥルフ神話」によく言及するが、原作の「霧」でも異次元から漂う霧と共に「彼方より」くる怪物や「惑星Xから来た触手」と書かれているように、ラヴクラフトへのオマージュが見受けられる）。生き残った主人公は家族らと共に、五人で街を脱出する。だが、周囲の怪物を目撃して逃げ切れないと絶望した彼は、残された四発の弾丸で、妻と子供、老人夫婦の四人を射殺する。しかし、父親が怪物の気配だと思っていた音は、救出にやってきた軍隊の戦車の地響きであった。「死よりも恐ろしい運命」の意識は、幽霊を模した白装束のＫＫＫを映像化した『国民の創生』によって形を与えられ、幽霊のように銀幕に頻繁に出没してゆく。映画史を貫く「最後の弾丸」のシーンは、映画とは過去の映画のシーンが改変され、ほかの映画とのつながりで生成される「インターテクスト」であることを教えてくれる。

4　ＫＫＫの解体——もうひとつの「バース・オブ・ネイション」

一八六五年にＫＫＫは奴隷商人で退役軍人のネイサン・ベッドフォード・フォレストによって結成された。当初は黒人に対するデモ的行動だったが、次第に暴力的傾向が強くなり、一八六九年には第一時期のＫＫＫは消滅する。だが、『国民の創生』の人気でＫＫＫが再編成された。胸に燃える十字架のマークと「見えない帝国（Invisible Empire）」の文字の入った衣装は、『国民の創生』によって考案されたものである。『国民の創生』において白人の子供が白い衣装を被って黒人の子供を脅かすのを見たベン・キャメロンは、その衣装を考えだした。この白い装束は文学にもよく登場する。ポーの『ナンタケット島出身のアーサー・ゴードン・ピムの物語』（一八三七年）では、ピム少年が死体のように顔を白く塗って白の横縞の入った服を着て、船を乗っ取った残忍な黒人コックも含む反乱一派を脅したが、逆にハリエット・ビーチャー・ストウの奴隷制反対小説『アンクル・トムの小屋』（一八五二年）では、黒人奴隷キャシーが奴隷監督サイモン・レグリーを脅かすのに白いシーツを被っている。また、ゴシック小説から抜けだしてきたかのような白い衣装には、ワシントン・アーヴィングの「スリーピー・ホローの伝説」（一八二〇年）の「首なし騎手」、『ナンタケット島出身のアーサー・ゴードン・ピムの物語』の結末にでてくる「白い謎の存在」の影も落ちているという［巽 二〇〇二年 二二四頁］。白い衣装で包まれたKKKは正体を隠し、幽霊のように出没する恐怖の「見えない帝国」なのである。

しかしながら、『国民の創生』において人々の窮地に白いコスチュームを着て駆けつけるKKKは、スーパーマンの先祖にも位置づけられる。一九三八年には二人のユダヤ移民のジェリー・シーゲルとジョー・シャスターによって、クリプトン星から来たスーパーマンのコミックが描かれた。筋肉隆々の完全な身体のスーパーマンは理想の身体である。ユダヤ人の二人の作者は、スポーツや身体訓練を推奨し、ボディビルの流行に一役買った『フィジカル・カルチャー』という優生学雑誌の寄稿者でもあった［遠藤 二〇八―二一〇頁］。しかし「適者生存」を枠組みにした優生学によって、一九二〇年代からアメリカでは大量の障害者の断種手術が行なわれてもいたのである。また、別の角度から眺めてみれば、法に頼らず正義を遂行するスーパーマンは、個人の正義を振りかざす狂気の「自警員《ウォッチメン》」にも見えてくる（模様がどう見えるかで心理状態を判定する「ロールシャッハテスト」の模様を覆面に刻んだアメリカン・ヒーローのウォッチメンは、その名を掲げている）。『NOTLD』で主人公の黒人ビルが自警団に誤って射殺されたことも思いだしておこう。一九四〇年代にラジオドラマとして放送された『スーパーマンの冒険』において、KKKを出自とするスーパーマンは、自分の鏡像であるKKKを倒すという「歪んだ形の自己否定」によって、自己の暗い起源を隠蔽したのだった〔遠藤 六九―七四頁〕。

『国民の創生』のKKKのスーパーマンのような活躍は、その後の映画史で解体されてゆく。たとえば、イタリア製西部劇『続・荒野の用心棒』（一九六六年）の北軍の軍服を着たジャンゴ（フランコ・ネロ）は、棺桶に隠していた機関銃でKKKをもじった赤い衣装の少佐一味を一掃したが、クエンティン・タランティーノ監督は、ジャンゴというキャラクターを使い、『ジャンゴ――繋がれざる者』（二〇一二年）において『国民の創生』の救出シーンを揶揄した。ガンさばきを覚えた黒人ジャンゴ（ジェイミー・フォックス）が白人奴隷農場主に囲われた黒人の妻を救出に南部に向かうのである。頭蓋骨の形で人間の能力を測る人種差別科学の骨相学を信奉する奴隷主（レオナルド・ディカプリオ）が登場するし、白い仰々しい衣装の不便さが茶化されるKKKが、歯医者の馬車や駅馬車を襲うことで、駅馬車を襲うインディアンの襲撃の逆転パロディも展開される。また、二〇一八年にスパイク・リー監督によって映画化されたロン・ストールワースの実話小説『ブラック・クランズマン』（二〇一四年）では、黒人捜査官が白人至上主義者のふりをしてKKKに潜入捜査を開始する。七〇年代が舞台の原作において、トランプをもじっているかのように「アメリカ・ファースト」を唱えるKKKが集会で『国民の創生』を上映するが、「反黒人的だと非難された時、グリフィスは『それは、私が子供嫌いだと言っているようなものだ。黒人は我々の子どもなのだ。これまでずっと愛し世話してきた自分の子ども。嫌いなわけないだろう?』と返したという」と、グリフィスのことも揶揄される〔一〇七―一〇八頁〕。

さらに、「国家の誕生」を謳ったグリフィスの映画から約百年後の二〇一六年、ネイト・パーカー監督が製作した『バース・オブ・ネイション』がこのタイトルを反転させる。一八三一年、ヴァージニア州のサウサンプトン郡において、黒人奴隷ナット・ターナーは五〇名ほどの黒人を率いて、白人五〇名

【図18】幽霊的KKKに包囲されるガス

以上を殺害した反乱を起こした。このターナーの生涯を描いたパーカーの映画は、黒人の反逆によって国家が誕生するという意味の「もうひとつの『バース・オブ・ネイション』」を掲げて、グリフィスの『国民の創生』の解体を敢行したのだ。またここで、『国民の創生』の小屋を包囲する黒人たちは、顔を「黒」に塗った白人が演じていた意味を考え直しておく必要もある。一八三〇年代から流行した「滑稽なミンストレル・ショー」という大衆芸能は、顔を黒く塗った白人が黒人の動きを模倣した歌や踊りを披露するものだが、『国民の創生』の侵入してくる黒人たちを演じた白人たちは「恐怖のミンストレル・ショー」を踊っていたといってもよい。だが、黒人を演じたこの白人たちは、ＫＫＫも同時に二役で演じていた。それは図らずも、白人と黒人が「同族《クランズマン》」だということを暴露したことにはならないのか。サイラス・リンチやガスを演じる白人が顔を黒く塗るだけで怪物が誕生したように、衣装をつければ平気で殺戮を行なう怪物に変貌する白人の秘められた闇が暴かれたのかもしれない。

『国民の創生』のクライマックスは、侵入してくる他者恐怖をすり込むゾンビ映画の原型となった。「アメリカ映画の父」と呼ばれたグリフィスの『国民の創生』は、その人種意識から「アメリカ映画の恥」と非難されもした。ところが、黒人ガスをＫＫＫが包囲して殺害するシーンも含まれているのを見過ごしてはならない。無力な黒人ガスが幽霊のような白い衣装の集団に包囲されるのだ【図18】。ＫＫＫは南部連合の死者が甦ったイメージから誕生したのだから、このシーンではガスがゾンビに包囲されているようなものだ。『NOTLD』の黒人ベンが白人ゾンビたちに包囲されている姿と同じシーンをすでにグリフィスは描き込んでいた。トマス・ディクソンの原作『クランズマン』では、実際にガスは強姦をし、死亡した娘の眼球の網膜に焼きついたガスの黒い手が顕微鏡によって発見されるが、グリフィスの『国民の創生』では脅えた女性が勝手に崖から飛び降りたにもかかわらず、強姦容疑でガスがリンチにかけられる惨劇に「脚色《アダプテーション》」されている。こう見れば、人種差別映画とは違う側面をそなえた「もうひとつの『バース・オブ・ネイション』」が浮かんでくる。映画版『ブラック・クランズマン』ではガスが殺害されるシーンを鑑賞したKKKたちが歓声をあげ狂喜するが、[6] グリフィスの「意図」は誤解されたままなのかもしれない。グリフィス自身も彼の『国民の創生』も二つに「分裂」している。『国民の創生』と『NOTLD』は、白人たちが行使する「正義」に対して「ポジ」と「ネガ」のような対極の映画ではなく、グリフィスとロメロもじつはむしろ「同族《クランズマン》」ではなかったのだろうか。

【註】

（1）『地獄の黙示録』の編隊のヘリはUH―1イロコイで、インディアンの部族の名前であることを考えると皮肉だろう。このシーンは、本来輸送用として何かを「吊り下げる」ヘリの表象が、何も「吊り下げない」攻撃用の武装ヘリに転換した歴史的なシーンでもある〔加藤　一九九六年　一六六頁〕。また、サム・メンデス監督の『ジャーヘッド』（二〇〇五年）は、このシーンを鑑賞して熱狂し「殺せ」と叫びだす湾岸戦争の訓練兵たちを描いて、意図が誤解された『地獄の黙示録』を揶揄している。

（2）白人という主人に反逆するガスやリンチの姿は、フランケンシュタイン的であり、原作の要約には「ストーンマンはフランケンシュタインをつくりだしてしまったと気がついた」という字幕もあり、また、『フランケンシュタインの花嫁』（一九三五年）の怪物は黒人ガスのイメージを継承している〔ヤング　一七〇―

一七六頁］。

（3）資本家の独占を批判し労働者という弱者を擁護したフランク・ノリスもまた、街角で語り手が数組の障害者を目撃する「街頭の小さなドラマ」（一八九七年）や有名な自然主義小説『マクティーグ』（一八九九年）において、「人種の退化」として遺伝によって増え続けている精神薄弱者の排除に賛成を示すという「分裂」を見せるように［西山 一九九七年］、グリフィスの「分裂」も時代を考えれば仕方がない。

（4）グリフィスの初期西部劇の先住民の描写が正確だったのは、この時代には西部開拓を生きた人間たちがまだ存在していたが、後に西部劇製作が進むにつれ、次第に歴史が歪曲されていったからである。

（5）『ナイト・オブ・ザ・リビングデッド最終版』（一九九九年）は三〇周年を記念日してルッソが、一五分の追加映像を加え、再編集したものである。ビル・ハインツマン演じる第一号ゾンビが処刑された殺人犯であり、棺から甦るというハインツマン監督の『フレッシュイーター——ゾンビ群団』（一九八八年）を踏まえた冒頭のシーン、このゾンビに噛まれたがゾンビに変身しなかった牧師が信仰を説くラストシーンが新たにつけ加えられた。『最終版』では追加撮影をしたルッソ監督・脚本作品というテロップが流れるが、日本版ＶＨＳの表紙にはルッソの名は脚本のみで、「消された男」になっている。

（6）また、映画版『ブラック・クランズマン』の冒頭では背景に『国民の創生』が流れて、ボーリガード博士（アレック・ボールドウィン）がアメリカはかつて偉大だったと人種差別の演説を語っているが、ボールドウィンはバラエティー番組の『サタデー・ナイト・ライブ』でトランプの物真似をしていた俳優である。

第三章　Ｈ・Ｐ・ラヴクラフトとゾンビ
——クトゥルフ神話の影に

1　「死霊」という題名をめぐって
——『死霊のはらわた』『死霊のえじき』『ＺＯＭＢＩＯ／死霊のしたたり』

近代的ゾンビを誕生させた『ＮＯＴＬＤ』では甦った死体に「ゾンビ」という言葉は使われず、テレビのニュースで「グール」などと呼ばれていた。アラブなどの伝説だったグールを都市の地下にひそむ近代的グールに再造形し、ゾンビに近づけたのがＨ・Ｐ・ラヴクラフトである。二〇世紀の初頭に粗悪紙《パルプ》を利用した安価な「パルプ・マガジン」と呼ばれる形態の大衆雑誌に小説を掲載し、疑似ＳＦのクトゥルフ神話を生み落としたＳＦホラー作家だ。だが、その人気や影響力のわりに文学史で顧みられることはほとんどない。にもかかわらず、アンドリュー・ミグリオワ編の『ラヴクラフトの映画化作品ガイド』（二〇〇六年）には、Ｗ・Ｈ・ボジスンの「夜の声」（一九〇七年）を翻案した『マタンゴ』（一九六三年）、クトゥルフ神話に詳しい小中千昭が脚本を書いた清水崇監督の『稀人』（二〇〇四年）さえも、影響を受けた作品に含まれるように、相当な数の「アダプテーション」がなされている。[1] 本章では、『死霊のはらわた』の「死霊」という邦題とクトゥルフ神話との関係を探った後、都市の地下に潜むグールや秘薬によって甦った死体を描くことで、ラヴクラフトがゾンビの原型を誕生させたことをみてゆく。そして、優生学によって健康な身体が奨励された二〇世紀初頭に、ラヴクラフト文学において腐敗した怪物たちは、人種の退化に対する警鐘であったことを検証してみたい。

＊

多くの映画化がなされるラヴクラフトの文学だが、半魚人の血筋をテーマにした「インスマウスの影」（一九三六年）は、ラヴクラフト・ファンのスチュアート・ゴードン監督も『ＤＡＧＯＮ』（二〇〇一年）として映画化したが、すでに一九九二年に小中千昭脚本、佐野史郎主演で舞台を日本の漁村に移して『インスマスを覆う影』としてテレビドラマ化されていた。「インスマウスの影」に人魚伝説を絡めた矢野健太郎のコミック『ダーク・マーメイド』（一九九〇年）では、「海神《ダゴン》」を信仰する教団が津波を起こして原発を破壊しようとする陰謀が描かれ、ラヴクラフトの作品をモチーフにした選集『インスマスの血脈』（二〇一三年）に収録された樋口明雄の「海からの視線」の舞台は原発が誘致された寒村に設定されている。これらの作品は「原発」が現代日本において「古城」のような恐怖の舞台になったことを匂わせる。また、ゴードンは「彼方より」（一九三四年）を映画化した『フロム・ビヨンド』（一九八六年）や、傑作短編「アウトサイダー」（一九二六年）を原案に『キャッスル・フリーク』（一九九五年）を製作するなど、数多くの作品を映画化している。まず、数々のラヴクラフトの映画化作品において、「死体蘇生者ハーバート・ウェスト」（一九二二年）を映画化したゴードンのカルト映画『ＺＯＭＢＩＯ／死霊のしたたり』（一九八五年）の「死霊」という邦題を皮切りに、ゾンビとラヴクラフトを考えてみたい。

死体蘇生薬によって死体を甦らせようとするフランケンシュタインのような科学者を描く「死体蘇生者ハーバート・ウェスト」は、パルプ・マガジンに掲載された二〇編のゾンビ小説を集めたジェフリー・シャンクス編の『パルプ・マガジンのゾンビ』（二〇一四年）の冒頭に収録されたことからも、ヴードゥー教ゾンビ小説流行以前のまごうかたなきゾンビ小説に分類できよう。一九八一年に製作されたサム・ライミ監督の『死霊のはらわた（*The Evil Dead*）』は、一九八五年の二月に日本公開され爆発的大ヒットを記録した。その後「死霊」というタイトルが流行する。ロメロのゾンビ三部作目も『死霊のえじき（*Day of the Dead*）』という便乗した邦題がつけられ、ファンの顰蹙を買ったものだ。そして、「死体蘇生者ハーバート・ウェスト」を原作とする『リ・アニメーター（*Re-Animator*）』が原題であったゴードンの映画もまた『ＺＯＭＢＩＯ／死霊のしたたり』という邦題がつけられてしまった【図19】。しかし、ここには皮肉がある。『死霊のはらわた』は山小屋で人間の皮でつくられた『ネクロノミコン』を読んだ四人の男女が死霊と化して殺し合うホラー映画だが、『ネクロノミコン』とはクトゥルフ神話の禁断の知が記された架空の魔導書だったからだ。

　また、『死霊のはらわた』では、死霊がとりついた木が「触手」のような枝を伸ばして襲ってくる。木の枝が陰部に突き刺さるシーンはレイプを含意している。そもそも、「触手」はラヴクラフト文学の代名詞でもあり、「ダニッチの怪」（一九二九年）では、異界の存在との混血児ウィルバーの腹から下には複数の触手や口のついた尻尾がある。性と恐怖を売りにするパルプ・マガジンに掲載されたラヴクラフト文学は、人獣混淆、邪教崇拝、粘液や触手などエロスに満ちていた。こう眺めれば、『死霊のはらわた』はまぎれもないクトゥルフ神話映画だったのである。『ＺＯＭＢＩＯ／死霊のしたたり』でもヒル博士の腹の内部から内臓が触手のように襲ってくる。さらに、『死霊のはらわた』を下敷きにしたドリュー・

【図19】『ZOMBIO／死霊のしたたり』

ゴダード監督の『ＣＡＢＩＮ キャビン』（二〇一一年）では、山小屋に来て禁断の呪文を唱えた五人の男女が次々とゾンビに殺害されてゆくが、山小屋は組織の施設であり様子が監視されており、彼らは「旧支配者《いにしえのもの》」を目覚めさせないための生贄だったというクトゥルフ神話を含んだ驚愕の展開を見せた。これらを考え合わせれば、ラヴクラフトのゾンビ小説「死体蘇生者ハーバート・ウェスト」を映画化した『ＺＯＭＢＩＯ／死霊のしたたり』が、『死霊のはらわた』絡みの「死霊」という邦題を掲げた必然性が浮かんでくる。この邦題にどこまでクトゥルフ神話が意図されていたかは分からないが。

『サンゲリア』（一九七九年）を代表作とするルチオ・フルチ監督がラヴクラフトにオマージュを捧げているように、ラヴクラフトとゾンビの関係は浅くはない。『地獄の門』（一九八〇年）の自殺した牧師が地獄の門を開く村の名前はダニッチだし、『ビヨンド』（一九八一年）ではクトゥルフ神話の本『エイボンの書』が原因でホテルにあった地獄の門が開いて、ゾンビが溢れだす。ラヴクラフトは多数の作家の作品をゴーストライターに近い形で書いたが、たとえば、Ｈ・ヒールドに対しては、ミイラの蘇生を描いた「永劫より」（一九三五年）、生きたままの埋葬を描いた「墓地の恐怖」（一九三七年）など、生きている死体を描いたゾンビ的作品も書いている。また、ラヴクラフトの教えを受けクトゥルフ神話の小説を書く「ラヴクラフト・スクール」の作家たちは、ラヴクラフトの名前を共作者にあげることが多かった。ラヴクラフトとＤ・Ｗ・ライムルの共作に「墓を暴く」（一九三七年）がある。ライ病に感染した主人公は、治療としてハイチ帰りで人間を仮死状態にする薬を発見した医者に墓に埋められて蘇生するが、自分の墓を暴いてみると、自分の脳が類人猿の体に移植されたことを知ってしまう。「死体蘇生者ハーバート・ウェスト」に似ているが、ハイチが登場する「墓を暴く」が最初期のゾンビ小説に分類できるという意味では、ラヴクラフトをゾンビの生みの親と定義するのは無理ではない。

映画の黎明期、ラヴクラフトの映画への評価は低くはなかった。一九一五年にラヴクラフトは友人への手紙に「私は熱心な映画マニアであり、劇場にもよく通い、いくつかの映画はぜひ観るに値する」と記している〔ミグリオワ 二頁〕。しかし、ホラー映画が頻繁に公開された三〇年代には、ジェイムズ・ホエール監督の『フランケンシュタイン』（一九三一年）について、「この映画の多くの部分はきわめてドラマティックにできている。ただし、この映画を独立したものとして、かつ、オリジナルの小説のエピソードと比較をしなければの話だが」と少々否定的になる〔二頁〕。さらに、「シェリー夫人に対する同情が私を怒らせなければ、スクリーンの『フランケンシュタイン』は私を眠くさせただろう」という感想を一九三三年の手紙に残している〔六頁〕。「原作《オリジナル》」に対する「忠実《フェデリティ》」を尊重するラヴクラフトの姿勢は作家としては自然なものだろう。だが、ジュリアン・ペトレーによれば、「映像化不能《アンフィルマブル》」とされるラヴクラフトの小説は、原作の「忠実」な映画化よりも、むしろ小説を改変したり、その一部を吸収した「翻案《アダプテーション》」のほうが本質をついているとされ、『エイリアン』『死霊のはらわた』シリーズの評価が高い。最初期のゾンビ小説「死体蘇生者ハーバート・ウェスト」が、文字から映像へという「環境」の変化の「適応《アダプテーション》」をなし遂げて、八〇年代ゾンビ映画ブームの一九八五年に『ZOMBIO／死霊のしたたり』として映画化されたことは、ラヴクラフトとゾンビの関係を物語っているのではないか。

2　狂気の山脈／血脈にて——アメリカにおける恐怖の「上空」と「地下」

ラヴクラフトを祖とするクトゥルフ神話とは、人類よりも先に地球には旧支配者《いにしえのもの》たちが存在しており、周辺に追いやられた彼らはたえず復活を企んでいるという枠組みである。このラヴクラフトの「大いなる遺産」は、一九四二年にフランシス・T・レイニーの『クトゥルー神話用語集』によって体系化され、オーガスト・ダーレスを筆頭に、ロバート・E・ハワードやリン・カーターなど「遺産相続人」らによって、現代の神話として、無数の物語が今でも編みあげられ続けている。白人よりも先に新大陸に住んでいたインディアンを殲滅寸前に追いやり、新たに国づくりをしたアメリカならではのSF神話体系が、このクトゥルフ神話なのである。昔から語り継がれるアイルランドの妖精目撃譚には、閃光を放つ不思議な存在と遭遇したというUFO目撃譚に似たものが存在していたが、アイルランド移民が移住したアメリカでは、妖精ではなくUFOとの遭遇の形を取ったことについて、稲生平太郎は「国家の成立事情から固有の民間伝承、神話をもつことができなかったこの国は、まさに深層においてUFO体験を必要としていた」と、米国におけるUFOの神話的意味を指摘している〔四九頁〕。クトゥルフ神話が育つ土壌としてアメリカはこのうえなく肥沃だったのである。

一八九八年にイギリスではH・G・ウェルズの『宇宙戦争』が書かれていたが、この作品はアメリカで「外部との対決を描く際の準拠枠」として活用されてゆく〔小野二〇一六年(1)一五九頁〕。一九三八年の一〇月三〇日に『宇宙戦争』は、「もうひとりのウェルズ」映画俳優オーソン・ウェルズによって、CBSラジオの『マーキュリー劇場』で現実の出来事のように朗読されたのである。ところが、世界恐慌を経験し第二次世界大戦を間近に控えた聴衆は、現実だと錯誤しパニックに陥った。一九四七年にはワシントン上空で民間パイロットのケネス・アーノルドに目撃され、「空飛ぶ円盤」がブームになってゆく。地球に火星からの「赤い草」が蔓延するウェルズの『宇宙戦争』は、「共産主義」という「赤」の侵入に怯える冷戦期のアメリカで一九五三年にジョージ・パル監督によって映画化された。さらに、湾岸戦争後の一九九六年には、ローランド・エメリッヒ監督の『インデペンデンス・デイ』として脚色さ

【図20】H・R・ギーガーがデザインしたエイリアン（左）と邪神クトゥルフ（右）

れる。抗体のなかったエイリアンが地球のバクテリアによって滅亡してしまう『宇宙戦争』の結末は、『インデペンデンス・デイ』では母船のバリアをコンピューター・ウイルスによって攻略するという変更がなされた(2)。同時多発テロ以後のスティーヴン・スピルバーグによる三回目のリメイク『宇宙戦争』（二〇〇五年）では、ワールド・トレード・センターが倒壊して粉塵に包まれる空が、トム・クルーズが不安げに眺める砂塵の舞いあがる空に置き換えられて再現された。「空」は人々の不安が「投影《うつしだ》」される「銀幕《スクリーン》」である。そして、二〇世紀初期から空の脅威を描いてきたのがラヴクラフトだったのだ。

　卓上ロール・プレイング・ゲーム「ＴＲＰＧ」でクトゥルフ神話のキャラクターが使われるなど、サブカルチャーにおいてラヴクラフトの占める位置は大きい。たとえば、リドリー・スコット監督の『エイリアン』（一九七九年）の貨物輸送船を所有する「ウェイランド・ユタニ社」は、ラヴクラフトの「クトゥルフの呼び声」（一九二八年）の語り手フランシス・ウェイランド・サーストンに由来する。エイリアンや宇宙船は、美術家Ｈ・Ｒ・ギーガーがデザインしており、彼の画集の題名は『ネクロノミコン』である。たしかに、この映画のエイリアンの姿は、蛸のような頭部と触手の生えた口のある邪神クトゥルフの絵に似ている【図20】。また、さらにいえば、エイリアンの人形

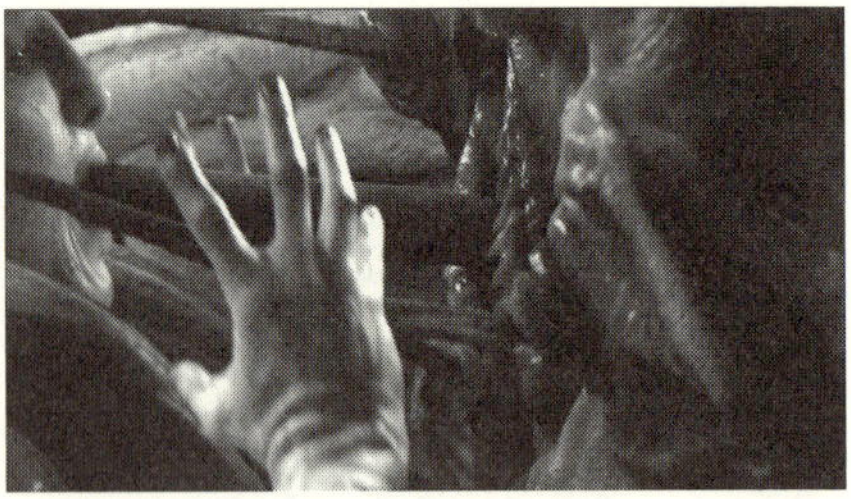

【図21】『プロメテウス』ラヴクラフト的触手

には、二メートル八センチの黒人ボラジ・バデジョが内部に入っていた。リドリー・スコットは、ドイツ民族の身体を宣伝するナチス政権下のベルリン・オリンピックを記録した『民族の祭典』（一九三八年）を監督したレニ・リーフェンシュタールの写真展において、二メートルを超える黒人の写真から着想を得て、このエイリアンの造形をイメージしたという。この意味では、映画の終盤で下着姿の主人公リプリーを襲う黒いエイリアンは、邪神クトゥルフの姿と黒人によるレイプの脅威を重ねているとみてよい。

リドリー・スコット監督は、『エイリアン』に始まる四部作シリーズの前日談的作品として、『プロメテウス』（二〇一二年）を製作した。人類の「起源」を探ろうとする宇宙船プロメテウスの乗組員は、人類を誕生させた異星人《エンジニア》が兵器として創造したエイリアンに反逆される瞬間をその結末に目撃することになる【図21】[3]。また、ラヴクラフトは「文壇の異端者《アウトサイダー》」エドガー・アラン・ポーをテーマや文体で模倣し、ときにH. Poe Lovecraftとサインし、その「血脈」を受け継ぐ「ポーの一族」であり、ポーの『ナンタケット島出身のアーサー・ゴードン・ピムの物語』（一八三七年 以後『ピムの物語』と略）を利用し、およそ百年後の一九三六年に「狂気の山脈にて」を書きあげた[4]。ラヴクラフトの文学の「地質調査」をしてみれば、「狂気の山脈にて」こそ『エイリアン』シリーズに連なる「山脈」に属していることが浮かんでくる。『ピムの物語』では原住民や鳥が「テケリ・リ」という謎の声をあげるが、ラヴクラフトの「狂気の山脈にて」は、南極の調査隊が雪の山脈の果てに旧支配者《いにしえのもの》の神殿を発見し、家畜としてつくりだした

「テケリ・リ」と声を発するショゴスに旧支配者《いにしえのもの》が反逆され、周辺に追いやられたことを知るというクトゥルフ神話物語である。ならば、エイリアンの触手によって異星人《エンジニア》が絞殺される『プロメテウス』の結末において、「狂気の山脈にて」の旧支配者《いにしえのもの》がショゴスに逆襲されるクトゥルフ神話が再現されたのかもしれない。『ピムの物語』から「狂気の山脈にて」へ、そして『エイリアン』を経由し『プロメテウス』に、こうしたポーから続く「血脈」がそこに発見できる。

ジョージ・A・ロメロが監督した『クリープショー』（一九八二年）の第二話「ジョディ・ベリルの孤独な死」は、ラヴクラフトの「宇宙からの色」（一九二七年）の翻案で、スティーヴン・キングが主役の農夫を演じているという豪華な顔ぶれだった。空から落下してきた隕石の生物によって農場が汚染され、奇妙な光を放つ荒地になる「宇宙からの色」が示すように、「上空」からの脅威を描きながらも、ラヴクラフトの関心はじつは土壌という「地下」にある。ポーの『ピムの物語』は、地球内部に地下世界が存在するとされた「地球空洞説」の影響を受けていたが、インディアンという痕跡を消去して、歴史の「上書き」を試みるアメリカで「地下」は強迫観念である。一六三〇年にマサチューセッツ植民地の初代総督ジョン・ウィンスロップは「丘の上の町」という言葉で、アメリカの理想を語っていた。インディアンの土地を侵略して成立したアメリカは、その罪の意識と恐怖から、侵略を正当化するために、国家が侵略される物語を必要としていた。こう考えれば、旧支配者《いにしえのもの》など人類よりも先に地球にいた「他者《エイリアン》」に直面する人間たちを描くクトゥルフ神話は、インディアンたちの影に怯える白人たちの姿を焼き直した「アメリカの寓話《アレゴリー》」だったのだ［バールソン 四九–五四頁］。ラヴクラフトは意識下の「地下」の物語を書き続け、そこにはゾンビの原型「グール」がうごめいていた。[5]

たとえば、「潜み棲む恐怖」（一九二三年）では、マーテンス一族の館がそびえる一帯の地下道に毛深い猿のような怪物たちが出没し、死体を食べ人間を襲っている。仲間二人を殺された語り手はマーテンス館と地下道を爆破するが、地下からは退化したマーテンス一族が姿を現すのである。「鋭い黄色の牙をもち、もつれた毛に覆われる、醜悪な白っぽいゴリラのような生物だった。哺乳類の退化が窮極に産みだすものだった。孤立した混淆、繁殖、そして地上はおろか地中での人肉嗜食の恐るべき結果であった」〔三巻 八八－八九頁〕。また、「ピックマンのモデル」（一九二七年）では、地下鉄に隠棲する退化したグールたちを描いている画家ピックマンは、現実の写真に撮影されたグールをモデルに絵を描いていた。これらのテクストには、後に述べるように、当時の優生学者たちが嫌悪した身体障害者や精神薄弱者たちのイメージが濃厚であり、そこに人種間の混淆の恐怖が投影されている。「丘の上の町」という新世界の希望が反転した「恐怖の地下」をラヴクラフトは見せつける〔東 一九九九年〕。かくして、人間を食べるゾンビに近い近代的グールの姿が誕生する。そして、ラヴクラフトの「血脈」は、ロメロの『ＮＯＴＬＤ』、ひいては、東京という都市にひそんで人肉を食べるグールたちを描く石田スイのコミック『東京喰種トーキョーグール』にまで継承されている可能性が高い。

ボストンで世界初の地下鉄が一八九三年に開通し、ニューヨークでは地下鉄での殺人やレイプなどの犯罪が横行してゆくと、ラヴクラフトの地下世界の恐怖は、『ウィアード・テールズ』系の作家Ｒ・Ｂ・ジョンソンの「地の底深く」（一九五三年）において再話される。ニューヨークの地下鉄には屍を食べるグールが出没し、元生物学者ゴードン・クライグは地下を警備して二五年間の地下生活を送っていたが、額が後退し、顎が長くなり次第に自分自身が怪物へと退化してしまうのである。またゾンビ映画ブームの一九八四年にこのグールのイメージを使ったのが、ダグラス・チーク監督のＢ級ホラー映画『チャドCHUD』である。「アンダーグラウンド・ピープル」と呼ばれる地下生活者たちが、不法投棄された放射能廃棄物の影響で、マンホールに人間を引きずり込み、食べてしまう怪物に変身してしまうのである。
その二年後、「丘の上の町」を脅かす恐怖の地下は、スティーヴン・キングの集大成のホラー小説『IT』（一九八六年）で、さらなる豊饒なイメージを見せる（最終章参照）。二七年ごとに子供たちが行方不明になるメイン州デリーでは、地下に張り巡らされた迷路のような下水道に姿を隠すITが、子供たちが心に秘める恐怖に姿を変え、獲物を下水道に連れ込むのである。

ジェニファー・トスの『モグラびと――ニューヨーク地下生活者たち』（一九九三年）は、都市のような様相を呈したニューヨークの地下鉄や下水道において、薬物やアルコール中毒の浮浪者たち三千人から五千人ほどが悲惨な生活を送っている「丘の下の町」の実態を調査したルポルタージュである。だが、その『モグラびと（*The Mole People*）』というタイトルは、探検隊が地下都市の住民に遭遇するヴァージル・W・ヴォーゲル監督の地球空洞説映画『モグラ人間の叛乱』（一九五六年）からとられている【図22】。さらにトスのルポルタージュでは、地下生活者に対してグールのような隠喩が使われ、ラヴクラフトの虚構の地下が現実化する。「頭上から差し込む最後の光を通り過ぎると、巨大な丸い石が目に入った。保線作業員が危険信号を描くのに使うオレンジ色の蛍光ペンキで『CHUD』と書いている。保線作業員はトンネルの住民のことを『チャド』と呼ぶ。カニバリスティック・ヒューマン・アンダーグラウンド・ドウェラーズ（地下の人食い人種）の略だ」［九六頁］。ニューヨーク地下生活者たちが実際

【図22】『モグラ人間の叛乱』

に人間を食べていると、まことしやかに「カニバリズム」のレッテルが貼られた他者が生産されている。西インド諸島でコロンブスが生みだした怪物の生産装置は現代でもまだ動いているのだ。

3　スポーツマンたちの帝国
――世紀末の退化論と「死体蘇生者ハーバート・ウェスト」

すでにみたように、ゾンビ流行に乗っかり映画化され『ZOMBIO／死霊のしたたり』と邦題のついたラヴクラフトの「死体蘇生者ハーバート・ウェスト」は、医学生ハーバート・ウェストが死体を「再生」させる液体を発明するために、死体を使って実験を繰り返すという「マッド・サイエンティストの物語」である。ゾンビという名称こそ使われないが、人間を食べる死体が初めて描かれた点で、ゾンビ小説の先駆けと呼べよう。伝染病で死亡したアラン・ホールシイ博士が、秘薬によって蘇生する。「八軒の家が名状しがたいものに押しいられ、そのあとには赤い死が散乱した――ひそかにしのびこんだもののいわぬ残虐な怪物によって、都合十七体の見分けもつかぬ惨殺死体が残されたのである。ごくわずかな者が闇のなかで怪物の姿をなかばとらえ、白い奇形の類人猿か人間に似た鬼のようだったといった。襲われた者の死体がすべて完全な形で残っていたわけではないのは、ときとして怪物が腹をすかせていたからである」［五巻　八九－九〇頁］。ホールシイ博士は精神病院に一六年間も収監され、ずっと監獄の壁に頭を打ち続けることになる。ここで注目したいのが、「再生」した死体に重ねられた「人種の退化」のイメージである。ウェストの研究室は「従来絶望的だった不具者の治療のために、新しい革命的な治療法を考案している」という名目になっているのだから［五巻　一一二頁］。

また、「胸のむかつくようなゴリラさながらの男で、前脚と呼びたくなるような異常に長い腕を備え、その顔といえば、名状しがたいコンゴの秘密と不気味な月の下でひびくタムタムといったものを髣髴させる」黒人ボクサーの死体に実験がなされている〔五巻 九六頁〕。その黒人の死体は深夜に語り手とウェストの家にやってきて、射殺されるのである。「巨大な奇形の姿だった——眼はどんよりして、ほとんど四つんばいになった漆黒のばけもので、その体は土や葉や蔓に覆われ、忌まわしくも血がこびりつき、ぎらつく歯のあいだには雪のように白い、恐ろしい円筒形のものをくわえていたが、その先端は小さな手になっていた」〔五巻 九九頁〕。最終的に甦った死体たちはウェストを八つ裂きにして、地下納骨堂に連れ去ってしまう。一九世紀末頃の白人の「人種の退化（degeneration）」が警鐘される危機から「人種の再生（regeneration）」を目指したのが優生学であった。荒廃した現代を描いたT・S・エリオットの『荒地』（一九二二年）で「再生」を希望に掲げるのも、この優生学の言説と無縁ではないと富山太佳夫は力説している〔一九九五年 二二七頁〕。「死体蘇生者ハーバート・ウェスト」の奇形や猿のような黒人ボクサーの身体は、死体の「再生」の悪夢を描きだした。ラヴクラフト文学には世紀転換期の精神薄弱や移民の増加などの社会不安が影を落としていたのである。

ここで退化論と優生学の発展をたどっていきたい。『種の起源』（一八五九年）『人間の由来』（一八七一年）が出版された後、ダーウィンの進化論はアメリカで社会進化論に応用されていったが、統計学者・人類学者でダーウィンの従兄弟のフランシス・ゴルトンが、イギリスで「優生学」という言葉を最初に誕生させたのは一八八三年のことだった。進化という競争から外れ、「環境」に「適応」できない存在は淘汰されるという競争社会が激化する。二〇世紀初頭には、障害者たちを断種し結婚を禁じることで不適者を排除し、適者だけの効率化社会を目指す優生学がアメリカで影響をもちだした。また、社会

【図23】ロンブローゾの定義する生来性犯罪者の顔

評論家マックス・ノルダウの『退化論』（一八九二年）も世界的に反響を呼び、白人人種の退化が危惧される。一九世紀前半に流行った人間の顔から性格を推測する観相学は、人間の頭蓋骨の容量から人種の優劣を測定する骨相学に発展し、「人間の測りまちがい」の時代を迎えるにいたる。観相学や骨相学を応用し、犯罪者の顔を類型化した犯罪人類学者チェーザレ・ロンブローゾは、犯罪者を「先祖返り」から説明する「生来性犯罪者説」を提唱した。進化論は人間内部に「隠棲《ハイド》」する猿の恐怖を浮上させたが、犯罪者とは動物的過去へと退化した人間であり、隆起した顎、斜視、歪んだ唇、毛深い肌、異常に長い手など、不均衡な身体の「特徴《タイプ》」が発見でき、犯罪者が猿のイメージで把握されたのである【図23】。

英語の hide には「隠す」という動詞や「獣の皮」の名詞があるが、ダーウィンの進化論の影響で、人間という「皮《ハイド》」の「下」に「隠蔽《ハイド》」された猿が追求されていったのである。こうした渦中でロバート・ルイス・スティーヴンソンの『ジキル博士とハイド氏』（一八八六年）は最も重要な作品だろう。善良な人生を送るジキル博士は、薬によって内部に「隠蔽《ハイド》」されたハイドを目覚めさせ、最初はハイドの姿で享楽を貪ったものの、次第にハイドに支配されてゆく。変身すると体が縮みジキルの服が合わなくなるハイドは、退化する身体を表象する。「青白い顔色の小人のような男」で「どこが悪いとも明言できないが、畸形の印象を与える」とされ［一一六頁］、とりわけ「猿」として描写されているのは見逃せ

【図24】1931年版映画の猿のイメージのハイド

ない（Jekyllの名前はフランス語の「私（je）」と「殺す（kill）」を混ぜたもので、自我が殺されると「隠蔽《ハイド》」された獣のハイド氏（Hyde）が解放されるのである）。古典ホラー映画と身体障害と優生学を考察するアンジェラ・スミスは、ルーベン・マムーリアン監督の『ジキル博士とハイド氏』（一九三一年）のジキルの変身シーンに一九世紀に「退化」の兆候とされた「てんかん発作」の意味を指摘するが、この映画ではハイドに猿のイメージを積極的に使っている［一四一―一五〇頁］【図24】。ジキルの退化した分身であるハイドは、ラヴクラフトのホールシイ博士や黒人ボクサーの生きる屍とよく似た存在なのである。

退化の恐怖が刻印された『ジキル博士とハイド氏』だが、優生学者たちは子孫を残さないゲイやレズビアンの同性愛者を退化の諸相のひとつと捉えていた。「クイア通り」という通りもでてくるこの物語は「世紀末の同性愛のパニックの寓話」でもあった［ショウォールター 一九〇―二二六頁］。男性の友人とだけ交際するジキルはハイドと同性愛の関係があり、ハイドにゆすられていると弁護士アタスンは考えていたのである。ジキルの秘密は実験室の「戸棚《キャビネット》」に隠蔽されているが、この「戸棚《キャビネット》」には同性愛の告白を意味する「カミングアウト（come out of the closet）」のイメージを読み込んでよい。この作品は自分の本当の姿を知る物語であり、ラヴクラフトは「アウトサイダー」でその主題を追求した。二〇一四年にはハイドの視点から事件が語り直されるダニエル・ルヴィーンの『ハイド』が出版されたが、母親に貞操帯をつけられ、肛門に指を突っ込まれるという虐待を受けて少年が解離性人格障害になった症例のことが説明され、同性愛との関連を匂わせている。『ジキル博士とハイド氏』でジキルからハイドの変身の瞬間は、「意識の子宮の内部でこの双極の双子がたえず争っている」とされ、「誕生や死の瞬間をも凌ぐ骨の軋み、吐き気、恐怖」が続くという「出産」のイメージで把握されている〔五六、五七頁〕。そして、ジキルからハイドという「男同士」の変身からは、アメリカ映画において、ハイドを黒人や女に設定するさまざまな「アダプテーション」が「出産」されたのだった(6)。

こうした人種の退化を表象する怪物たちの対極に位置づけられたのが、運動選手たちの屈強な身体であった。この時代には、退化を予防し、社会に「適《フィット》」する「適者」になるために、さまざまな健康対策が考案されていたのである。今日ではお馴染みの「ジム」や「フィットネス」「ボディビル」などの言葉も、現代的意味を帯びてくる。たとえば、フランスではエドモン・デボネ教授が一八八五年のリールに「ジムナシウム」と呼ばれる身体鍛錬の教室を開講し、それは一八九九年にはパリ、そしてベルギーやスイスの各都市でも開講され、近代的「トレーニングジム」の起源になった。デボネ教授はギリシア彫刻的なポーズを繰り返し、そのジムにはデボネを撮影した写真が壁一面に貼られ、実際に彼の身体から型どり製作された腕や足の石膏像が配置されていた。ギリシア彫刻をモデルとして模倣したデボネは、今度は人々に理想を見せるモデルになる。一九一二年の国際優生学博覧会では、デボネの弟子の女性遊泳者の写真がクル病の家族の写真と対比され、「危険な分身」として「正常と異常、健康と虚弱、衛生と不潔……、二項対立を強化していた」〔増田 五〇頁〕。

一八九六年の第一回近代オリンピックは古代ギリシアの「オリンピアの大祭」という競技大会の復活だったが、『身体文化』という当時の雑誌の一九〇五年一月号には、古代ギリシアの彫刻家アルカメネスによる『ボルゲーゼのアレス象』という彫刻と同じポーズを取るインストラクターの写真などが掲載されており〔増田 四一頁〕、退化に怯える世紀末の理想の時代への回帰を求める欲望が透けて見える。古代ギリシアやローマなどの背景は、一九世紀のサーカスや大道芸の伝統になっていた。一八三八年生まれで身体訓練のトレーナーであったジュール・レオタールは、その訓練を目にしたサーカスの興行主にスカウトされ、彼の体操競技が空中ブランコの原型となる。身体訓練の先達としてデボネに尊敬されたが、疫病で若くして死亡したレオタールは、身体を古代風の衣装や小道具で飾り、その衣装から「レオタード」という言葉が誕生している〔増田 四八頁〕。富山太佳夫が『ダーウィンの世紀末』（一九九五年）で述べたように、ボーイ・スカウト運動も、一八八〇年のボーア戦争に志願した大英帝国の少年たちの身体の虚弱さを嘆き、自然でのスポーツを通した訓練を通し、都市生活で退化した体を健康に回復させる帝国再建の「効率化」の一環として開始されたものだ〔二五三―二六五頁〕。

「自然淘汰」や「適者生存」の思想に支えられた競争主義を運動やスポーツを通して助長してゆく時代を嗅ぎ取って、いち早く異を唱えたのがルイス・キャロルだった。「チャールズ・ドジソン」の本名を名乗るときに吃音のため「ド、ド」となまったキャロルは、「生存競争」で進化から取り残され絶滅した飛べない鳥ドードーに自分を重ねて、『不思議の国のアリス』（一八六五年）にその鳥を登場させた。ウサギを追って穴に落ちてたどり着いた不思議の国で、巨大になったり、小さくなったりと、フリークス的存在に陥るアリスは、自分が成長しすぎる、成長しないのではないかという思春期の不安を体現する。そして、巨大化したアリスの涙による洪水で濡れたドードーなどの動物たちが、体を乾かすために「円」になって走り回るという「コーカス・レース」を展開する。ところが、そのレースではただ「円」を回るために「誰も優勝することはない」。むしろ「みんな優勝、だからみんな賞をもらうべき」という反競争が提示される。古代ギリシアなどの「円形劇場」は競馬場を「周回《サークル》」を繰り返す戦車レー

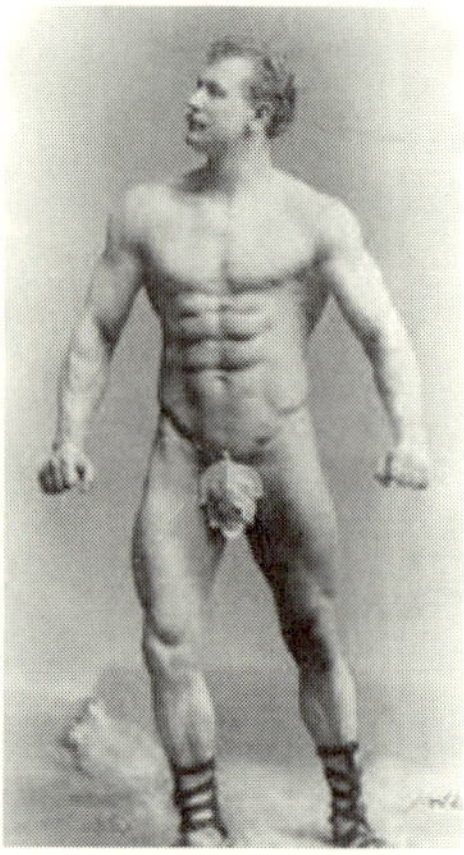

【図25】世界一強靭な男　サンドウ

ス、剣闘士たちの死闘などのスペクタクルが展開する「競技場《キクルス》」だったが、キャロルは「コーカス・レース」という「円環《サークル》」の遊びによって「アンチ・スペクタクル」を提示したのである。

また、一八六七年に生まれたデボネと同い年のユージン・サンドウは、ヨーロッパからアメリカにわたり、身体鍛錬の体操を広めている【図25】。発明王エジソンは「キネトスコープ」という映画の原型的装置で、ボディビルダーの元祖であるサンドウのギリシア彫刻的ポーズを『怪力男（*The Strong Man*）』として一八九四年に撮影した。サンドウはココアを健康のサプリメントとして自分の顔の絵を容器に載せて推奨し、バネ式エキスパンダーも発明した。また、一八九八年に雑誌『フィジカル・カルチャー』を創立し、一九〇一年には世界初のボディビル・コンテストを開催している。「ボディ・ビルディング」が「ネイション・ビルディング」と化して筋肉男たちが跳梁したのが、この世紀転換期だった。そして、全体主義化してゆく「身体のスペクタクル」は、ナチス政権下のベルリン・オリンピックを記録した『民族の祭典』でその完成を見せたのである。サンドウの「身体のスペクタクル化」は、およそ一世紀後、レーガン大統領が強いアメリカを復活させた一九八〇年代、ギリシア神話のヘラクレスがニューヨークにやってくる『SF超人ヘラクレス』（一九七〇年）でデビューし、『ターミネーター』（一九八四年）『コマンドー』（一九八五年）などで銀幕に巨体を映しだした元ボディビルダーのアーノルド・シュワルツェネッガーに継承される。そもそも、ユージン・サンドウ（Eugen Sandow）の「ユージン」の名前は、ギリシア語の「良い血筋から生まれること」という意味から派生しているが、奇しくも「優生学

(Eugenics)」という言葉と共振することになった。

健全な身体のスポーツマンが躍動し、人種の退化と身体・精神の障害者の問題が浮上した二〇世紀初頭に熱心に執筆をしたのがラヴクラフトだったが、ときにヴードゥー教への言及も散りばめられる。たとえば、語り手が叔父の遺品の粘土板や手記、警察がヴードゥー教の集会で収集した石像、難破船の生存者の日誌などを通して「旧支配者」の謎に迫ってゆく「クトゥルフの呼び声」の第二部では、ニューオリンズのヴードゥー教の集会で逮捕された人間の多くは、精神異常で西インド諸島の知能が低く退化した混血の黒人であり、彼らが人類よりも先に地球にきていた「旧支配者」を崇拝していた様子が描かれている。「クトゥルフの呼び声」においては、世紀転換期の優生学の人種退化論、ヴードゥー教、クトゥルフ神話が連結されている。優生学が信奉され、屈強な身体が渇望された時期にラヴクラフトの初期ゾンビ小説が書かれていたのである。(7) 反競争を掲げたルイス・キャロルとは逆に、北欧人種を崇拝したラヴクラフトは、「死体蘇生者ハーバート・ウェスト」においてゾンビとなった人間の姿に退化論の脅威を投影させたように、退化してゆく身体を描き続け、「アメリカン・ゴシック」をさらに「人種のゴシック」に「スペクタクル化」させたのである。

4　優生学の名のもとに
――「ダニッチの怪」「インスマウスの影」「アウトサイダー」

ラヴクラフトが初期SF的作品を描いた頃、精神薄弱とされた「移民《エイリアン》」のアメリカへの不法入国の恐怖が囁かれていた。先祖の罪や血筋が子孫へと継承される「血脈」の恐怖をラヴクラフトは数多く描いたが、そこには、「呪い」というより優生学が煽った精神薄弱者の「遺伝」の問題がひそんでいる。一九二六年にフィラデルフィアで開催された建国百五〇周年記念博覧会において、アメリカ優生学協会は、遺伝病患者のために一五秒ごとに百ドルが浪費されていることをフラッシュの点滅で示し、四八秒ごとに一人の精神障害者が生まれることを示す装置を展示した。「見えない」精神薄弱の脅威が装置によって「可視化」された。その掲示板に「将来の子供の祖先である現在の人々がほんの偶然や盲目の情熱のおもむくままに結婚して子供をつくってよいのだろうか」と掲げられ、障害者との混淆の恐怖を煽っていた〔ケヴルズ 一一三頁〕。「ダニッチの怪」では、畸形でアルビノの女と異界の怪物が交わり生まれたウィルバーは、屋敷に閉じ込めた正体不明の弟に牛の血を飲ませて育てている。黄色く黒い肌で、縮れた髪の毛、分厚い唇、長く尖った耳をしたウィルバーは、犯罪人類学者ロンブローゾのいう生来性犯罪者を思わせるが、次第に巨大になった怪物の弟は建物を破って外にでてくる。この「見えない」怪物は悪臭と粘液の足跡を残すだけだが、ある粉をかけられ、触手と複数の眼をもつタコ型エイリアンのような姿が「見える」ようにされる。巨大化してゆくウィルバーの弟には、優生学が煽った混淆の脅威が投影されているのではなかろうか。

ヘンリー・H・ゴダードの『カリカック家の人々』（一九一二年）は、「優生学運動の最初の神話」と呼ばれている〔グールド 二〇六頁〕。ニュージャージー州の訓練学校に、デボラという八歳の少女が収容された。二〇歳を過ぎたデボラは、長年の訓練にもかかわらず知能があがらないことから、精神に障害があると判断された。家系をたどると、デボラの祖先のマーティン・カリカックは独立戦争時、精神薄弱の売春婦と関係をもったことが発覚する。後にこの娼婦はその子を出産し、マーティン・カリカック・ジュニアと命名した。このジュニアからは総勢四八〇人の子孫が生まれるが、大部分が精神薄弱者、アルコール中毒者、娼婦、犯罪者で、健康なものは四六人にすぎなかった。『カリカック家の人々』においては、無計画な生殖のため一般人口の二倍のスピードで出産されている精神薄弱者の脅威が説かれ、犯罪、売春、貧困、飲酒問題は、遺伝によってアメリカに広がっている精神薄弱者によるものだという恐怖が振り撒かれた。フランスで開発された「ビネ＝シモン・テスト」という知能テストを、移民から精神薄弱者を発見するために、一九〇八年にアメリカに導入したのもこのゴダードだった。デボラの知能の問題を家系を遡って調査すると、一人の精神薄弱との性交が浮上し、そこから無数の精神薄弱が誕生したことが判明する構造。これは何とラヴクラフトの文学と似ていることか。

たとえば、「故アーサー・ジャーミンとその家系に関する事実」（一九二一年）は、アーサー・ジャーミンが精神障害者や自殺者が続く自分の家系を遡ると、先祖の男がコンゴで白い類人猿と交わっており、自分がその混血の末裔だったことを発見する物語である。また「インスマウスの影」も、マサチューセッツ州の港街インスマウスを訪問した語り手が、自分の血筋の秘密を発見する中編小説である。インスマウスの住民の多くは、魚類を連想させる「インスマウス面」という退化した容貌をしている。たとえば、バスの運転手は「頭の形は幅が狭く、はれぼったくてうるんだ青い眼は、めくばせでもするようにまたたき、鼻はひらべったく、額とあごはひどく貧弱で、耳は異常に発達のおくれた形をしていた」［一巻 三二一頁］。やがて、彼らは旧家マーシュ家の祖先と海神《ダゴン》を崇拝する半魚人との間に生まれた混血の子孫だったことが判明する。「インスマウス面」に退化しつつある語り手もまた、その血筋を受けていたことを悟るのである。後に政府がインスマウスを調査し、古い家は焼き払われ住民たちは抹殺され、潜水艦が海溝に魚雷をうち込むという「大虐殺」が行なわれる。血脈を探るとある禁断の性交が原因だったというその筋は『カリカック家の人々』のような優生学テクストと共振するが、「インスマウスの影」の語り手がその血筋を受け入れ、インスマウスの深海で生きてゆくことを決意するという「ポスト・ヒューマン」的結末はラヴクラフトとしては珍しいだろう。

ラヴクラフトの父は梅毒で体が麻痺して死亡し（ラヴクラフトが先天性の梅毒だったかもしれないという説もあるが、一九三七年の臨終の際にワッセルマン反応試験では陰性だった）、彼は情緒不安定な母親に醜いと罵倒されたことがコンプレックスになっていた。その小説の登場人物と同様にラヴクラフトは「血脈」にじつは不安を感じていたはずだ。アイデンティティにまつわる「アウトサイダー」は、ラヴクラフトの最高傑作のひとつである。一九三一年に文通相手ヴァーノン・シェイ宛の手紙でラヴクラフトが、ポーに対する「無意識的な模倣が最高潮に達した」と書いた短編でもある。古城の塔で書物に囲まれた生活を送っていた語り手は、外の世界に足を向け、ある舞踏会に入ろうとした瞬間に、人々から嫌悪される「自分の本当の姿」に直面する。「森の彼方なる日のふりそそぐ世界で、陽気《ゲイ》な人の群れに立ちまざるおのれの姿を、焦がれるように思い描いてしまう」という語り手の物語に〔三巻 九四頁〕、ロバート・プライスは「ゲイの告白の寓話」を読み込んだ。また、自分の醜さを鏡で悟る語り手は、男ではなく女とも解釈可能かもしれない。ポーの「赤死病の仮面」のような舞踏会に入り込んだ語り手は、鏡のなかに醜く腐り果てた食屍鬼《グール》のごとき自分を発見する。それは「腐敗、老廃、荒涼の幽鬼めく影、慈悲深き大地が常に隠蔽《ハイド》しておくべきものの凄絶な露呈たる、吐気もよおす、腐汁したたる妖怪」だった〔三巻 九九

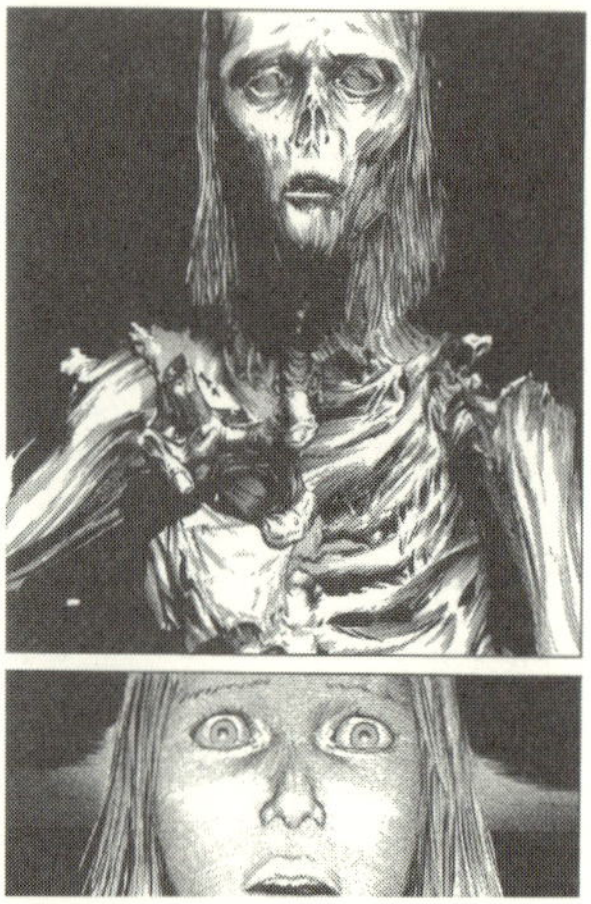

【図26】田邊剛のコミック
自己を知る主人公

一〇〇頁」。生きた屍のような自分がそこにいたのだ。なお、田邊剛の傑作コミック『アウトサイダー』（二〇〇七年）では、秘めた自己に直面する衝撃が強烈にビジュアライズされている【図26】。

鏡のなかに認めたくない自分の姿を発見する「アウトサイダー」は、ジキルが意識の下に「隠蔽《ハイド》」していたハイドに直面する『ジキル博士とハイド氏』を、ラヴクラフトがアレンジしたものかもしれない。「アウトサイダー」をもとに語り手を二人に分けて、スチュアート・ゴードン監督は『キャッスル・フリーク』を完成させた。主人公ジョン・ライリーが訪れた古城には、嫡子であるフリークのジョルジュが監禁されていた。同じ娼婦と「ジョン」は性行為を躊躇するが、「ジョルジュ」は性的好奇心から殺害してしまい、最後に格闘して共に死に絶える同じ頭文字の「ジョン」と「ジョルジュ」は分身同士であるのは明らかである。ダーク・W・モジッグは「『アウトサイダー』の四つの顔」（一九七二年）で自伝、心理学、形而上学、哲学の四つの側面からこの物語を読み解いている。たとえば、「アウトサイダー」には「自伝的側面」として、母親の溺愛を受けて育ち、ほかの子供と遊ぶことなく読書に耽溺した閉鎖的な生活を送り、体調不良のために軍隊や大学に行けなかったラヴクラフトの内省的な顔が鏡に映したように反映されている。鏡に自分の嫌悪する「姿《かげ》」を見出した語り手は、ラヴクラフト自身かもしれない。そして、ラヴクラフトは自己の内部の曖昧模糊な影を他者に投影しようとしたのである。かくしてラヴクラフト文学に腐敗した怪物たちが跋扈する。

一九二四年にユダヤ人ソニア・グリーンと結婚したラヴクラフトは、ニューヨークで新居を構えるが、他民族が混在するニューヨークは彼に衝撃を与えた。彼は平気で黒人をチンパンジーに喩えたり、人種隔離の推進を手紙に記したりしている［レヴィ　二七頁］。ニューヨークのレッド・フックという都市を舞台にした「レッド・フックの恐怖」（一九二七年）は、刑事トーマス・マロウンが魔術師ロバート・サイダムに関する事件を調査する物語である。サイダムの手下の「準蒙古人種」には、「エリス島の移民検疫所で賢明にも追いかえされた、名前とてない国籍不明のアジアのくず」などがうごめいている［五巻一四一－一四二頁］。教会の地下室では、夢魔の女王に復活したサイダムの身体が生贄に捧げられようとする。だが、サイダムの死体は最後に腐敗して溶解する。溶けゆく身体、輪郭のない身体はラヴクラフトの文学の定番《おはこ》だが、サイダムの溶解は「人種の坩堝」の恐怖の表象でもある。一九二二年にチャイナ・タウンを訪問したラヴクラフトは、手紙に「何と汚い窖か……この豚たちには動物学者では説明のできない群れる本能がある。知性はなく、おぞましい悪臭を放つ肉の塊に過ぎない。有毒ガスを流し息の根を止めこの悲劇に終止符を打ち、土地を浄化すべきだ」と書き、その二年後には「汚水槽に住む、イタリア系、ユダヤ系、モンゴル系の連中はどうしても人間とは思えない。ピテカントロプスとアメーバの混合物に過ぎず、醜悪な土壌の悪臭を放つ泥で造形され、汚い通りやドアや窓から湧きだしうごめき、深海の怪物や増殖する蛆虫を思わせるのだ」とも述べた［レヴィ 二八－二九頁］。この東洋人たちはすぐにでも怪物に変身し、異形の「スペクタクル」を展開するだろう。

自分の真実を悟り驚愕する「アウトサイダー」の語り手のように、北欧の「血脈」を誇るはずのラヴクラフトもまた自分の「血脈」に対して恐怖を抱いていた。脳梅毒で半身不随となった父、情緒不安定な母をもち、軍隊に入隊できずコンプレックスを抱えたラヴクラフトは、自己に対する不安と嫌悪に慄いていた。ラヴクラフトの有色人種に対する憎悪は、自己への嫌悪から発生していたと考えてもよい。内部にひそんだ脅威を他者に投影することで、その恐怖の緩和と自己の統合をラヴクラフトは図っていたのである。ユダヤ人の妻をもちながら、彼はヒトラーの『わが闘争』の熱心な読者であった。マイケル・フィッツジェラルドの『黒魔術の帝国――第二次世界大戦はオカルト戦争だった』（一九九〇年）によれば、ヒトラーは、聖杯探求をはじめ、アトランティス大陸伝説、地球空洞説など数々のオカルトを信奉し、アーリア人の血筋が正統で優秀なことを証明しようとしたが、ラヴクラフトと重なるものがある。テクストで人種の脅威を投影した怪物を描きだし、それを封じ込めるという「虚構」の「大虐殺」を行なったラヴクラフトは、一九三七年に腸癌のために四六歳でこの世を去るが、やがて、ナチスのユダヤ人の「大虐殺」が、いかなる恐怖小説も及ぶことのない悪夢を「現実」に展開してゆく。「クトゥルフ神話」の影には、優生学が隠れていたのである。

最後に優生学とゾンビ映画をつなげておきたい。米国女性作家シャーロット・パーキンス・ギルマンは、ゴシック小説「黄色い壁紙」（一八九二年）で有名だが、優生学を推奨する小説を残している［西山 一九九七年］。「難問」（一九一一年）は、淋病と梅毒に感染した男性と結婚するかどうか葛藤する女性が、障害者の子孫が増えるという優生学的立場から結婚を断念する物語である。また、ギルマンは、チベットで行方不明になっていた主人公が三十年ぶりに女性だけの国に変貌したアメリカに帰ってくる『山を動かす』（一九一一年）のように、女性だけのユートピアを描いている。最も有名なのは『フェミニジア』（一九一五年）であり、男性たちが探険の末に単体生殖する女たちだけで管理された「ユートピア」を発見する。だが、この女だけの国では、厳密な優生学的な管理によって障害者や精神病患者が存在しなくなっているのである。そのおよそ百年後に、ロシアのテレビドラマ『デイ・アフターZ』（二〇一三年）では、健全で美しい母親の遺伝子だけによって優秀な人類を誕生させようとするウイルス実験の結果、美女たちが漆黒の瞳のゾンビとなり、モスクワの街が壊滅する「ディストピア」が展開する。ゾンビと優生学。ゾンビの生みの親で人種差別意識をもつラヴクラフトは、二〇世紀初頭の優生学流行の時代に、ゾンビの腐敗した身体を人種の退化の脅威に結びつけていたのである。

【註】

(1) 代表作『ダニッチの怪』はオカルトブームの一九七〇年にダニエル・ホラー監督が映画化したが、日本ではるか以前の一九六二年に水木しげるが『地底の足音』としても漫画化していたのは興味深い。

(2) 一七五五年に起こったフレンチ・インディアン戦争において、フランスと同盟を結んだ「インディアン」という「エイリアン」に、イギリス軍が天然痘菌の付着した毛布を送ったことは生物兵器の起源かもしれないが、『インデペンデンス・デイ』のコンピューター・ウイルスの設定はこの現代版だろう。

(3) 『プロメテウス』の結末で、うごめく触手が異星人《エンジニア》の口に挿入され、「牙の生えた膣《ヴァギナ・デンタータ》」を表象するエイリアンに飲み込まれる姿は、ラヴクラフト的な「触手系エロス」に満ちている。H・G・ウェルズの『宇宙戦争』の一九〇六年ベルギー版小説で、タコ型火星人が裸体の女を襲うヘンリケ・アルヴィン・コレアの「犠牲者を求める火星人」という挿絵が描かれてから〔デリー 一四二－一五二頁〕、ドゥニ・ヴィルヌーヴ監督の『メッセージ』（二〇一六年）まで、未知の存在を描くものとして形のないタコ型のエイリアンが継承されている。日本では葛飾北斎の春画『蛸と海女』（一八一四年）の頃からすでに触手とエロスは結びついているが、サブカルチャーにおいては、異界の存在と触手は、クトゥルフ神話の象徴として、菊池秀行の『妖獣都市』のアニメ版や仲代達矢出演の香港映画版、クトゥルフ神話美少女PCゲーム『斬魔大聖デモンベイン』などに引き継がれて、広く浸透している。『風の谷のナウシカ』で王蟲《オウム》の触手で治療されるナウシカもじつはその一部だろう。

(4) ポーは宇宙起源論『ユリイカ』（一八四八年）を書き、ラヴクラフトは「宇宙的恐怖《コズミック・ホラー》」を確立したように、二人に共通点は多い。「忌み嫌われる家」（一九三七年）において、ラヴクラフトは「アッシャー家の崩壊」（一八三九年）という「恐怖の家」の話を書いたポーの名前をあげる。ポーは四〇年代にプロヴィデンス地方に滞在しており、「世界にならぶ者とてない恐怖と怪異の巨匠は、何度も繰り返されたこの散歩で、通りの東側に建つ特定の家のまえを通らざるをえなかった。……その家について書いたり語ったりしたことはないようで、そもそも家に気づいていた形跡もない」と、ポーと自分を比較している〔七巻 一〇八―一〇九頁〕。また、AIP映画の「ポー・シリーズ」のロジャー・コーマン監督による『怪談呪いの霊魂（*The Haunted Palace*）』（一九六三年）は、村人に殺された城主が孫にのりうつり復讐を遂げてゆくもので、原題はポーの詩「幽霊宮」から取られ、ラヴクラフトの「チャールズ・ウォードの奇怪な事件」（一九四一年）が展開する二人の原作が「混淆」する映画である。

（5）RPGの『ドラゴンクエスト』シリーズには「くさった死体」「リビングデッド」に並んで「グール」のキャラクターが登場する。岡本健は『ドラゴンクエスト25thアニバーサリーモンスター大図鑑』（二〇一二年）のキャラ説明を分析している。「邪悪な魂が宿って動き出す死体。くさっているから体内には毒がたくわえられており、くさった死体にひっかかれたり、息を吹きかけられると毒に冒されてしまう」という「くさった死体」、「謎の奇病で命を落とした灯台守のスミス」が甦った「記憶をもつくさった死体」は、「邪悪な魂」という点ではヴードゥー教的な物語だが、疫病、毒、増殖という設定からはロメロ的ゾンビを踏襲しているという〔岡本 二〇一七年(1) 一三八―一四三頁〕。

（6）ジキルの家政婦（ジュリア・ロバーツ）を主人公にしたスティーヴン・フリアーズ監督の『ジキル＆ハイド』（一九九六年）では、ジキルからハイドへの「出産」的な変身を、特殊メイキャップを使ってジキルの身体からハイドが生まれでてくる「男性による出産」として映像化してみせる。また、ウィリアム・クレイン監督の『ドクター・ブラック／ミスター・ハイド』（一九七六年）では、ヘンリー・プライド博士が血清によって白人から黒人に変わるし、デヴィッド・F・プライス監督の『ジキル博士はミス・ハイド』（一九九五年）においてはジキルが女に変身するように、この小説は境界線を撹乱し続けてきた（女への変身にはロイ・ウォード・ベイカー監督のハマーフィルム『ジキル博士とハイド嬢』（一九七一年）が先行している）。

（7）ラヴクラフトの人種観については多くの研究があり、シルビア・モレノ－ガーシアやソーファス・レイナートのように優生学との関係も考察されている。

第四章　ヴードゥー教とゾンビ
――カリブ海ハイチという恐怖の島

1　恐怖の島ハイチ――人喰い伝説、奴隷の反乱、ヴードゥー教

やはり、死は恐ろしいものである。自分の死は体験できないのだから。いつも「死ぬのは奴ら」なのである。だが、死んだ後に再び起きあがるのもまた恐ろしい。ゾンビ発祥の地であるハイチは冒険の舞台を提供してきた。たとえば、映画版「007シリーズ」第七作目『007死ぬのは奴らだ』（一九七三年）は、ヴードゥー教で不気味に味つけしたカリブ海が舞台である。サン・モニーク島の大統領で麻薬を栽培し、無料でアメリカにまき散らそうとする犯罪王の黒人ミスター・ビッグとジェームズ・ボンド（ロジャー・ムーア）は対決する。世界を麻薬中毒にして、麻薬の価格支配を企むミスター・ビッグはまた、秘薬ゾンビパウダーによってゾンビを支配するゾンビマスターに近い。カリブ海とヴードゥー教は、脅威の辺境をアメリカに提供し続けてきたのである。本章では、まず、フランスの植民地だったハイチが革命によって世界初の黒人共和国となり、恐怖の辺境のイメージが確立されてゆく歴史を眺める。二〇世紀初頭のアメリカ介入を正当化するためにハイチの野蛮なイメージが煽られたが、シーブルックの『魔法の島――ハイチ』、ハーストンの『ヴードゥーの神々――ジャマイカ、ハイチ紀行』、デイヴィスの『蛇と虹――ゾンビの謎に挑む』などのルポルタージュを分析してゆく。そしてヴードゥー・ゾ

ンビ映画として、代表的で対極にある『ホワイト・ゾンビ』（一九三二年）と『私はゾンビと歩いた！』（一九四三年）を植民地主義から分析してみたい。

＊

ゾンビはカリブ海のハイチなどヴードゥー教の伝説に遡ることができる。ゾンビの特徴である「人喰い《カニバリズム》」はカリブ海を語源とする。最近でも『パイレーツ・オブ・カリビアン――デッドマンズ・チェスト』（二〇〇六年）はドミニカ共和国で撮影されたが、人喰い人種の露骨なステレオタイプに現地から批判があがっていた。「人喰い《カニバリズム》」の現象を英語圏に紹介したのは、コロンブスが第一次航海時に執筆した『日誌』の一四九二年一一月二三日の記述である。現在のハイチとドミニカ共和国からなる西インド諸島のイスパニョーラ島に上陸したときに、コロンブスは「アラワク族」からの又聞きで、「カニバル」と呼ばれる人喰い人種の「カリベ族」のことを聞いた。「この土地は広大で、そこには額に一つしか目のない人間や、カニバルと呼ばれる連中が住んでいると語った。この連中をインディオたちはたいへん恐れ……彼らに食われてしまう……といって黙り込んでしまった」［ヒューム 二一一―二一二頁］。だが、コロンブスの『日誌』の執筆は、現地の言葉の聞き取りを習ってからわずか六週間であり、不慣れな言語を聞いたことの報告にすぎない。『日誌』における白人と原住民の間の「対話」は、コロンブスの偏見による「独話」だった可能性も高いという［ヒューム 二一七頁］。最初はこの話を信じなかったコロンブスは、砦を築いて原住民と協力するとなると、「食人のカリベ族」のことを信じ始める［正木 四七―五〇頁］。団結するための「共通の敵」として「人喰い人種」が捏造されたのではないだろうか。

スペインの支配が薄れた一六五九年に、イスパニョーラ島は「サン＝ドマンク」と呼ばれるフランス領となり、減少したインディオに代わって連れてこられた黒人奴隷によって砂糖やコーヒーやカカオを栽培する大農園が維持されていた。ヴードゥー教は奴隷たちがアフリカからもち込んだ信仰である。太鼓とダンスを伴う集会を行ない、ロアと呼ばれる精霊が呪術師の体に宿り、お告げを告げるといったイメージが一般に知られている（ゾラ・ニール・ハーストンのハイチ紀行『ヴードゥーの神々――ジャマイカ、ハイチ紀行』（一九三八年）の原題は*Tell My Horse: Voodoo and Life in Haiti and Jamaica*であり、神が「媒体《メディアム》」としての馬である「呪術師《メディアム》」に憑依してお告げを語るという「わが馬よ、告げよ」という意味である）。アメリカと近い距離にあるイスパニョーラ島は重要な砂糖の生産地だったが、フランス革命の影響を受け、一七九一年から黒人奴隷が反乱を起こす。一八〇一年に奴隷制が廃止され、一八〇四年には独立した初の黒人共和国としてハイチが誕生する。奴隷は自由を求めず白人の庇護のもとで幸福だと信じて疑わなかった南部の奴隷所持者たちにとって、この反乱は耐え難い恐怖だった。ヴードゥー教の司祭が中心的な役割を果たしていたことも、ヴードゥー教の恐怖を煽ることになった。「サン＝ドマンクの反乱」の恐怖の影は多くの文学に落ちたが、まずエドガー・アラン・ポーの文学にそれを発見してみたい。

ポーの「赤死病の仮面」（一八四二年）はゾンビ映画のような物語である。「赤い斑点」ができて死にいたる赤死病が蔓延してゆくさなか、感染を恐れたプロスペローたちは堅固な「壁」の僧院にたてこもる。しかし、赤死病の衣装を着た男の侵入によって僧院は崩壊してしまう。壁はゾンビ映画でも重要なメタファーだが、ポーが活躍し始めた一八三〇年代は、刑務所を一望に監視でき、囚人たちに実際に監視されていなくても、見られているという意識を植えつけて管理する「一覧監視装置《パノプティコン》」の発明により収容所が激増し、文学でも壁のイメージが頻出した時期だった［西山二〇一七年二六―三二頁］。また、「赤死病の仮面」のプロスペローという名前は、新大陸が念頭におかれたシェイクスピアの『テンペスト』（一六一一年）の島の支配者プロスペローに由来する。島のかつての所有者で「カニバリズム」の響きを連想させるキャリバンは今ではプロスペローの奴隷である。赤い肌のインディアンを思わせるキャリバンは、プロスペローの娘ミランダを強姦して血を混じらせようとする。「お前に言葉を教えてやったのに恩知らずめ」と罵倒するプロスペローとミランダに、キャリバンは「たしかに言葉を教えてくれたが、覚えたのは悪口のいい方だけだぜ。赤い病でくたばれ。言葉を教えた罰だ」と皮肉を浴びせるのである［一一七三頁］。『テンペスト』の「赤い病」のイメージを使った「赤死病の仮面」は、先住民を強制移住させた当時のジャクソン大統領の隔離政策の寓話とも解釈できるだろう。

そのいっぽうで庄司宏子は「サン＝ドマンクの反乱」から「赤死病の仮面」を読み直す。一七九三年頃から自由を求めた奴隷たちが南部に入ってくることを恐れた農場主は、奴隷たちが革命に共鳴することを「感染」の比喩でとらえ、入国を禁止しだした。プロスペローの僧院の黒い振り子時計からは鐘が鳴り響いており、ポーの詩「鐘」（一八四九年）では、火災のさなか鳴り響く警鐘としての真鍮の鐘、食屍鬼《グール》が鳴らす鋼鉄の鐘など、不吉な調べも描かれていた。もともと、独立革命の象徴だった「フィラデルフィアの鐘」は、一八三九年に奴隷制反対雑誌『ザ・リベレーター』に「自由の鐘」という詩が掲載されると、奴隷解放と結びついてゆく。ゾンビ映画を思わせる「赤死病の仮面」の時計の鐘には、「自由の鐘」が重なり、「サン＝ドマンクの反乱」の痕跡が残っていたのかもしれない。「赤死病の仮面」は、僧院に侵入してきた赤死病の衣装の男にプロスペローが切りかかるが、その服の下には実体がないことを知るという虚無感漂う結末に終わる。この男の衣装の下には何も存在しなかったという最後は、アメリカに密輸された小猿からウイルスに感染した男性が、恋人とキスをして疫病が全米に拡大してゆく『アウトブレイク』（一九九五年）のように、疫病に関する映画やゾンビ映画でもよく展開する「第一号患者《ペイシェント・ゼロ》」探しの物語を、嘲笑しているかのようではないか。[1]

なお、米国初の吸血鬼小説はロバート・C・サンズの『黒い吸血鬼——サント・ドミンゴの伝説』（一八一九年）であり、「サン＝ドマンクの反乱」を舞台に、白人の未亡人と結婚した黒人吸血鬼が登場している。黒人吸血鬼は奴隷たちに「わが同胞よ。解放を目指せ。束縛を破り、鎖を断ち切れ。我々は救済され、自由になり、解放されなくてはならない」と演説し、連帯して支配階級に反逆させようとする［一六七頁］。ゾンビのように吸血鬼たちが墓から這いだす場面もあり、当時のハイチへの恐怖が伝わってくる。七〇年代には黒人の観客をターゲットにして黒人を主人公にした「ブラックスプロイテーション映画」が流行し、黒人の吸血鬼が登場するウィリアム・クレイン監督の『吸血鬼ブラキュラ』（一九七二年）のような映画も製作されるが、最初の吸血鬼小説であるジョン・ポリドリの『吸血鬼』（一八一八年）の翌年には早くもこの『黒い吸血鬼——サント・ドミンゴの伝説』が書かれており、米国初の吸血鬼が黒人だったのは注目に値するだろう。また、続編の『吸血鬼ブラキュラの復活』（一九七三年）は、ブラキュラがヴードゥー教の魔術によって復活し、クライマックスで吸血鬼になった人間たちがゾンビのようにゆっくり歩いて警官隊を襲ってくるなど、ゾンビ趣味《テイスト》が加えられている。

「サン＝ドマンクの反乱」以降、ハイチはアメリカに最も近い脅威の辺境となった。ヴードゥー教の野蛮なイメージは、南北戦争前のアメリカで、奴隷制を正当化するために使われてゆく。多種多様な人種を溶かし合うという「人種の坩堝《メルティング・ポット》」という同化の隠喩をイギリス人作家のイズレイル・ザングウィルがその戯曲で使ったのは一九〇八年のことだが、はるか以前の一八五二年、『ユナイテッド・ステイツ・デモクラティック・レビュー』三一巻八月号において、ハイチは人種混淆が横行する「吐き気のするスープの皿、復讐の黒い汁」に喩えられていたのである［ブリックハウス 二二五頁］。一八六一年にハイチの首都近くビトソンで起こった「ビトソン事件」は、ヴードゥー教の儀式で少女が殺され肉のスープにされたというもので、数度にわたり書籍化されてハイチの恐怖のイメージを確立する。コロンブスがカリブ海訪問で生み落とした「カニバリズム」はその後に世界を「漂流」している。「人喰い《カニバリズム》」とは「我々」と「彼ら」をわける境界線である。「人喰い《カニバリズム》」を他者捏造のための悪の記号だと考えるW・アレンズは、「およそありとあらゆる人間集団が、食人者のレッテルを、一度は誰かに貼られている」と述べている〔一八六頁〕。一九一五年から一九三四年には、ハイチはアメリカの占領下にあり、その介入を正当化するために、ハイチが恐怖の国として映画や小説において煽情的に描かれだし始め、ゾンビという怪物の誕生はもうまもなくのことだ。

　この悪魔化されるハイチのイメージは、二〇世紀末のエイズ恐怖にまでずっと延長される。一九八〇年代には、ホモセクシュアル、ヘロイン常用者、血友病患者、ハイチ人という「4H」というエイズの感染源があげられていた。一九八六年の『米国医師会雑誌』八月号にはヴードゥー教の儀式に参加したものが、汚染された物質の摂取、皮膚感染、性感染によってHIVウイルスに感染しているという仮説を紹介した手紙が紹介され、その題名は「ナイト・オブ・ザ・リビングデッドⅡ」だった〔ラックハースト 八四頁〕。翌一九八七年の『ライフ』八月号には、医師リチャード・シルザーの「死の顔を覆うマスク――エイズのハイチ襲撃と真実に対するタブーの発見」というルポルタージュが掲載され、アメリカの牧師の言葉が紹介される。「ここで最も厄介なのはヴードゥー教だよ。悪魔のような宗教でハイチの癌なんだ。ヴードゥー教はエイズよりも問題なんだ。そしてこの疫病の原因の一つだ。ヴードゥー教の呪術師になるためには、男とアナル・セックスをしなくちゃならない……だからホモセクシュアルが儀式化するんだ。こうしてエイズが広まったわけさ……姦淫の罪だ」〔シルザー 六四頁〕。ハイチが「現代のソドムとゴモラ」と呼ばれる〔六二頁〕。シルザーにとって監視の対象とは、エイズではなくヴードゥー教とホモセクシュアルかもしれない。エイズは治療できないが、ハイチの風習は治療できる。シルザーの記事には、ハイチを恐怖の国に捏造し、アメリカの理性と科学で把握しようとする植民地主義の欲望の残滓がみなぎっていた〔西山 二〇一三年 九三頁〕。

2 ノンフィクションにおけるゾンビ
——『魔法の島——ハイチ』『ヴードゥーの神々』『蛇と虹』

現在の「ゾンビ（zombie）」とは綴りが違うが「ゾンビ（zombi）」のアメリカでの初出は、一八三八年にオハイオの新聞『アルトン・テレグラフ』にリプリントされた「知られざる画家」という短編で、画家が絵を描くのを助けてくれる精霊だった〔コーダス 一六－一七頁〕。また、ハイチ革命時にジーン・ゾンビ（Jean Zombi）という叛乱奴隷の指導者は白人たちを虐殺したことで、ゾンビという言葉の恐怖を増長させた〔ダイアン 三七頁〕。ラフカディオ・ハーンがマルティニークで採取したのは精霊や幽霊のようなゾンビだったが、ハイチにおいて死体が生き続けているというゾンビのイメージを確立する本が一九二九年に出版されている。元新聞記者のウィリアム・シーブルックのルポルタージュ『魔法の島——ハイチ』だ。ゾンビの目撃談も含むセンセーショナルな写真や挿絵が満載された本で、ペーパーバックの序文はジョージ・A・

【図 27】『魔法の島——ハイチ』のセンセーショナルな挿絵

ロメロが書いている【図27】。一八〇四年に初の黒人共和国として独立したハイチは、一九一五年から一九三四年まで介入したアメリカの統治下にあった。シーブルックのハイチ訪問は、アメリカがハイチの啓蒙化を進めた時期だった。シーブルックは近代化に異議を唱えるモダニストたちの一人でもあり、原始主義への憧憬も含めてハイチへと向かい、ハイチの啓蒙化には反対していたのである。

そんなシーブルックは現地人のポリンスからゾンビが実在することを聞く。ハイチでは死人がでるとゾンビにならないように、大きな墓石の下に埋めるのだとポリンスはいい、ハスコーのゾンビの話を聞いたことがあるかとシーブルックに問う。ＨＡＳＣＯ（Haitian-American Sugar Company）はアメリカ系の砂糖会社であり、サトウキビが豊作の一九一八年、人手不足のその工場に、黒人によって九人のゾンビが連れてこられ、賃金も与えられずに働かされたという。そんなゾンビを哀れに思った黒人女性クロイアンスは、ゾンビを祭りに連れてゆき、塩気のあるピーナッツの入ったクッキーを食べさせた。ところが、ゾンビたちは過去を思いだして、墓場に戻ってしまったのである。ここで重要なのは、このゾンビたちは「黒人奴隷制度」の奴隷というよりは、「アメリカの近代資本主義」による砂糖工場ハスコーの奴隷のような労働者ということである。そして、シーブルックはポリンスと一緒に山中で、三人の作業をしているゾンビに遭遇することになる。『魔法の島——ハイチ』が出版されたのは大恐慌と同年の一九二九年だったが、「まるで機械人形や動物のようにとぼとぼ歩いている」と描写されるゾンビたちは、「ウォーキング・デッド」ならぬ、まさしく「ワーキング・デッド」だったのだ〔一〇一頁〕。

従順に、あたかも動物のように、そのゾンビはゆっくり立ち上がった。そのとき私が見たものは、それまで聞いていたにもかかわらず、それと相まって、恐ろしいショックとなってしまった。ゾンビのその眼は最も恐ろしい。想像によってそう思ったのではない。実際それは盲目の眼ではなく、死人の眼だ。凝視しているが、実際は何も見ていない眼だ。顔もまた十分に恐ろしい。後ろには何も存在しないような空虚な顔である。表情ができないのではなく、表情がないのだ。……何ということだ。このゾンビは現実である。もしそれが本当なら、全てをひっくり返してしまうほどの恐怖だ。全てとは近代的な人間の思考や行動の礎となる定められた法則や過程を指す。そのとき突然、私はコロンビア大学の組織学の教室で見た前頭葉を切除された犬の顔を思いだした。その犬は生きていて動き回っていたが、その眼は今見ているゾンビの眼と同じであった［一〇一頁］。

ここでの「凝視しているが、実際は何も見ていない」ような「死人の眼」の描写が印象的だ。「たしかに死者の眼」だとゾンビに対して超自然的な恐怖をシーブルックは示すものの、そのいっぽうで、「組織学の教室で見た前頭葉を切除された犬」を思いだしたといい、「ゾンビとは畑で強制労働させられている精神障害で白痴の人間に過ぎない」という合理的説明も下そうとする［一〇二頁］。しかしながら、ロジャー・ラックハーストはシーブルックに欠けていた視点を指摘する。ハスコーがプランテーションを再建するにあたって、強制的に連れてこられたよそ者たちは「ゾンビ（Zombi）」とも呼ばれていた。この労働者たちのゾンビのような虚ろな状態は労働の疲労によるものかもしれないし、引きずるような足取りは、足に鎖をつけられているのか、あるいは、できるだけ体力を消耗しないように歩いていただけなのかもしれない。もし、そうであれば、シーブルックが憧憬していたゾンビというエキゾチックな存在は、実際には彼が否定していた近代工業主義の搾取の産物だったに過ぎなかった。「ゾンビ（Zombi）」を「ゾンビ（Zombie）」へ読み替えたシーブルックは、植民地主義を見落としてしまっていたのだ［ラックハースト 五四頁］。

シーブルックから十年ほど後の一九三八年、『彼らの眼は神を見ていた』（一九三七年）で知られ、民俗学に造詣が深い黒人女性作家ゾラ・ニール・ハーストンがハイチへ向かった調査の結果を報告した。ハーストンもまた『ヴードゥーの神々――ジャマイカ、ハイチ紀行』の第十三章でゾンビのことに触れている。ハイチでは埋葬された人間が生き返って、さまよい歩くことがあると、ハーストンは現地人から聞く。さらに、ハーストンは病院にいるゾンビと実際に対面する。一九三六年に路上を裸でさまよっていた女性が警察に保護された。その身元を調べたところ、彼女は二九年前に埋葬されたはずのフェリシア・フェリックス＝メントールと判明したのである。フェリックス＝メントールは過去のことは覚えておらず、記憶は「空白」の様子であった。ゾンビパウダーに言及したハーストンは、ゾンビは仮死的状態にされた人間だと考えていた。撮影許可をもらったハーストンは怯えるゾンビを「撮影《シュート》」する。まさしく、ロメロの『ダイアリー・オブ・ザ・デッド』のキャッチ・コピー「Shoot the Dead」を行なうのである。ヴードゥー教の集会の様子も撮影したハーストンは、「言葉」という「媒体《メディア》」ではなく、「写真」という新しい「媒体《メディア》」でゾンビの実態を捉えようとするのだ。

> 一九三六年一一月八日、ゾンビが路上で発見されたことをレオン医師から私は聞いた。そして次の日ゴナイヴの病院に向かい、そこで一日を過ごした……私たちは庭でゾンビを発見した。フェリックス＝メントールは食事をだされていたが、それを取ろうとはしていなかった。彼女は自分を守るような姿勢で揺れていた。私たちが近づくのを察知すると、灌木の枝を折り、それを使って、地面や食事が置かれていたテーブルを掃除し始めた。布で顔をすっぽり隠し、何かされるの

ではないかと怯えた様子であった。私と二人の医者が何とかして彼女を安心させようとした。写真を撮る許可を得ていると医者に告げると、その手はずを整えてくれた。彼女が一人のときにする姿勢を取らせた。それは、布をすっぽりと頭からかぶり、壁に寄り添って縮こまる姿勢であった。医者が顔を写真に撮れるように、布を強制的に取った。恐ろしい光景だった。死んだような眼をした空虚な顔、目の周りのまぶたは白く、まるで酸で焼かれたようである。私たちはどうしてゾンビができるのかを議論し、それは死者を目覚めさせるのではなく、秘薬で死に似た状態をつくるのだという結論にいたった〔九五–九六頁〕。

ハーストンの記した「死んだような眼をした空虚な顔」という言葉。空虚こそが最も恐ろしいのだが、「カメラの眼」はこの「死んだような眼」を的確に把握できずに、ハーストンは言葉に頼らざるをえなかったのかもしれない。しかしながら、ハーストンのゾンビの写真は、秘密結社によって人間がゾンビにされるという「新たな奴隷制」を暴露したのではないのか。また、アメリカのハイチ占領下、雑誌『ネイション』誌は一九一八年から一九三二年までにハイチ統治の厳しい現状を五〇以上の記事や社説で掲載していた。たとえば、アメリカの海兵隊に監視され、食事も十分ではない過酷な条件の道路工事などで働かされ、逃亡すれば射殺されることもあったハイチ住民のゾンビのような姿が暴露されたのである〔ケレステシ 三五頁〕。ハーストンは『ネイション』誌と同じ立場だったといえる。ハーストンは秘密結社によるゾンビ化を、『ネイション』誌はアメリカの帝国主義による住民のゾンビ化を、それぞれ告発した。だが、恐怖の存在をつくりだすのは、ハイチのヴードゥー教という「外部」だけではなく、じつはアメリカの政府という「内部」でもあったという結末を見せつけるのである。

シーブルックとハーストンに続いてゾンビの謎に挑んだ男は、民族植物学者ウェイド・デイヴィスである。一九八〇年、村の市場において黒人女性アンジェリーナは、一人の男に声を掛けられ驚愕する。この男は一九六二年の四月末に病院に搬送され、死亡が確認され埋葬されたはずの農夫の兄クレルヴィウス・ナルシスだったのである。一八年ぶりに現れたナルシスは、土地の所有権争いのために殺害されて棺に埋葬されたが、呪術師によって掘り起こされハイチ北部の農場でゾンビとして働かされていたと告白する。仲間のゾンビが主人を殴り殺して、ナルシスは農場を逃げだし、故郷に帰ってきたのだった。この事件は海外で反響を呼び、『ニュー・サイエンティスト』誌、『タイム』誌にも掲載され、日本テレビ系列番組『特命リサーチ２００Ｘ』でも取りあげられ、デイヴィスはインタビューを受けている。「現代のハーストン」としてデイヴィスも、ナルシスがゾンビパウダーによってゾンビにされたと考えていた。デイヴィスは秘薬ゾンビパウダーを持ち帰り、科学的に分析した結果、ハイチに実在するゾンビは、フグの毒などを混ぜた薬物によって、仮死状態にされた人間だと断定したのである。かくして一九八五年に書かれたのが、『蛇と虹――ゾンビの謎に挑む』だった。ハーストンは統合失調症の患者をゾンビだと信じ込んだと批判されたが、「もし励まされて調査を続けていたなら、その洞察力によって五十年も前にゾンビの謎を解いていたかもしれない」と、デイヴィスは彼女を評価している［二三三頁］。

デイヴィスの本では、ハイチで権力を得るためにヴードゥー教を利用し、特別警察トントン・マクートによる圧政を展開した黒人大統領フランソワ・デュヴァリエのことが触れられている。とりわけ、サングラスをトレードマークにして民衆の秘密をさぐる警察トントン・マクートは現代ハイチの恐怖の象徴で、グレアム・グリーンの『喜劇役者』（一九六六年）を映画化した『危険な旅路』（一九六七年）は、デュバリエの体制に挑む人間たちを描いている。(2)『蛇と虹――ゾンビの謎に挑む』は人気を呼び、ウェス・クレイヴン監督の『ゾンビ伝説』（一九八八年）として映画化もされた。デイヴィスをモデルにしたハーバード大学の人類学者デニスが、ゾンビパウダーを使って制裁を加える秘密結社に迫る物語で、暴動の起こるクライマックスではデュバリエのことが示唆される。デニスが秘密警察につかまり拷問を受けたり、ゾンビにされかかったり、悪夢でゾンビがうごめくグロテスクな映画だが、ゾンビパウダーの製作過程が映像化されている。だが、『蛇と虹――ゾンビの謎に挑む』は学会でまともに扱われず、『インディ・ジョーンズ』のような小説だと嘲笑されて終わってしまった。それに対してデイヴィスは、一九八八年に学術的体裁を濃くした第二作『ゾンビ伝説――ハイチのゾンビの謎に挑む（*Passage of Darkness*）』を書きあげたのである。いずれにしても、ハーンの『マルティニーク・スケッチ』が最初に掲載された一八八七年から、およそ百年にわたってカリブ海のゾンビは謎であり続けた。

3　「ワーキング・デッド」の誕生――『ホワイト・ゾンビ（『恐怖城』）』

『ホワイト・ゾンビ』は最初のゾンビ映画とされるが、それ以前からゾンビの原型は銀幕にうごめいていた。たとえば、ロベルト・ヴィーネ監督のドイツ表現主義映画『カリガリ博士』（一九二〇年）をあげることができる。たしかに、カリガリ博士に操られて見世物小屋の箱で二三年間眠り続ける眠り男チェザーレが動きだしてゆく姿は、ヴードゥー教の操られるゾンビのようだ【図28】。チェザーレの動きは、『フランケンシュタイン』（一九三一年）でボリス・カーロフ演じる怪物が腕を突きだして歩く歩き方に影響を与え、『ＮＯＴＬＤ』の冒頭において墓場で妹を襲うゾンビ（ビル・ハインツマン）はこのカーロフの動きを参考にしている。催眠術で人間を操るカリガリ博士の恐怖を描いたこの映画が、仮に人民を洗脳したヒトラーのナチス全体主義の台頭を予言したものであり［クラカウアー 七三頁］、ゾンビ映画の原点だとすれば、一九四〇年代に魔術で操られるヴードゥー・ゾンビの恐怖を描く映画が台頭したのも頷ける。悪の象徴としてナチスの「全体主義」はアメリカの「個人主義」と対比されてきたが、早くもスティーヴ・セクリー監督の『死体に殺された男』（一九四三年）では、ナチスのゾンビ兵士を生産する博士が登場していた。それ以後も『カリブゾンビ』（一九七六年）『ナチス・ゾンビ／吸血機甲師団』（一九八一年）、最近では『処刑山――デッド卐スノウ』（二〇〇九年）と、意思を喪失したゾンビの姿を通して、ナチスの「全体主義」の恐怖が示されてきたのである［ミラー］。

【図 28】カリガリ博士（右）
眠り男チェザーレ（左）

また、この夢遊病患者チェザーレの姿は、フリッツ・ラング監督のドイツ表現主義映画『メトロポリス』（一九二七年）にも影響を与えた。近未来の二〇二六年、知識階級たちは「地上」の高層ビルで享楽的生活を送るいっぽうで、「地下」で労働者たちは機械を動かす過酷な労働に従事している。労働者階級の娘マリアと知り合った支配者フレーダーセンの息子フレーダーは地下社会の現状を知る。フレーダーは機械のことをH・G・ウェルズの『タイム・マシン』の地底の食人族の「モーロック」と呼ぶが、ウェルズの小説と同様に二極化した世界に分かれている。いっぽうで、労働者たちの間に蔓延したストライキの雰囲気に危機を覚えたフレーダーセンは、労働者の娘マリアをモデルにしたアンドロイドを製作させ、労働者の団結を阻止しようと企む。このアンドロイド・マリアに扇動された労働者たちの暴動によってメトロポリスは崩壊しかかるが、フレーダーの活躍により労働者と資本家は和解するのである。

SF映画史初のロボットが登場する『メトロポリス』において、搾取される労働者たちが無気力に並んで歩く姿は、『ホワイト・ゾンビ』の粉ひき工場で働かされるゾンビたちとよく似ている。ナチスの全体主義台頭以前に製作されたドイツ表現主義映画『カリガリ博士』と『メトロポリス』。これらの映画で操られた人間たちにゾンビの原型的な姿が重なっている。

シーブルックの『魔法の島——ハイチ』は反響を呼び、それに便乗したゾンビやヴードゥー教の実録映像も量産されることになる。後の「ヤコペッティのモンド映画」を連想させるドキュメンタリー映像作家ウォルター・ファッターは、富士山の登山風景で始まり、世界じゅうの奇妙な風習や出来事を収録した『世界の奇妙なもの（*Curiosities*）』（一九三〇年）、ハイチを紹介した一〇分ほどの『ヴードゥー教の国（*Voodoo Land*）』（一九三一年）などのドキュメンタリーで、最初期にヴードゥー教のダンスの儀式を映像に収めている。また、映画監督から転向したケネス・ウェブは、『ホワイト・ゾンビ』より早く一九三二年二月一〇日に世界最初のゾンビ演劇『ゾンビ』をブロードウェイで上演していた。プランテーションのオーナーが殺害されゾンビとして蘇生させられ、その妻が若い医師や老教授と共にゾンビマスターの正体を解明し、その謎を解くというミステリー演劇である。ファッターのドキュメンタリーでもヴードゥー教のダンスが紹介されているように、ゾンビとダンスのつながりは浅くはない。舞台で見世物にされるゾンビが初登場したのは、ホラーコメディ『ブロードウェイのゾンビ』（一九四五年）であり、ナイトクラブの出し物のためにカリブ海の島にゾンビを探しに行った二人組の一人が、ゾンビマスター（ベラ・ルゴシ）によってゾンビにされてしまうのである。

アメリカのハイチ占領終了間際の一九三二年、ヴィクター・ハルペリン監督の世界初のゾンビ映画『ホワイト・ゾンビ』が公開される。ニールとマデリンは結婚式をあげるためにハイチを訪問する。馬車に乗ったこの二人は、十字路での葬儀を目にした後、死人の一団に遭遇する。やがて、マデリンに横恋慕したプランテーションを経営している地主ボーマンは、砂糖工場を経営するルジャンドルに相談し、彼女を手に入れようとする。ルジャンドルは薬を飲ませて、マデリンを意思のないゾンビにしてしまう（棺から引きだされるこのマデリンの名前は、ポーの「アッシャー家の崩壊」（一八三九年）において、兄ロデリックに仮死状態のまま屋敷の地下に安置された妹マデリンから取られていることに疑いはない）。ルジャンドルはゾンビにした黒人を砂糖工場で奴隷として働かせている【図29】。ゾンビにマデリンの棺を運ばせるルジャンドルは「彼らは私の召使だ、生前は敵だったが」と述べ、「もしゾンビが魂を取り戻したときにはどうなるのか」というボーマンの問いに、「私をばらばらにひき裂くだろう」と答えている。ルジャンドルの服装やニールとマデリンが目撃した丘を下ってゆくゾンビの労働者たちは、シーブルックの『魔法の島――ハイチ』の木版画を参考にしている［ローズ 三二一―三二二頁］。

【図29】奴隷としてのゾンビたち

この時期の映画に登場する黒人は、「ミンストレル・ショー」のように、白人が顔を黒く塗って演じたものが多いが、この映画でも多くの黒人はそうである。ルジャンドルは東洋の怪人フー・マンチューのようでもあり、メスメリズムを使う魔術師の姿を継承している。マデリンを手に入れたいボーマンはルジャンドルの魔術に頼る契約をするが、青年ファウストを誘惑する悪魔メフィストの図像が使われているのは明らかである【次頁の図30】。また、白人と黒人の混血らしいルジャンドルが住む岸壁の屋敷は、「サン＝ドマンク の反乱」で活躍して一八〇七年に北ハイチの黒人大統領になった将

【図30】メフィスト的ルジャンドルとゾンビ

軍アンリ・クリストフ一世が多大な犠牲を払って建築した宮殿をイメージし〔ラックハースト 一二九頁〕、最後にルジャンドルはそこから転落する。こうした古典的なイメージだけではなく、ルジャンドルはハイチの遺物である奴隷主と近代的工場のオーナーという、二重の意味で労働者たちを支配する恐怖を体現している。粉ひき工場で働くゾンビは、工業化で疎外された労働者、列をなして仕事を求める世界恐慌の失業者の表象である(3)。ゾンビは車輪を廻し、転落しても作業が中断することはない。ベルトコンベアの作業で異常をきたしたチャップリンが、ネジを見れば締めてまわる『モダン・タイムス』は、一九三六年の映画であった。

タイトルの『ホワイト・ゾンビ』は、呪術をかけられた婚約者マデリンを指し、白人が奴隷になる恐怖を意味する。世紀転換期頃からジョゼフ・コンラッドの『闇の奥』(一八九九年)のアフリカで原住民のようになったクルツが示すように、白人が植民地において原住民化してしまう恐怖は根深かったのである。ドラキュラ(ベラ・ルゴシ)が女たちを吸血鬼にして操るトッド・ブラウニング監督の『魔人ドラキュラ』(一九三一年)では、トランシルヴァニアという「東の果ての辺境」にやってきた主人公ジョナサン・ハーカーは、ドラキュラの城において恐怖を体験するが、新婚のニールとマデリンは、「アメリカに近い辺境」のハイチで恐怖を体験することになる。『ホワイト・ゾンビ』でゾンビたちは労働用の奴隷にされる「身体の帝国主義」に対して何の抵抗も示さない。これに対して、ゾンビにされてボーマンの妻となっても、マデリンの心はニールと結びついている。あるメイドがいうように「何かを覚えている」のである。(4) マデリンはゾンビマスターの「精神の帝国主義」に抵抗するのだ。最初にボーマンは悪魔の誘惑に屈するが、最後には良心が目覚めて、犠牲になってルジャンドルと共に崖から転落する。白人の活躍によってハイチの奴隷制度が克服されたのである。

アメリカのハイチ介入の結果、パルプ・マガジンにゾンビ小説が掲載されだす。H・S・ホワイトヘッドの「ジャンビー」（一九二六年）は、死んだ友人の幽霊に訪問されたジェフリー・ダ・シルヴァが、友人の屋敷を訪問するときに、道端で足がなく幽霊のように宙に浮かぶ三体の黒人ジャンビーや階段に座った黒人老婆が犬に変身するジャンビーを目撃したことを語る話である。「これでおわかりでしょう、西インド諸島は他の土地とは違っています」とダ・シルヴァはいう〔二六八頁〕。語り手は「西インドなまりこそは、ラフカディオ・ハーンが、昔この島を訪れた際に、英語だとはついぞ気づかなかったという、因縁つきの代物なのだ」と書いているが〔二五二頁〕、「ジャンビー」はハーンの「魔女」における犬に変身するゾンビも思いださせる（一章二節参照）。また、ロバート・E・ハワードの「鳩は地獄から来る」（一九三八年）は、南部の旧家において混血の黒人奴隷の少女が、西インド諸島出身の奴隷主の残酷な娘に「黒い神酒」を飲ませて、復讐として女ゾンビの「ズヴェンビ」にする物語である。保安官バックナーは「西インド諸島こそは、この世の病巣といえる場所だ……わたしもゾンビのことは聞いて知っている。だが、ズヴェンビなんてものは今日まで知らなかった。おそらくある種の麻薬がヴードゥーの魔術師によって調合され、それが女性を狂気に陥らせた状態をいうのだろう。だがそれで説明しきれない要素もある」と、西インド諸島の恐怖を語っている〔三三九頁〕。

また、『アガシー』誌に一九三五年に掲載されたパルプ・マガジン作家セオドア・ロスコーの『死の相続』は、最初期のゾンビ密室殺人ミステリーだろう。ハイチのサトウキビ農場の経営者アンクル・

イーライが殺されて、杭を打った埋葬が望まれる遺言書が読まれる。七人の相続人たちが集められ、密室殺人が続くのである。犯人は最初に殺害されたはずのイーライであり、仮死状態に陥って死を装いゾンビとして復活したトリックを使って、恐怖で原住民を支配しようとしたのだった。『死の相続』のこのトリックは、アガサ・クリスティーの『そして誰もいなくなった』（一九三九年）において、島に呼ばれた招待客が殺害されてゆき誰もいなくなるが、真犯人は死を装っていた招待客の一人の判事だったという奇想天外なトリックに先行し、すでにこの時期に密室殺人とゾンビが結びついているのは何とも刺激的だ。それは、二〇一八年に日本で「このミステリーがすごい第一位」を獲得した今村昌弘の『屍人荘の殺人』が受け継いでいる。大学の映画研究部の夏合宿のためにペンション「紫湛荘」に大学生たちがやってくるが、バイオテロで発生したゾンビに包囲され、隔絶されたペンションにおいて密室殺人が続くという筋で、ゾンビ小説と推理小説が溶けあっている。一九三〇年代には、ヴードゥー・ゾンビ映画や小説が多数生み落とされ、ハイチの恐怖のイメージが煽られていったのである。

4　ゾンビにされる人々
――『私はゾンビと歩いた！』『ジェイン・エア』『サルガッソーの広い海』

二〇〇九年にセス・グレアム＝スミスは、ジェイン・オースティンの『高慢と偏見』とゾンビをミックスさせた『高慢と偏見とゾンビ』を書きあげていた。だが、すでに一九四三年にジャック・ターナー監督の『私はゾンビと歩いた！』は「別のジェイン」を使って、ある古典とゾンビの「マッシュアップ」を果たしていたのである。看護婦ベッツィーはサトウキビ農園主ポールの妻ジェシカを看護するために西インド諸島のある島にやってきた。ベッツィーは夜に謎のすすり泣きを聞き、白い衣服を着て夢遊病のようにさまよう妻を目撃する。次第にポールにひかれてゆくベッツィーだが、不気味な雰囲気の漂う農場の秘密を知ってしまう。どこかで聞いたような話ではないか。それもそのはず、シャーロット・ブロンテの『ジェイン・エア』（一八四七年）が下敷きだからだ。ジェシカはポールの異父弟ウェズリーと恋仲になり、二人の母親のランド夫人によって魔術でゾンビに変えられたのだった。ジェシカは家庭教師として雇われたジェイン・エアが遭遇するロチェスターの混血の妻バーサのゾンビ版にあたる。ジャマイカ出身で精神障害のために監禁された「屋根裏の狂女」バーサは、夜に屋敷を徘徊していた。『ジェイン・エア』において、ジェインはそんなバーサのことを吸血鬼だと勘違いしていたが、『私はゾンビと歩いた！』においては、バーサに相当するジェシカはゾンビにされた妻だったのである。

ゾンビとしてのバーサ。これは荒唐無稽だろうか。だが、ドミニカ共和国出身の英国女流作家ジーン・リースの『サルガッソーの広い海』（一九六六年）は、ゾンビとバーサを重ねた。この物語はロチェスターとバーサと思われる二人を描く三部構成の前日談であり、第一部はバーサのジャマイカの幼少時代、第二部はロチェスターらしき男との結婚、第三部は屋根裏に監禁された姿が描かれる。ロチェスターらしき男が読む本の「魔術《オービア》」の章には、「ゾンビとは生きているように見える死人、または死んでいるのに生きている人のことだ。ゾンビはその場所に棲みつく幽霊のこともあり、たいていは悪意があるが、生贄や花や果物を供えることで怒りを鎮めることができる」と書かれていた〔三五九―三六〇頁〕。また、ある少女はバーサに「あんたのお母さんは靴下もはかず裸足で歩き回っている、下着もつけないで。彼女は夫を殺そうとした、あんたが会いにいったとき、あんたのことも殺そうとしたんだ。彼女はゾンビみたいな目をしてる、あんたも同じゾンビの目だよ」と告げている〔三〇四頁〕。『ジェイン・エア』でバーサからは吸血鬼が連想されたが、『サルガッソーの広い海』でバーサからはゾンビが思いだされる。ジーン・リースは狂女になったバーサのために、彼女の人生で「本当にあったかもしれない話を書きたい」と宣言したが、その脳裏にゾンビにまつわる「本当にあったかもしれない話」が浮かんだことを杉浦清彦は指摘している〔一六〇頁〕[5]。

『私はゾンビと歩いた！』では、ゾンビにされたジェシカをもとに戻すために、ベッツィーはヴードゥー教の集会にジェシカを連れて向かう。二人は奥地へと太鼓の音に導かれてゆく。エキゾチズムを超えた美しいシーンである。「私はゾンビと歩いた」のだ。ウェズリーはジェシカが意思を取り戻さないことを知り、彼女を殺し二人は海に消える。ランド夫人はウェズリーと駆け落ちしようとしたジェシカを呪術の力でゾンビにしたと告白するが、医師は熱病の後遺症だと診察している。結局、ジェシカはゾンビだったのか、熱病の後遺症患者だったのかわからない。この映画では島の儀式の様子もリアルで、黒人たちも黒塗りの白人ではなく黒人たちが演じてセリフも豊富にある。また、島の情報を歌にして伝達するカリブの黒人音楽のジャンル「カリプソ」を劇中音楽に使った最初のアメリカ映画ともされている。黒人たちは「カリプソ」を使ってときに政治的腐敗も風刺したが、不倫の果てにジェシカがウェズリーと駆け落ちしようとした白人一族の暗い秘密を、黒人が曲にして揶揄するシーンも描かれている。監督のジャック・ターナーはもと奴隷に対して同情的な描き方をしたために、ハリウッドに非公式で存在する「グレーリスト」にチェックされ、経歴を絶たれたそうだ〔ラックハースト 一四五頁〕。稲生平太郎は『私はゾンビと歩いた！』を「奇跡の映画」と讃えた。さらに「これさえ残っていればよい。他の映画作品は全て失われても」とまで称賛するのだった〔二〇一四年 一一九頁〕。

また、『私はゾンビと歩いた！』のダービー・ジョーンズが演じた「カラフォー（Carrefour）」という黒人ゾンビは、きわめて印象深いゾンビである。「カラフォー」は、フランス語で『十字路』、ヴードゥー教では赤い色でラム酒が好きな悪魔のような精霊を指している。この痩せていて背が高いカラフォーは、畑のなかの道の辻の番をしている。義眼によって異様に飛びだした目がじつに不気味で、シーブルックが『魔法の島――ハイチ』で強調した死人の空虚な目が映像化されたといいたいくらいである。それは、『ホワイト・ゾンビ』においてゾンビを操るベラ・ルゴシの光る眼とは、対極にあるうつろな眼である。映画のポスターで使われたカラフォーがジェシカを抱きかかえる姿は、一九三三年の『キングコング』などでもよく使われるシーンだが、怪物がそのまま黒人なので、よりリアルに人種混淆の恐怖が煽られる。だが、ジェシカに危害を加えることのないカラフォーは、そうしたステレオタイプの脅威のゾンビではない。女を抱きかかえる怪物の図像は形を変えて映画史を「反復」し続けている【図31】。そして、その図像を反転させたのが『シェイプ・オブ・ウォーター』なのである（最終章三節参照）。

【図31】映画史を反復する図像

　ゾンビをつくりだすヴードゥー・ゾンビ映画の系譜は、ゲイリー・A・シャーマン監督の『ゾンゲリア』（一九八一年）にも継承されている。ニューイングランドの海岸の田舎町で起こった殺人事件を保安官ダンが調査してゆく。ところが、この街の人間たちは葬儀屋によってゾンビにつくり直されていた死人だったのである。殺人事件の真相を調査するダンも、ヴードゥー教の本を隠しもっていた妻によって殺害され、ゾンビにされていたという記憶を取り戻すのである。これは、事件を調査している探偵自身が、二重人格などで犯人だったというトリックに近いのではないのか。(6)また、「ヴードゥー・ノワール映画」と称されたアラン・パーカー監督の『エンゼル・ハート』(一九八七年)は、まさにこのトリックを使っている〔セン 二四〇頁〕。私立探偵ハリー・エンゼル(ミッキー・ローク)は、謎の男ルイ・サイファー(ロバート・デ・ニーロ)から失踪した歌手ジョニー・フェイバリットを探すように依頼される。ヴードゥー教の不気味な集会を目撃したり、関係者たちが次々に殺害されていったり、少しずつ彼は闇の世界に埋没してゆく。そして、ハリー・エンゼルは、依頼人「サイファー」は悪魔「ルシファー」であり、自分こそが人気歌手になるために悪魔に魂を売り渡したジョニー・フェイバリットで、周囲の人間を殺害した犯人だったという「暗号《サイファー》」のような記憶を解明するのである。

主人公ダンが死んだゾンビだったという驚愕の結末の『ゾンゲリア』だが、その典拠《ソース》のひとつはおそらくハーク・ハーヴェイ監督の『恐怖の足跡』(一九六二年)だろう。川に自動車が転落し一人だけ岸へと這いあがった主人公の女性メリー・ヘンリーは、蒼白な顔の幽霊のような男につきまとわれていると精神科医に訴えている。しかしながら、すでにメリーはそのときの自動車事故で死亡しており、目撃された幽霊たちはメリーを霊界に連れて行こうとする仲間だった。ゾンビのような白いメイクをした幽霊たちがメリーを追いかけるシーンは、ロメロのゾンビ映画にも影響を与えている。幽霊が見えるメリー自身が幽霊だったという『恐怖の足跡』は、M・ナイト・シャマラン監督の『シックス・センス』(一九九九年)の着想の源にもなった。「幽霊が見えるんだ」と訴える子供をカウンセリングする精神科医マルコム・クロウ自身(ブルース・ウィリス)が、すでに死んでいて幽霊だったという真実を知るのである。自分のことが他人に認識されない恐怖を見せるこれらの映画は、自分自身が本当に生きているのか、我々はまるで幽霊のようではないのか、と存在の不安を駆りたててやまない。生きているのか、死んでいるのか、それがわからないゾンビは、我々の姿を当てこすっているのかもしれない。

【註】

（1）世界初の推理小説「モルグ街の殺人」で密室殺人のトリックを考案したのはポーだが、顕微鏡の精度が急速にあがり、一八七六年に炭疽菌、一八八二年に結核菌と、次々に細菌が発見された時期に、事件の細部をこと細かく観察するホームズの調査は顕微鏡的観察力である。事件の「原因」を探す推理小説は「起源探求熱」を満足させるものだが、「原因」とは、不調が起こったときにのみ、人々が探しだそうとすることによって存在するものである。病の「感染源」探しの欲望については西山『パンデミック――〈病〉の文化史』を参照［三三八―三四九頁］。

（2）一九五四年にハイチを訪問し、ヴードゥー教の儀式も目撃した英国小説家グレアム・グリーンが、『喜劇役者』において、ゾンビを通してデュヴァリエの恐怖政治を描く箇所がある。第一部第五章一節で「大統領はえらいヴードゥーの魔法使いです」というジョセフに、主人公ブラウンが「それでたくさんのゾンビーが護っているから、だれも夜中に大統領を襲うものはないというのか？　ゾンビーは親衛隊より、トントン・マクートより強いんだな」と聞くと、「トントン・マクートもゾンビーです。無知な人たちはそういいます」と答えられる［一三六―一三七頁］。第二部第一章五節では「この国に法律はないのですか」と聞くスミス夫人に、「トントン・マクートが唯一の法律です。この言葉は、ご承知のように、妖怪団を意味します」と、マジオ博士は答えている［一九二頁］。

（3）『ホワイト・ゾンビ』は黒人がゾンビにされ、死んでも奴隷のままでいる恐怖を見せつけるが、二〇一九年の時点で「R指定ホラー映画興行ランキング」において、ジョーダン・ピール監督の『ゲット・アウト』（二〇一七年）が第三位である。白人女性の恋人の家を訪問した主人公の黒人クリス・ワシントンは、そこで表情をなくした奇妙な黒人の召使たちに遭遇する。やがてクリスはその秘密を知ってしまう。この家の白人たちは、余命幾ばくもない白人の脳を手術によって黒人の健康な体に埋め込み、黒人の身体を奪っていた。実際に身体まで白人に搾取される黒人の恐怖が鮮烈に描かれたゆえに、『ゲット・アウト』は恐ろしいのである。

（4）マデリンは無声映画のスターのマッジ・ベラミーが演じ、無声映画からトーキー映画に移行する際に良い声で演技ができるかで悩んだ俳優は多かったが、彼女もそうだった。だが、この映画ではゾンビにされて言葉を奪われた役で、無声映画時代の演技に戻されたのである〔ラックハースト 一三〇―一三四頁〕。

（5）ジョン・ダイガン監督の一九九三年の映画版の前半には、藻に絡まって溺死した死体が描写され、愛に溺れることになるロチェスターの姿がほのめかされ、積極的にヴードゥー教の集会のシーンも取り入れられている。

（6）スパイク・ジョーンズ監督の『アダプテーション』（二〇〇二年）では、脚本家の兄（ニコラス・ケイジ）は、これまでになかった新たな「映画用脚本《アダプテーション》」を書こうとし、弟は刑事が二重人格者であり犯人だったというスリラーを考えているが、「連続殺人犯よりも使い古された唯一のアイディアは多重人格さ」と兄は皮肉るのである。

第五章　ジョージ・A・ロメロとゾンビ三部作
――生きる屍が警告するもの

1　メアリー・シェリーからリチャード・マシスンへ
――ゾンビ映画の原型として『最後のひとり』と『地球最後の男』

二〇一七年七月一六日に現代ゾンビの生みの親ジョージ・A・ロメロは、肺がんのために七七歳で死去したが、鬼才トビー・フーパー監督も、ロメロと同じく二〇一七年の八月二六日に七四歳でこの世を去っている。二人とも「アメリカン・ニューシネマ」の時代に映画を製作したが、フーパーの代表作は『悪魔のいけにえ』（一九七四年）である。(1)テキサスで人肉を使ってソーセージをつくる殺人鬼たちのソーヤー・ファミリーに、ヒッピー的な五人の若者が惨殺されてゆくこの映画は、影の「アメリカン・ニューシネマ」だろう。ヒロインが狂気のソーヤー一家に監禁され、あたかもゾンビのような祖父の前に引きずりだされ「恐怖の晩餐《さいご》」に参加させられるシーンを、フーパーは「家族」という「制度」を恐れる自分の恐怖心の反映だと、ホラー映画のドキュメンタリー『アメリカン・ナイトメア』（二〇〇〇年）で告白している。本章では、まず、メアリー・シェリーの『最後のひとり』（一八二六年）とリチャード・マシスンの『地球最後の男』（一九五四年）をゾンビ映画の原型に位置づけた後、ロメロの「ゾンビ三部作」を分析してみる。『ナイト・オブ・ザ・リビングデッド』（一九六八年）を人種や性差の問題から、

『ゾンビ』（一九七八年）を消費主義文化の観点から、『死霊のえじき』（一九八五年）を右翼化するアメリカから、それぞれ捉え直すことで、ゾンビとは何だったのかを再考してゆきたい。

＊

『NOTLD』では人工衛星の放射線で死者が甦っているという情報がニュースで流れるが、二一世紀のゾンビ映画では『バイオハザード』（二〇〇二年）のように、細菌が原因とされることが多い。人類崩壊の原因が核戦争から細菌へと移行しているのがわかるが、ここでは、まず、疫病で人類が滅亡し、ライオネル・ヴァーニーが「最後のひとり」になってしまうメアリー・シェリーのSF小説『最後のひとり』を開いてみたい。ヴァーニーが家族や友人を連れ、アジアを起源とする疫病を逃れて旅をする様子は、まるでフォックスのテレビドラマ『ウォーキング・デッド』を思わせないわけではない。次の引用のように、ヴァーニーは疫病にかかった黒人に足をつかまれ、感染してしまう。この場面はあたかもゾンビ映画さながらである。しかしながら、ヴァーニーは体内に黒人の息が混じることで、疫病に対して免疫ができたことになる。当時、天然痘の予防として牛痘を人間に接種していたが、牛痘接種の注射によってある意味人間と動物が混じるのである。こうした疫病の黒人とのヴァーニーのハイブリッド化と当時の牛痘接種の関連については、細川美苗が指摘している［一四二―一四五頁］。この『最後のひとり』は「ゾンビアポカリプス」の先駆けだといえよう。

> 明かりを手にして、階段を駆けあがり、うめき声を耳にすると、最初に目についた部屋のドアをばっと開いた。部屋は暗かったが、足を踏み入れると、有害な悪臭が五感を襲い、吐き気が起こり、それが心臓まで届いた。足がつかまれたのを感じ、うめき声がその男から再び漏れていた。

ランプを下げてみると、半分、裸の黒人がいて、病に苦悶していた。私を痙攣して掴もうとしたが、恐怖に駆られ必死でそれを振りほどこうとし、私は黒人の体に倒れこんでしまった。黒人は腐敗した手を絡ませ、顔を近づけた。彼の死の息が私に入った［三五六―三五七頁］。

ここで疫病との関係でメアリー・シェリーの『フランケンシュタイン』（一八一八年）の「生ける死者」を考えておきたい。「黄色い肌」をした怪物は、伴侶をつくってもらえば、二人で南米に行き永遠にその姿を消すと約束する。だが「もし彼らがヨーロッパを去り、新世界の荒野に住んだとしても、このときの同情から血に飢えた悪魔の人種が地上に広がり、人類の存在が恐怖に満ちたものになる」ことを恐れたヴィクターは、創造していた人造人間の女を解体する［一四四頁］。黄色い怪物が「疫病」のごとく増殖してゆく脅威はゾンビ映画を思わせるが、イギリスに広がっていたアジア人への嫌悪から誕生した「イエローマン」という巨人伝説も指摘されるように、ここに黄禍論を重ねることは難しくない［山田一一一頁］。また、『フランケンシュタイン』はアメリカで隠喩として使われだす。たとえば、一九世紀の社会改革家マーガレット・フラーは時期尚早なアメリカ国民文学の確立は、発達不完全なフランケンシュタインの怪物を生むという隠喩でその不安を表現していた［ボルディック　一二一頁］。死体の断片の「つぎはぎ」で造られ、親を離れ独り歩きを始める怪物は、本国という親に反逆して州の「つぎはぎ」で構成されたアメリカ合衆国の隠喩ともなる。やがて、一九一〇年に発明王エジソンが映画化して以来、無数のフランケンシュタインの映画がアメリカで製作されてゆく。原作において怪物の子孫が新世界に増殖したかもしれない恐怖は、小説と映画という「ジャンルの混交」によって、アメリカでフランケンシュタインの映画が製作され続けることを予言したように考えたくもなる。

たとえば、リドリー・スコット監督の『ブレードランナー』（一九八二年）は、アメリカナイズされた「フランケンシュタインの子供たち」と称してよい。近未来を舞台に逃亡した奴隷の人造人間《レプリカント》たちを抹殺してゆく捜査官（ブレードランナー）ディカードを描くフィリップ・K・ディックの小説『アンドロイドは電気羊の夢を見るか？』（一九六八年）は、二〇一九年のロサンゼルスを舞台にした映画版『ブレードランナー』によってさらに有名となり「第二の生」を得たのである。二〇一七年には待望の続編『ブレードランナー２０４９』が公開され、前作で最後に逃亡していたディカードとレプリカントのレイチェルの間に子供が生まれていた話が展開する。そもそも、ハリソン・フォード演じるディカードがレプリカントかどうかについては議論が分かれている。リドリー・スコットはディカードがレプリカントだといい、ハリソン・フォードはレプリカントではないと主張している。もし、ディカードがレプリカントだとしたら、レプリカント同士が生殖を果たしたことになる。『ブレードランナー』の歌舞伎町のイメージが溢れ放射能まじりの「ブラックレイン」が降る脅威の未来都市には、新しい形の「黄禍論」として日本に対する「技術恐怖症《テクノフォービア》」が刻まれていたが、『ブレードランナー２０４９』では約二百年前に『フランケンシュタイン』で示唆された「黄色い肌」の人造人間同士の生殖が実現したことになる。

やがて、メアリー・シェリーの『最後のひとり』をひとつの典拠《ソース》として、『アイ・アム・レジェンド』を原題とするリチャード・マシスンの小説『地球最後の男』が一九五四年に書かれ、ロメロのゾンビ映画に大きな影響を与えてゆく。人類全体が吸血鬼になった世界において、「地球最後の男」になってしまったロバート・ネヴァルのサバイバルが描かれるのである。この小説に登場するのはゾンビではなく吸血鬼だが、マシスンはまたゾンビが登場する「死者のダンス」（一九五五年）も書いていたことを忘れてはならない。ガス攻撃を受けた「ルーピー（LUP：Lifeless Undeath Phenomenon）」と呼ばれる死体がダンスをする見世物を若者が見にゆくこの短編において、死体の動きを詳細にマシスンは書いている。「とつぜん、ルーピーの右腕がぐいと動き、腱がぴくっと収縮する。次いで左腕もピクピクッと動き、ポキッと音を立てて前方に突き出されると、またもとへ戻り、紫のライトに照らし出されたぐんにゃりした腿をぴしゃりとたたく。右腕が突き出され、左腕が突き出され、右・左・右・左・右――まるで、しろうと人形遣いが糸を引く、マリオネットの腕のようだった」という描写は、どこかロメロのゾンビを連想させはしないか〔一四九頁〕。

『地球最後の男』において、ネヴァルは放浪するのではなく、バリケードを築いた家に定住している。吸血鬼たちが出没する都市でサバイバル生活を送るネヴァルは、「現代のロビンソン・クルーソー」であり、ゾンビ映画の主人公たちの先祖でもある。ダニエル・デフォーの『ロビンソン・クルーソー』（一七一九年）において、あたかもゾンビ映画のように、孤島に漂着したロビンソンもまた「人喰い人種」たちを恐れて、家の周りに先の尖った「杭」を打ち「柵」で囲んでいた。そして、壁の七つの穴に七丁のマスケット銃をはめ込みこの銃を「大砲」、二重の壁で囲まれた住居を「要塞」とまで呼んでいる。ロビンソンは疫病のような侵入恐怖に駆られていたのである。また、七章一節でも見るように、ダニエル・デフォーは『ペスト年代記』（一七二二年）も書いていた。ちなみに、日本語で「国」の語源は「杭《くい》」で囲った「杭根《くね》」という土地だが、あたかもロビンソン・クルーソーは自分の国をつくっていたようなものだ。さて、家を拠点に吸血鬼を殺し続けているネヴァルは、あるとき、細菌に感染しながらも理性を残し、環境に「適応」した吸血鬼たちがいることを理解する。これまで知らずにそうした新人類も抹殺していたのだ。題名の『アイ・アム・レジェンド』は、吸血鬼たちからすれば、ネヴァルこそが「伝説《レジェンド》」の無差別殺人鬼で、むしろ「侵入者」だったという皮肉を意味していたのだった。

このマシスンの『地球最後の男』は、ヴィンセント・プライス主演の『地球最後の男』（一九六四年）、チャールトン・ヘストン主演の『地球最後の男　オメガマン』（一九七一年）、ウィル・スミス主演の『アイ・アム・レジェンド』（二〇〇七年）と、これまで三回にわたり映画化されている。藤子・F・不二雄もまた、リチャード・マチスン・ウイルスが蔓延し世界じゅうが吸血鬼になる「流血鬼」（一九七八年）としてコミック化している。むろん、花沢健吾のゾンビ・コミック『アイアムアヒーロー』は、マシスンのこの小説からタイトルを拝借しているのはいうまでもない。『アイ・アム・レジェンド』ではウィル・スミス演じるネヴァルは吸血鬼たちと戦い死亡するが、その血で完成した血清は、生き残った人類の共同体に届けられるのである。この映画では黒人のロバート・ネヴァルこそが栄光の「伝説《レジェンド》」となる。原作の「自分こそ伝説の殺人鬼だ《アイ・アム・レジェンド》」という皮肉な要素は薄れたが、黒人の血が世界を救うという「アダプテーション」は、この映画がバラク・オバマが大統領選に出馬した年だったことを考えれば、なかなか面白い設定ではなかろうか。シェリーの『最後のひとり』からマシスンの『地球最後の男』が誕生し、やがては『NOTLD』に進化してゆく。

2　『ナイト・オブ・ザ・リビングデッド』の人種と性差
――黒人と女性はどちらが生き残る？

第二章で見たように、『国民の創生』はゾンビ映画の「原型《たね》」が、銀幕という土壌に蒔かれた「誕生」の瞬間でもあった。『国民の創生』での「昼間」に丸太小屋を包囲した黒人たちの姿は、「深夜」の農家を舞台にした『NOTLD』において、黒人を包囲する白人ゾンビたちの姿になって「陰画《ネガ》」のように反転されることになる。ロマン・ポランスキー監督の名作オカルト映画『ローズマリーの赤ちゃん』と共にこの映画が公開された一九六八年は、近代ホラーの時代が始まった年だった。幽霊の出没するような古城ではなく、ありきたりの風景の墓地で『NOTLD』は幕をあける。父親の墓参りに花を供えた兄のジョニーと妹のバーバラは、向こうから誰かが歩いてくるのに気づく。ジョニーはふざけて「奴らがつかまえに来るぞ」とバーバラを脅かす。ところが、それはゾンビであり、襲われたバーバラは一人で農家に逃げ込む。このゾンビ第一号を演じた俳優ビル・ハインツマンは、『歩く死骸（原題「ウォーキング・デッド」）』（一九三六年）において、『フランケンシュタイン』（一九三一年）の名優ボリス・カーロフが演じた無実の罪で処刑されるが、実験によって甦り復讐を続けてゆく「歩く死骸」の歩き方を模倣している【図32】。

【図32】最初のゾンビを演じたビル・ハインツマン

　鹿の剥製も飾られたこの家をバーバラが調べているうちに、人間の頭骸骨に遭遇する。歴史のないアメリカにおいて、この農家は幽霊の出没する古城の代わりなのである（また、部屋に飾られた鹿の剥製は、ヒッチコックの『サイコ』（一九六〇年）のモーテルの部屋の鳥の剥製を思いださせ、『NOTLD』の終わりに地下室で母親をゾンビになった娘がスコップで刺殺するシーンは、『サイコ』のシャワールームでマリオンに振り降ろされるナイフのシーンを反復している）。歴史のないアメリカで、一般の家を舞台に、吸血鬼でもエイリアンでもなく、たいした特殊メイクもないスーツを着たハインツマンを使い、「アメリカン・ゾンビ・ゴシック」が完成したのだ。ビル・ハインツマン演じるこの最初のゾンビがすでに走ったり、道具を使って車のガラスを割ったりしているのは意外な印象を残す。ちなみに、後にハインツマンは自費で『フレッシュイーター――ゾンビ群団』（一九八八年）を監督・製作している。最後に地下に隠れて生き残った二人が自警団にゾンビと間違われ射殺される点など、『ＮＯＴＬＤ』を模倣したこの映画で、むしろ、主人公は地中の棺から現れて人間に喰いつきまくるゾンビに扮したハインツマンなのであった。

バーバラが逃げ込んだこの家に黒人ベン、白人のハリー・クーパー夫婦と負傷した娘、白人カップルたちが閉じこもり、七人のサバイバルが展開する。もとは白人を主人公にするはずが、たまたま黒人を使ったことで、この映画は人種問題をえぐる名作になった。黒人ベンを包囲するゾンビは白人が扮している。『国民の創生』の白人を包囲した黒人たちは白人が顔を「黒く」塗っていたが、『ＮＯＴＬＤ』では顔を「白く」塗った白人が演じるゾンビに、黒人が包囲されるのである。この映画の黒人の主人公ベン（デュアン・ジョーンズ）は『夜の大捜査線』（一九六七年）の黒人刑事（シドニー・ポワチエ）を連想させるという［ブルース］。だが、殺人事件の捜査をめぐってこの黒人刑事と白人署長（ロッド・スタイガー）が憎しみ合いながらも友情が芽生える『夜の大捜査線』とは違って、『ＮＯＴＬＤ』の黒人ベンと白人のハリーとの間には和解が生じることはない。窓に板を打ちつけ家を補強して地上に残るべきだというベン、地下に隠れることを主張する白人家族の父ハリー、この二人は対立してやまない。ベンがハリーに「お前は地下でやりたいようにやってろ。俺は地上でやりたいようにする（You can boss down there. I'm boss up here.）」というように、「ボス」という言葉が強調されている。

ベンとハリーの争いは「人種の主導権」をかけた戦いだけでなく、「家の所有権」をめぐる争いでもあり、さらに無力なバーバラという「女の所有権」についての戦いでもある［ウェットモア 四〇―四一頁］。

【図33】『NOTLD』の銃を構えるベン

【図34】『死霊創世記』の銃を構えるバーバラ

「彼女を下に連れて行くぞ」というハリーに、「彼女は残しておけ。彼女とここにあるもの全て触れるんじゃない」とベンは反対する。バーバラはラジオやテレビと同じ存在にすぎない。また、ベンがバーバラに靴を履かせるシーンは、さりげなく彼のバーバラに向けた性的欲望を暴露しているのかもしれない。兄とはぐれた後バーバラはベンと一緒にいるが、最後にゾンビと化した兄に連れ去られてしまう。このシーンはよく見ると、兄と抱擁するバーバラが近親相姦のエクスタシーを感じているようでもある。やがて、ベンはウィンチェスター銃でハリーを射殺する【図33】。「西部を征服した銃」としてインディアンを射殺してきたウィンチェスター銃が白人に向けられるのだ。(2) 後にロメロはバーバラをか弱い女にイメージした贖罪として、ジェンダーの問題を意識して脚本を書きあげ、トム・サヴィーニが監督したリメイク版『ナイト・オブ・ザ・リビングデッド／死霊創世記』（一九九〇年　以後『死霊創世記』と略）を製作した。『NOTLD』の墓地で兄に脅かされ怯えるだけの女だったバーバラは、『死霊創世記』ではベンと同じポーズでウィンチェスター銃を構える強靭な女に変身する【図34】。

　最初の題名『ナイト・オブ・ザ・フレッシュイーター』からタイトルを『ナイト・オブ・ザ・リビングデッド』に変更したとき

に、コピーライトの記入し忘れによって版権が消失した『NOTLD』は、無数のリメイクを生んだが、『死霊創世記』こそ最も成功したリメイクだろう。『死霊創世記』の冒頭の墓地のシーンは、父親の墓参りから母親の墓参りに変更されている。ジョニーがバーバラに「まだ母さんが怖いんだろ」というように、バーバラは母親から抑圧を受けたらしい娘に設定され、『サイコ』がより連想される（無意識下である地下室では、やがてゾンビになった娘の母親殺しが起こる）。また、服がずり落ちて裸体を見せるゾンビの襲撃はレイプを連想させるが、バーバラはゾンビを射殺してゆく「復讐する女性《アベンジング・ウーマン》」に変貌するのである。最初は眼鏡をかけたか弱いインテリ女性だったバーバラは、服を着替えて戦う女へと変身する。だが、そこには、『エイリアン』の最後に救命艇でリプリー（シガニー・ウィーバー）が着替えるような、男性観客の視線を意識したシーンは存在しない。バーバラは地下室に閉じこもるのではなく、家にバリケードを張って守るのでもなく、逃げるという「第三の選択」で「ファイナル・ガール」として生き延びる［グラント 二一四頁］。『死霊創世記』ではゾンビになったベンは自警団に射殺され、バーバラは生き残ったハリーを射殺して「もうひとつ燃やす死体がある」と話す。『NOTLD』において自警団の男がベンの死体のことを指していたセリフだ。

『NOTLD』では農家に逃げ込んだ登場人物たちが全員死にたえ、「最後のひとり」として生き残ったベンは、夜が明けると、自警団にゾンビと間違われて射殺されてしまう。ベンがゾンビと間違われて射殺される結末は、冒頭の墓場のシーンにおいて、バーバラたちが人間とゾンビを間違うシーンに呼応している。白人たちに「鉤爪《フック》」で突き刺されて焼却されるベンの死体は、黒人へのリンチを連想させるが、『NOTLD』のベンも『死霊創世記』でトニー・トッド演じるベンも「鉤爪《フック》」とよく似たジャッキのねじ回しを使ってゾンビを殺していた（その二年後にトニー・トッドは、都市伝説の「鉤手の男」のイメージを改変したバーナード・ローズ監督の『キャンディマン』（一九九二年）において、リンチで殺害された黒人の亡霊が「鉤爪《フック》」を使って白人たちに復讐するキャンディマンを演じることになる）。『NOTLD』においてシェパードを連れて次々にゾンビを撃ち殺してゆく自警団には、リンチを行なう南部白人集団のイメージが被せられる。ロメロのゾンビ映画で必ず反復されるシーンだ。白人たちの自警団に救出されるどころか、ベンが射殺されるラストシーンで、KKKによって白人たちが救出される『国民の創生』のクライマックスがひっくり返されたのである。

ベンの必死の戦いには何の意味もなかった『NOTLD』の結末。それは翌年に公開されたロード・ムービーの『イージー・ライダー』（一九六九年）の結末を先取している。『NOTLD』が公開された一九六八年は、挫折してゆく若者たちを描いた「アメリカン・ニューシネマ」と呼ばれるジャンルが胎動していた時期である。二人の若者ワイアット（ピーター・フォンダ）とビリー（デニス・ホッパー）は、バイクでカルフォルニアからニューオリンズまで旅をする。よそ者を「威嚇」するトラックの南部の白人に中指を突きたてて「反発」したビリーは、ショットガンで撃たれて、トラックを追いかけたワイアットも射殺され、バイクが炎上して映画が終わる。余りにあっけない唐突の幕切れだろう。無法者「ビリー・ザ・キッド」と保安官「ワイアット・アープ」の名前をもじった二人の旅は何の意味もなさなかった。ピーター・フォンダが憎んだ父親ヘンリー・フォンダは『荒野の決闘』（一九四六年）でアープ役だったし、デニス・ホッパーは『OK牧場の決斗』（一九五七年）でアープに射殺されるビリー・クラントンを演じたが、『イージー・ライダー』は西部劇というジャンルを解体しようとした映画だった。こうした渦中でロメロは「アメリカン・ニュー（ホラー）シネマ」を成立させたのだ。

また、ロメロの監督第四作目の『ザ・クレイジーズ／細菌兵器の恐怖』（一九七三年）も「アメリカン・

ニューシネマ」のホラー版に近い。映画は父親が家族を虐殺するところから始まる。外見は普段と同じ人間が細菌兵器に感染し狂気に陥る姿は、腐敗したゾンビよりも恐ろしい。住民が凶暴化するこのアメリカの田舎町に、防護マスクと白い防護服を着た軍の特殊部隊が事態を封じ込めるために投入され、街が監視される。主人公たちはその部隊と銃撃戦を展開しつつ、逃亡を図るが……。マイケル・クライトンの原作を映画化した『アンドロメダ』(一九七一年)では、防護服のマスクは透明で内部の人間の顔が見えるが、『ザ・クレイジーズ／細菌兵器の恐怖』における防護服のマスクは顔が見えずより不気味である。このロメロの映画では、軍に対して抵抗する牧師の焼身自殺が描かれ、一九六三年にベトナム戦争時の米軍傀儡政権に抗議として、焼身自殺した僧侶ティック・クアン・ドックを連想させる。「軍」という「制度」から逃げだしてゆく主人公たちが射殺されたり、発狂したりする結末は、ピンカートン探偵局や警察の追跡から逃亡を続けるアウトローたちが最後に軍隊に射殺されてしまう『明日に向って撃て!』(一九六九年)と同じ雰囲気を漂わせてならない。

『ザ・クレイジーズ／細菌兵器の恐怖』で政府から事態の収束に派遣されたこの白い防護服とマスクの特殊部隊は、どこかKKKを思わせないでもないが、彼らが死体を焼却するシーンは、『NOTLD』の自警団たちがゾンビの死体を焼き捨てるシーンと容易に重なる。このゾンビの焼却死体に、ベトナム戦争において米軍が非武装のベトナム人五百人を無差別に殺害した一九六八年の「ソンミ村の虐殺」を見出すのはたやすい。また、一九六五年のマルコムX、一九六八年のキング牧師という黒人運動家たちの暗殺も、ベンが射殺される姿に読み込めるだろう。ロメロは完成した『NOTLD』をニューヨークに運んだとき、車のラジオでキング牧師が暗殺されたことを聞いた。公民権を求めて人々がデモ行進をした一九六三年の「ワシントン大行進」のような「希望の行進」は潰えたのである。そしてその挫折は

『NOTLD』において「死者の行進」に変わったのだ。共同で脚本を書いたジョン・A・ルッソはこの映画の政治的意味合いを否定していた。だが、ロメロは「我々は映画で政治的な文脈を意図したかどうかはわからない。しかし政治はそこに刻まれた。我々が生きた時代がそこに」と、インタビューで述べている〔ウェットモア　三二頁〕。ベトナム戦争が激化したときにできた『NOTLD』では、低予算で撮影された白黒ゆえにリアリティを醸しだし、ニュース映像が挿入され、現実と虚構の区分が撹乱される[3]。すでにロメロ唯一のPOV映画『ダイアリー・オブ・ザ・デッド』の下地ができていたのである。

3　『ゾンビ』における消費主義批判——ゾンビとは何者か

『NOTLD』から十年後に公開された『ゾンビ』は、ゾンビ映画の最高傑作のひとつだろう。原題は「ドーン・オブ・ザ・デッド」、死者の「夜《ナイト》」から「夜明け《ドーン》」を迎えた。『ゾンビ』は公開時から複数のバージョンが存在している。ロメロ監修で一二七分の北米公開版、ダリオ・アルジェントが音楽を滑稽な曲「ザ・ゴング」だけではなく、ロックバンド「ゴブリン」の曲を追加して、社会批判のトーンを抑えアクションを強調した一一九分のアルジェント版、ロメロがカンヌ映画祭用に編集した一三九分の延長版と、大きく三種類あることになる。『ゾンビ』はそれ以外にも各国で残酷描写から映倫による多くの「カット」によって喰いちぎられた傷だらけの映画である。この無数の『ゾンビ』を「オリジナル」の概念を揺るがす「流動的テクスト」とケヴィン・J・ウェットモアは呼んでいる〔一二八頁〕。この三種類に加えて、死体の生き返る「原因」がないと観客が理解できないと考えた日本ヘラルド映画は、冒頭に『メテオ』（一九七九年）から転用した惑星爆発のシーンをつけ加え、ゾンビ発生の理由とした。

しかしながら、ロメロのゾンビ映画では、ゾンビの発生の「原因」が明白に説明されず、じつは、そこがまた恐ろしい。「原因」のない「結果」は封じ込めることができないのだから。

『ゾンビ』では混乱したテレビ局で映画が始まっていた。ゾンビに関して意見が飛び交い、特別番組は避難所について古い情報を流している。テレビを切られないように、間違った情報を流しても放送は続けなければならないとするディレクターに、唯一反対を唱えるのは、女性テレビ局員フランである。フランは恋人スティーヴンとヘリで逃げることを考えている。またいっぽうでは、プエルトルコ系住民たちが肉親のゾンビを埋葬せずに保護している地下を、特殊部隊スワットが襲撃して虐殺が始まる。白人の隊員ウーリーが「ニグロやプエルトリカンの糞ったれ」や「俺よりも良い家に住みやがって」と叫ぶように、ゾンビと戦っているというよりは、むしろ、プエルトルコ系住民たちと人種的憎しみに満ちた戦いを展開している。ウーリーは理由もなく黒人の頭をショットガンで吹き飛ばすのである。催涙弾が投げ込まれるが、ガスマスクのために顔の見えないスワット隊員たちはゾンビよりも不気味に見える。『ザ・クレイジーズ／細菌兵器の恐怖』ですでに使われていたマスクの恐怖がさらにスケールアップされる。げに恐ろしきは、人間か、ゾンビか、こうロメロは問うのだ。

やがて、女性テレビ局員フランとその恋人スティーヴンに、職務に嫌気がさしたスワット隊員の黒人ピーターと白人のロジャーも合流する。フィラデルフィアからヘリで逃げだしたこの四人は、ピッツバーグ郊外のショッピングモールに到着することになる。『NOTLD』では郊外の「農家」が舞台だったが、今度は郊外の「ショッピングモール」が舞台となっている。現代では消費の場所がデパートからインターネット空間に変化したが、ロメロが見学してロケに使った「モンローヴィル・モール」は当時アメリカ最大の消費の殿堂だった。『ゾンビ』のテーマは人種問題から消費主義へとシフトしており、随所にそのテーマが示唆される。たとえば、映画の終盤、自殺を思いとどまり、ヘリに走ってゆくピーターはゾンビにライフルを奪われる。ピーターのライフルを奪ったゾンビは、それを前から握っていたライフルと比較し、古い方を捨ててしまう。現代の資本主義において、常に新しいものが生産され、古いものが捨てられるという消費の形態が風刺されているのである。死んでいて必要もないのに人間を食べるゾンビ。資本主義下でひたすら必要のない商品を購入し続ける消費者。ゾンビと人間が重なってくる。「我々／奴ら」という図式はロメロの映画には存在しない。

　フランの「彼らは何者なの。ここで何をしているの。なぜここに集まってくるの」という問いに、ピーターは「一種の本能かな。かつての記憶か。ここは昔大事な場所だったのさ」と答える。消費の快楽を憶えているゾンビは、自宅や職場や学校ではなく、ショッピングモールに過去の習慣から集まってくる（これに対して、海法紀光原作のコミック『がっこうぐらし！』では、ゾンビになった高校生たちは楽しい記憶から学校にやってきていた）[4]。もともと、デパートは、照明、ガラス、鏡などのきらびやかな光による幻惑効果や迷宮のような広さによって、客を惑わせて商品を購入させる消費の魔法の「ユートピア」である。皮肉なことに、「黒魔術」を迷信だとして排除した現代で、今度は「消費の魔術」が行使されるのだ。フランはガラス越しに野球のグローブをもったゾンビと向かい合い、鏡で映したように同じ動作をする。人肉を求めてさまようゾンビは、不要な商品を求めてさまよう我々の鏡にほかならない。まさしく「ゾンビは我々だ」とロメロは告げる。ピーター、ロジャー、スティーヴンの三人の男性はフランを対等に扱っていないことをエリザベス・アイオッサは指摘しているが〔五五頁〕、フランは男たちのなかの他者である。フランとゾンビは互いが何者なのかというように見つめ合うのだ。

　ガラスケースの商品を渇望する人間と、人肉を求めて入り口のガラスをこするゾンビは同じ存在なのである。消費者というゾンビが巣くうショッピングモールは、現代の「お化け屋敷」である。こうした消費のテーマをさらに前面に押しだしたのが映画版『アイアムアヒーロー』（二〇一六年）であり、御殿場のアウトレットモールが映画ほぼ全体の舞台になっている。通勤電車のポーズを取り続けたり、「お世話になっております」と携帯電話で話し続けたりするサラリーマンのゾンビ、買い物を続ける女性のゾンビ、「いらっしゃいませ」といい続ける店員のゾンビなど、過去の習性をひきずったゾンビたちが登場する。なかでもとりわけ印象的なのは、高跳びを続ける運動選手のゾンビである。『ゾンビ』にはスワット隊員ウーリーがショットガンで黒人の頭を吹き飛ばすシーンがあるが、映画のクライマックスでショットガンを使ってゾンビたちの頭を吹き飛ばし続ける鈴木英雄は、『ゾンビ』のこのシーンをスケールアップして反復する。しかしながら、高跳びの着地ですでに頭を破損しているこの運動選手ゾンビは、頭を半分失っても攻撃してきて、動きを止めるには頭を破壊するという『ゾンビ』が定着させた法則を破った「新ゾンビ」となった。

ゾンビを全滅させ、バリケードを築き、奪い放題のユートピアとなったショッピングモールで、男たちが商品を思うがまま手に入れ楽しんでいても、フランは物に興味を示さない。彼女はスケートをしたり、化粧で変身するくらいだ。結婚指輪を渡されても「本物じゃないわ」と、「リアル」を問題にする。ポーカーをするときの「本物」の紙幣も「玩具」の紙幣と同じく紙屑と変わらない。消費に対して「リアル」でないことをフランは突きつける。消費を積極的に楽しむのは男たちなのである。女性はショッピングばかりしているというジェンダーに対するステレオタイプが払拭される。男たちはガンショップで銃器を心置きなく盗んでゆく快感に酔う。ジャングルを醸しだす音楽が流れ、『ゾンビ』では最初から最後まで銃撃戦が繰り広げられ、男たちの植民地・ハンティング幻想が煽られ揶揄されるのである。しかしながら、ときにゾンビを射殺する快感が中断させられる。「射殺《シュート》」されるゾンビの視点から「撮影《シュート》」されるショットがあるからだ【図35】。『バイオハザード』（一九九六年）などのゲームでは、「ファースト・パーソン・シューティング（FPS）」というユーザーの銃の視点からゾンビを撃ち殺す快感を提供するのに対して、『ゾンビ』ではわずかにFPS的ショットがあるものの、頻繁に銃が観客に向けられるのである。

【図35】ゾンビの視点からの「撮影／射殺《シュート》」反FPSショット

やがて、バイカー集団がモールの物品を略奪にやってくる。ピーターたち、バイカーたち、ゾンビたちと三つ巴の戦いが展開するのだ。バイカーたちが商品を剥奪するのみならず、黒服の黒人老女ゾンビを押さえつけ、真珠のネックレスや指輪を奪うシーンは、黒人への搾取が風刺されている。ゾンビが人間に群がるのではなく、ゾンビに人間が群がる。「鏡」に映しだされる分身だ。ゾンビたちもバイカーたちも「この場所を求めてやってくる」。「人喰い《カニバル》」が展開される「カーニヴァル」のような混乱状態になったショッピングモールで、ゾンビは我々の姿を見せつける。ショッピングモールにはさまざまなゾンビがいる。肥満ゾンビ、修道女ゾンビ、ハレー・クリシュナ教徒ゾンビなど。リンダ・バドレーが指摘するように、死んだときの服を着たゾンビたちは雑多な姿によって、「サラダ・ボウル」としてアメリカの階級、人種、趣味、宗教の違いが飛び込んでくる。だが、いったんゾンビになれば、差異は戯画化され、人種や階級が違っても「消費者としては皆同じだ」と、我々を嘲笑うのである［三八頁］。やがて、三つ巴の戦いでショッピングモールという「ユートピア」は崩壊する。フランをヘリに向かわせたピーターは絶望して頭に銃を突きつけ、自殺を決意する。だが、思いとどまって「夜明け《ドーン》」に燃料の少ないヘリに乗ってフランと一緒に飛び去ってゆくのである。

初期の草稿では、ピーターは拳銃で自殺し、フランもヘリに飛び込んで命を絶ち、フランの死体がゾンビに貪られてしまうという絶望的な脚本が構想されていた。しかしながら、一九八〇年一〇月に放送された深沢哲也解説の『木曜洋画劇場』では、ロメロ監修版でフランの中絶を勧めたピーターの立場は逆になり、最後のセリフも「燃料はどれくらい残っているか」から「赤ん坊を育てる場所を見つけなきゃ、まかしときぃ」となり、ハッピーエンドが強調されている（なお、山崎圭司・岡本敦史編の『別冊映画秘宝　欝な映画』（二〇一八年）では、最強の「鬱抜け」映画として『ゾンビ』を最後に紹介している）。『NOTLD』でベンとバーバラの異人種カップルは成立しなかったが、『ゾンビ』の最後では、その後にピーターとフランという白人と黒人のカップルが「最後のふたり」として成立するのかもしれない。スケート場をあてもなくゾンビたちが行進してゆく姿で映画は幕を下ろす。ロメロのゾンビは、『ホワイト・ゾンビ』のようなゾンビマスターによる支配から解放され、代わりに本能に支配されている。ロメロはゾンビの「奴隷解放」を成し遂げた。この「ゾンビの行進」は、たどたどしく歩く滑稽な「死のダンス」を披露しながら、消費の奴隷になった我々を嘲笑するのだ。(5) ジョン・トラボルタが熱病に感染したかのようにフィーバーし踊り狂う『サタデー・ナイト・フィーバー』（一九七七年）は、『ゾンビ』の公開の前年だった。そうなると、マイケル・ジャクソンの『スリラー』（一九八三年）はもうすぐそこだ。

4 『死霊のえじき』と右翼化するアメリカ
――「ゾンビアポカリプス」と「ゾンビ共生物語」

『ゾンビ』では生き残った黒人と白人は、「夜明け《ドーン》」にヘリで脱出するが、「デイ・オブ・ザ・デッド」を原題とする『死霊のえじき』では、「白昼《デイ》」に「地上」をゾンビが闊歩し、主人公たちは周囲をフェンスで囲んだ「地下」の基地施設内で暮らしている。そこでは独裁者のローズ大尉を中心とした軍人たちが指導権を握っている。主人公の女性サラは科学者たちのグループであり、ヒスパニック系の兵士ミゲルの恋人である。科学者と軍事の集団は対立している。皮肉にもこの場所で生き残ることができたのは、政府の関係者であり、民間人ではない。また、地下トンネルの奥の場所では、西インド系住民でヘリ・パイロットのジョンとアイルランド系の無線技士のビリーが生活している。彼らは生存者を求めてフロリダの街をさまようが、誰も見つからない。地下基地では、仲間たちから「フランケンシュタイン」と揶揄されるローガン博士がゾンビを研究しているが、実用性はなさそうだ。そんな科学者グループを断罪する軍人グループとの対立がきっかけとなって、シェルター内部にゾンビが押し寄せて殺戮が起こり、基地は崩壊する。科学者と軍人のどちらのグループにも属さないビリーとジョン、そしてサラの三人は、基地を捨ててヘリで脱出しようとするが……。

『ゾンビ』はテレビ局の壁にフランが寄りかかって眠っているシーンから始まったが、『死霊のえじき』でもサラが壁を見つめるシーンで始まる。壁にはカボチャの置かれた畑の写真のカレンダーが貼ってあり、一〇月三一日まで×のマークがついている。ハロウィンが終わって一一月一日を迎えたことが示唆されている。カトリック教会の典礼暦では一一月一日が「諸聖人の日」で、翌日の一一月二日が

「死者の日」となり、聖人や殉教者たちが祝われるのである。サラが壁を見つめていると、壁から無数の手が突きでてくる。これはサラの「悪夢」だったようだが、目が覚めた後の「現実」も「悪夢」と変わらない（地下は人間の深層心理が解放される無意識の場所でもある）。画面はヘリに乗ったサラと三人の男たちが生存者を探して、フロリダの街に着陸するシーンへ移行する。ヘリに乗り込む三人の男と一人の女という構成は『ゾンビ』と同じだが、フランよりサラのほうが中心的になっている。やがて彼らに反応して一つの存在が近づいてくる。それは人間ではなかった。下半分がなくなったゾンビの顔が映しだされる。人間たちが小さく映されているのに対して、このゾンビの顔がクローズアップされる。「人間の世界」ではなく「ゾンビの世界」の到来が示唆されるのだ。

一九八五年に製作された『死霊のえじき』は、ローズ大尉たち軍人グループの姿を通して、レーガン政権下で右翼化したアメリカが描写されている。人工衛星と地上の迎撃システムを連携させて敵国からのミサイルを防衛するSDI計画をレーガン大統領が提唱していた時期で、それは「スター・ウォーズ作戦」とも嘲笑された。同じ「デイ」をタイトルにあげる米ソ冷戦による核ミサイルで世界が崩壊するニコラス・メイヤー監督のテレビ映画『ザ・デイ・アフター』（一九八三年）も話題になっていた。ゾンビによって地下基地のシェルターで生活するサラたちは、冷戦期の核ミサイル恐怖に怯えるアメリカ人の姿でもある。同じ一九八五年に大ヒットした『バック・トゥ・ザ・フューチャー』は、不幸な家庭の少年マーティンが一九八五年の現在から一九五五年の過去に戻って人生を修正し、父親を鍛え直して、幸福な一九八五年の現在を取り戻すという物語で、「レーガノミックス」で「強いアメリカ」を取り戻したレーガン大統領を表象した映画だった。これに対して、ゾンビがのさばり軍人たちが暴虐をつくす『死霊のえじき』は、五〇年代から続く冷戦の悪夢が現実化した国家を描きあげたのである。

ゾンビや軍人の死体を使って研究しているローガン博士は、バブというゾンビを飼い慣らそうとしている。バブは『フランケンシュタイン』の怪物を演じたボリス・カーロフに似せられており、彼へのオマージュである。また、柱に繋がれたバブはキングコングから続くイエスの図像を継承している。ローガン博士はゾンビにも知性があると、バブにベートーベンを聞かせたり、歯ブラシや剃刀や本を与えている【図36】。この本は町全体が吸血鬼になってしまうというスティーヴン・キングの『呪われた町』（一九七五年）で、リチャード・マシスンの小説『地球最後の男』の影響のもとに書かれている。(6)人肉を与えてバブを飼い慣らすことだけに関心があるローガン博士はマッド・サイエンティストであり、「タスキギー梅毒実験」まで連想されるという［ウェットモア 一八三頁］。「タスキギー梅毒実験」とは、

【図36】スティーヴン・キングを読むバブ

一九三二年アメリカ公衆衛生局がタスキギー大学で黒人梅毒患者六百人に対して（このうち感染していなかった二百人には梅毒菌を植えつけた）、ペニシリンが有効だと判明した後も治療を行なわず、経過だけを一九七二年まで観察した実験である。(7)バブを操ろうとするこのローガン博士は、ゾンビを魔術で支配するゾンビマスターに近いともいえる。横暴なローズ大尉はむろん危険人物だが、ローガン博士も狂気に満ちた同類で、同じような名前の二人は分身なのかもしれない。

二つのグループの対立で混乱が生じ、ミゲルはフェンスを開けてゾンビに自分の身体を食べさせるために差しだす。そして、ゾンビの群れが地下基地に押し寄せてくる。ローズ大尉がローガン博士を射殺したことを知ったバブは、ゾンビとして初めて感情を見せ、銃を使ってローズ大尉に

復讐しようと追跡を続ける(8)。これはゾンビ映画史上、ゾンビと人間がわずかながら意思疎通を果たした画期的なシーンだろう。バブは拳銃を使ってローズ大尉を射殺する。ジャマイカ人のパイロットのジョンとアイルランド人の無線技士のビリーとサラは、崩壊した基地を後にしようとヘリに乗り込む。すると、無数の手が伸びてきて、場面が切り替わり、どこかの浜辺で三人がバカンスを楽しんでいるところで終わる。この風景はジョンが逃亡先として主張していたカリブ海のようだ。ゾンビ発祥の地に行きついた結末。無事に三人は脱出したのか、これまでの惨劇はサラの悪夢だったのか、それともこれは三人の死後の天国か、曖昧さが残るラストシーンである。『死霊のえじき』に感情移入できる登場人物はいない。サラでさえ恋人ミゲルに「お前は強いよ。だから何だ」といわれ、ミゲルに同情するように見せかけ、鎮静剤を注射するように、過剰に強く冷徹である。そんななかで感情移入の対象としてバブだけが残されているのかもしれない。

『死霊のえじき』は二つの流れを形成した。ゾンビが世界を支配する「ゾンビアポカリプス」を確立するいっぽう、バブというゾンビは「ゾンビ共生物語」の先駆けの存在となった。ロメロのゾンビ三部作のなかで最も不気味なゾンビメイクを施したこの映画は、皮肉にも最もゾンビを人間に近い存在として描いている。またロメロはゾンビ国家を描きだす。ローガン博士の研究では、消化の機能が失われた後でも、ゾンビは人間の肉を求めていると説明される。機能していないにもかかわらず、以前の習慣を求めるゾンビの身体。ケヴィン・J・ウェットモアはそれを「ボディ・ポリティクス」の表象だと考えた［一七八頁］。サラをからかい、ミゲルを虐待する性的・人種的差別心に満ちた軍人たちが支配するシェルターでは、もはや国家など存在していないのに、上官の命令に従う軍の体制が未だに機能しているのである。『死霊のえじき』は国家自体がゾンビ化しているグロテスクな姿を突きつけたのだった。ロメロはゾンビの姿を使い、アメリカの「内」なる姿を警告してきた。『ＮＯＴＬＤ』では人種問題、『ゾンビ』では消費主義、『死霊のえじき』では国家の右傾化と、ゾンビという「モンスター」は文字通り、アメリカの闇を「警告《デモンストレート》」してきたのである。

【註】

（1）『悪魔のいけにえ』の人間の皮膚製のマスクを被り、チェーンソーを振り回す知的障害者のレザーフェイスは、ホラー映画史上伝説のキャラクターである。レザーフェイスがいかにして誕生したかを描く前日談『レザーフェイス——悪魔のいけにえ』も二〇一七年に製作された。富山太佳夫の『ポパイの影に——漱石・フォークナー・文化史』（一九九六年）によれば、ウィリアム・フォークナーの『サンクチュアリ』（一九三一年）において、ゴムのような目と白い肌で、トウモロコシを使って女をレイプする精神薄弱者ポパイは、犯罪人類学者ロンブローゾの生来性犯罪者や優生学者ヘンリー・Ｈ・ゴダードの精神薄弱者論などが交差するなかで造形されたという［一八五−二一三頁］。このポパイとレザーフェイスをつないだものに森有礼の論文がある。

（2）屋敷の増築をたえず続けなければ、ウィンチェスター銃で殺された人々の呪いが降りかかるカリフォルニアに実在する幽霊屋敷は、『ウィンチェスターハウス——アメリカで最も呪われた屋敷』（二〇一八年）として映画化されたが、まるでゾンビのような幽霊には、インディアンと黒人が描かれている。

（3）『アメリカン・ナイトメア』はベトナム戦争や人種暴動などの現実のニュース映像とスプラッター映画のシーンを混淆させ、「虚構」と「現実」の区分が「グチャグチャ（スプラッター）」で判別不能になる驚異の「継ぎはぎ」映像をつくりだしており、『ＮＯＴＬＤ』の末裔を思わせる。

（4）二〇一二年より連載中の『がっこうぐらし！』では、四人の生き残った女子高校生たちのサバイバルと学園生活が始まる。最初に描かれる学園生活部の四人が過ごしている平和な高校の「日常生活」は、じつは由紀の現実逃避した頭脳が生みだした「幻想」だったという「どんでん返し」で始まり、校舎の外にはゾンビがうごめいているという「非日常」の「現実」に転落する。それは、皆が感じている高校生活という「ユートピア」にひそむ不安とその虚構性を表している。二〇一九年の実写映画版は、舞台をショッピングモールから高校に、四人の男女を四人の女子高校生に置き換えて、ロメロの『ゾンビ』を学園青春ドラマに「換骨奪胎《カニヴァライズ》」したともいえる。家庭菜園のある屋上や学校に備えてある非常食の山は、ショッピングモールの屋上や内部の品物に、そして、四人の女子高校生が荒廃した高校から卒業するラストシーンは、ヘリで脱出してゆくフランとピーターたちに重なるのである。

(5)『ゾンビ』を配給した日本ヘラルド映画は、一五〇人のゾンビ・メイクをした人間が日比谷公園から『ゾンビ』の試写がされる銀座ヤマハホールまで行進する宣伝キャンペーンを展開したが、「これは世界初のゾンビ・ウォークだったのかもしれない」〔伊東 二〇一七年 一四頁〕。

(6)キングとロメロは互いに尊敬しあっていて、キングの『クリスティーン』(一九八三年)の題名は、ロメロの妻の名前から取られている〔野原 一五七頁〕。

(7)一九七〇年代からその内容が漏洩されだした「タスキギー梅毒実験」は、一九八二年にはジェイムズ・H・ジョーンズの著書『バッド・ブラッド』によってその実情が暴露された。

(8)「リブート」と宣伝され「血脈《ブラッドライン》」という原題を掲げたヘクトール・ヘルナンデス・ビセンス監督の『死霊のえじき——ブラッドライン』(二〇一八年)では、顔もそっくりにメイクしたバブは、ヒロインに執着してつきまとってくるストーカー・ゾンビとして再登場している。

第六章　抵抗する死者たち——ゾンビ表象の変貌

1　THE DEAD WALK——『スリラー』『フリークス』『ウォーキング・デッド』

二〇一九年三月三日、四日、マイケル・ジャクソンの児童性的虐待疑惑を告発したHBOのドキュメンタリー映画『リービング・ネバーランド』が放送された。マイケルから性的虐待を受けたという二人のもと少年の告白から製作されており、「ユートピア」だったはずのマイケルの豪邸の「ディストピア」を描きだす。マイケルの関係者たちから「公開リンチ」だと非難され、放送中止が求められていた作品である。晩年には整形手術のためか白斑症のためか、異様に肌の色の白い「ホワイト・フェイス」になったマイケルは、白人に変身しようとしていると噂され、あたかも「ホワイト・ゾンビ」のようだった。『スリラー』（一九八三年）でゾンビに変身したマイケルは、死後も人々の「スリラー」であり続けた。

本章では、まず、マイケルの後ろへと進む「ムーンウォーク」とアメリカの理想である「明白なる使命」の「前進《ウォーク》」を対照させて、アメリカ文化における「ウォーク」のイメージにおいて、足のない障害者や下半身のないゾンビの表象を考え直してみる。そして、『ランド・オブ・ザ・デッド』（二〇〇五年）を中心に同時多発テロとゾンビ映画を分析した後、最近の映画に頻出する壁とトランプが掲げるメキシコとの国境の「万里の長城の建築計画」を並べて、その壁の表象について考察を迫ってゆく。最後には「ゾンビ共生物語」を分析し、ゾンビが現代人の姿そのものに変化したことを確認したい。

＊

第二期のゾンビブームが始まりだした一九八三年、『スリラー』は恋人と森を歩いているマイケルが、「いっておくことがある。僕は人とは違うんだ」と告白するところから始まる。そして、狼男に変身したマイケルは、彼女に襲いかかる。いうまでもなく「赤頭巾」を再現したシーンだが、マイケルのジャンバーの胸にある「M」の記号について、コベナ・マーサーは「マイケル？　モンスター？　マッチョな男？　それともミッキーマウス？」と問うた〔一〇三頁〕。マイケルは何者かが決定不能な謎である。「僕は人とは違うんだ」というセリフは、後に数々の児童虐待事件でマイケルが「ゲイ」だと疑われたことを考えると、なかなか感慨深い。ずっと疎外感を抱えていたマイケル。ネズミの大群が町を混乱に陥れる動物パニック映画『ベン』（一九七二年）の主題歌「ベンのテーマ」をマイケルは作曲していた。「ベン、僕らはこれ以上探さなくていいんだ。探していたものを見つけたから。友達と呼べる存在を」という歌詞だ。映画において黒いネズミのリーダーのベンを唯一の友として、「ベンの歌」を作曲する病弱で孤独な主人公の少年に、マイケルは自分を託していたのだろう。マイケルの整形依存は永遠の若さを求めるピーターパン的欲望からではなく、むしろ自我の解体を望んだからかもしれない。

『スリラー』で狼男に変身した後に、マイケルはゾンビに変身し、地面から這いでてくるゾンビたちと一緒にダンスを踊りだす。集会で踊り狂うヴードゥー教が生んだゾンビは、ダンスと相性が良かったのである（これに対してドキュメンタリー映画『THIS IS IT』（二〇〇九年）のなかの最新版『スリラー』のリハーサル映像では、天使のようにゾンビは十字架の磔刑の図像で天から降臨していた）。デイヴィッド・J・スカルは、マイケルの白い肌や削られた鼻や巻き毛が「ロン・チェイニーの『オペラ座の怪人』にそっくりだ」と、二人を「強力な変身のメタファー」だと述べている〔一九九三年　三七五―三七六頁〕。生と死という区分を揺るがすゾンビにマイケルが変身していたのは興味深い。小澤英実は「ゾンビをカモフラージュするとは……二重にも三重にもフィクショナルな統一的主体を仮構すること」で、人種の記号を混乱に陥れると指摘していた（『ウォーキング・デッド』でも体じゅうに体液を塗りゾンビの擬態をすることで、ゾンビから逃れるシーンがある）［一〇九頁］。『ムーンウォーカー』（一九八八年）でマイケルは機械に変身していたが、白人vs黒人、生物vs機械、男vs女の境界線を脅かすマイケルの身体は、虚構の身体として、自然の重力に逆らうかのように、人種や性差などの人間を固定する境界線に挑みかかっていた。『スリラー』のダンスは、ダナ・ハラウェイの「サイボーグ宣言《マニフェスト》」（一九八五年）のような、早すぎる「ゾンビ宣言《マニフェスト》」だった。

存命中の最後のスタジオ・アルバム『インヴィンシブル』の最終曲「スレテンド」では、「僕が獣だと知って、君は僕を恐れている。君が寝ているとき、僕は君を見ている。君がベッドに入るとき、僕はその真下に僕はいる……君が倒れれば、床には僕がいて、君は僕を見ると叫び声をあげる。僕は生きる屍だ」と自分をゾンビにたとえている。マイケルは負の存在にずっと同一化してきたのである。「その子は自分の息子ではない」という血筋に関する歌詞《サビ》の「ビリー・ジーン」においてマイケルは有名な「ムーンウォーク」というダンスの技法を一九八三年に発明していた。とはいえ「ムーンウォーク」の起源はヴィンセント・ミネリ監督の『キャビン・イン・ザ・スカイ』（一九四三年）において黒人ビル・ベイリーが披露したタップダンスの「バック・スライド」に遡るが、それは前に進むように見えながらも、後ろに進んでゆくダンスである。その歩き方に「ウォーク」がついた最も有名な俳優は、西部劇の名優ジョン・ウェインだろう。優雅さを誇る「ウェインウォーク」は、東から西へと「前進《ウォーク》」してゆく「明白なる使命」を体現していた。大牧場主チザムの晩年を描く『チザム』（一九七〇年）は、西部開拓の風景が描かれた絵画を使ったオープニング・クレジットで始まり、何度も「前進（keep going）」という言葉が語られ、絵画のジョン・ウェインがまるで伝説から抜けだしたように動きだす。アメリカが掲げる「明白なる使命」が一九七〇年という時期にさえ映像化されているのだ。これに対して、マイケルの「ムーンウォーク」は、西への「前進《ウォーク》」を否定するかのように、後ろへと進んでゆく。

近代に誕生したアメリカは、古い国のような神話が紡げず、その代わりに映画によって国家のイメージを補強してきた「フィルム・ネーション」である。そしてこの国は「ガンファイター・ネーション」でもあった。列車を襲撃した四人組の強盗団が逃亡し、射殺されるまでを描くエドウィン・S・ポーター監督の『大列車強盗』(一九〇三年)は、最初の西部劇だったと考えてもよい。繰り返し映画化され続けてきたオーエン・ウィスターの最初の西部小説『ヴァージニアン』が書かれたのが一九〇二年のことだが、わずかその一年後に最初の西部劇映画がすでに登場していたことになる。オーエン・ウィスターは神経症を患ったために広大な西部の転地で大自然に触れる「西部療法《ウエスト・キュアー》」を受けていた。米国女性作家シャーロット・パーキンス・ギルマンの精神科医で有名なサイラス・ウェア・ミッチェルが、過度の文明化による神経衰弱の治療として、女性には家庭でエネルギーを浪費せずじっと休養を取る「安静療法《レスト・キュアー》」、男性には西部へと赴く「西部療法《ウエスト・キュアー》」を提唱していたのである。動ける男と動けない女。『ヴァージニアン』は、転地療法をするために東部から西部を訪問してきた語り手が主人公のヴァージニアンと出会う物語であり、「神経」という言葉もしばしば登場するが、西部劇は「神経症」という病をその「起源」に抱え込んでいたのである。(1)

ここで確認しておきたいのが一八九〇年にフロンティアが消滅し、都市生活によって男らしさが危ぶまれた時期に西部劇が誕生していたという事実である。それから半世紀以上、西部劇はアメリカのイメージを綴り続けたが、ベトナム戦争が激化しその正義が疑問視される六〇年代後半から、西部劇というジャンルが次第に衰退してゆく。カウボーイたちの牛追いの旅を描く一九五九年に開始された『ローハイド』のようなテレビ西部劇は、舞台を西部から宇宙に置き換えて一九六六年から放送された『スタートレック』に継承されてゆく。そして、二〇一〇年から放送の『ウォーキング・デッド』のようなゾンビものに取って代わられている。また『Zネーション〈ファースト・シーズン〉』（二〇一四年）は、ゾンビ・ウイルスの抗体をもつ唯一の男を、ワクチンを製造するためにニューヨークからカリフォルニアの研究所に送り届ける使命をおびた人物たちの冒険の物語である。フランシス・パークマンにも歴史書として綴られた「オレゴン・トレイル」は西部開拓の代名詞的な歴史であり、映画化され続けてきた。ジョン・ウェインの主役としてのデビュー作『ビッグ・トレイル』（一九三〇年）は、開拓者たちを無事に約束の土地に送り届けるまでを描く「オレゴン・トレイル」の物語だが、インディアンをゾンビに置き換えると、それはそのまま『Zネーション』の構造になる。

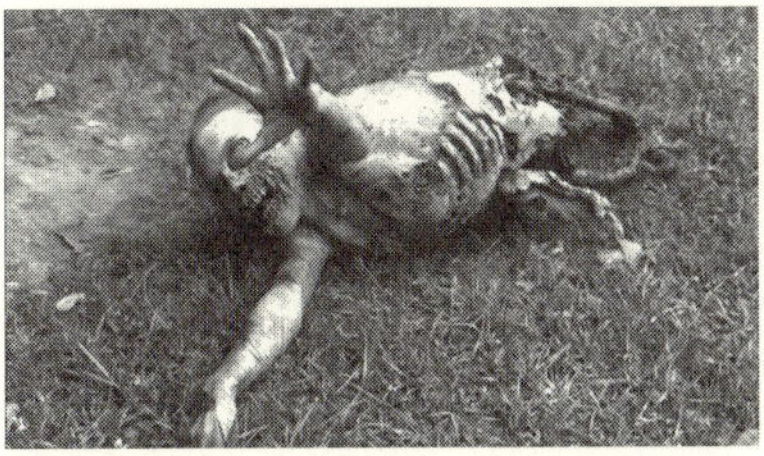

【図37】『ウォーキング・デッド』
下半身のないゾンビ

アメリカ文化において「ウォーク」は重要な要素である。たとえば、ウォールデン池畔で自給自足の生活を送った思想家ヘンリー・デイヴィッド・ソローに「ウォーキング」（一八六二年）というエッセイがあったりもする。この意味で、『ウォーキング・デッド』でゾンビのことを「ウォーカー」と呼ぶのはいささか皮肉だろう。この壮大なテレビドラマの第一話で、主人公の保安官リックが最初に射殺するのは、下半身のない女性のゾンビである。アナ・メイ・デュアネはこれを身体障害の表象と見なした【図37】。『ウォーキング・デッド』の大ファンで手が一本で両足のない障害者ニック・サントナスタッソは、来日中のダリル役の俳優ノーマン・リー

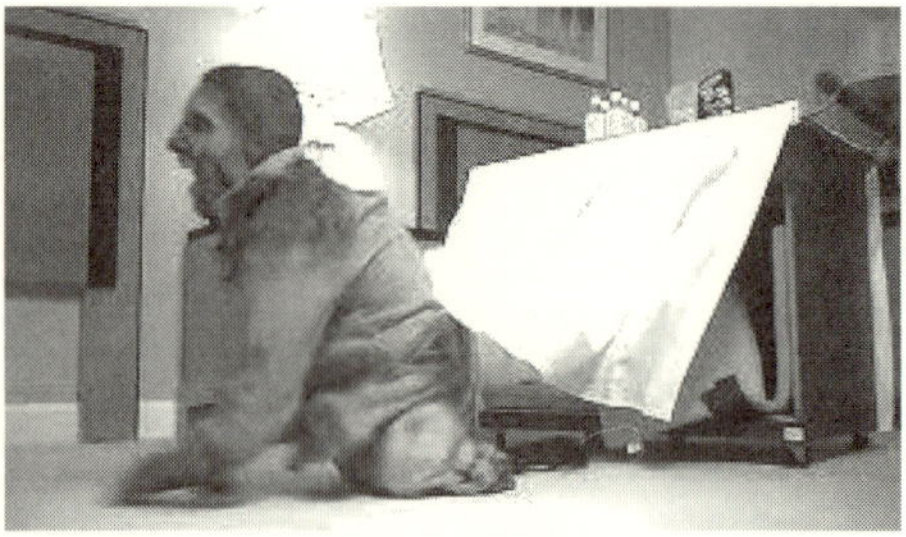

【図38】ゾンビを演じる障害者
ニック・サントナスタッソ（上、左）

ダスをゾンビのメイクで襲う悪戯を仕掛け、それは、まるでこのシーンのパロディさながらであった【図38】。かつて両足切断の障害者の少年ケニー・イースタディは、一九八七年に日・米・カナダの合作映画『ケニー』にもなり、日本では田中綏子・浜田幸の『スケボーに乗った天使』（一九八五年）が出版されている。「両脚切断にもめげず明るく生きる少年の愛と感動のルポ」という副題のついた『スケボーに乗った天使』においては、ケニーの「天使」のイメージが綴られたが、それとは逆にサントナスタッソは、積極的にゾンビという「怪物」を演じたのである。

這いずって人間を襲ってくる障害者の姿は、トッド・ブラウニング監督の『フリークス』（一九三二年）に遡れるだろう。「キリストの復活」を思わせる土中の棺から再生するマジック・ショーで名をあげ、映画撮影の経歴を始めたトッド・ブラウニングは、下半身が麻痺したり、下半身を切断された人間を描き続けた。たとえば、『サロメ』の劇やマジック・ショーを披露する見世物一座をめぐる『見世物』（一九二七年）では、切断されたヨカナーンの首やマジック・ショーで下半身のない人間を見せつけている。とりわけ、ブラウニングは顔や身体が変形した障害者を好演した怪奇俳優ロン・チェイニーを好んで起用した。チェイニーの「変身」は、ホレイショ・アルジャーの『ボ

【図39】『天罰』足を失った
ロン・チェイニー

ロ着のディック』（一八六七年）のような立身出世の「夢の変身」の物語が読まれてきたアメリカで「悪夢の変身」を突きつけたのである［スカル 一九九三年 七二頁］。また、『ノートルダムのせむし男』（一九二三年）『オペラ座の怪人』（一九二五年）におけるロン・チェイニーのメイクは、「傷痍軍人」の顔も連想させたというが、アーネスト・ヘミングウェイの『日はまた昇る』（一九二六年）のジェイク・バーンズのように、第一次世界大戦の「砲弾《シェル》ショック」で性的不能になった男性が少なくなかった一九二〇年代、ブラウニング監督の『真夜中過ぎのロンドン』（一九二七年）で吸血鬼を演じたチェイニーの「牙のある口」は、「牙の生えた膣《ヴァギナ・デンタータ》」を思わせ、去勢の恐怖を喚起したのだった［スカル 一九九三年 六九、八〇頁］[2]。

「去勢」の恐怖を活用するブラウニングの映画は、「切断」のイメージで満ちている。たとえば、『ザンジバルの西』（一九二八年）は、妻とその愛人に裏切られ半身不随にされた男（チェイニー）が、ヴードゥー教を信じる原住民を騙して愛人とその娘に復讐を企てる物語で、チェイニーがフリークスさながらに這いずって歩く姿が記憶に残る。ほかにも、チェイニーはブラウニングの『黒い鳥』（一九二六年）で下半身に障害のある男を演じたが、ウォーレス・ウォースリー監督の『天罰』（一九二〇年）では、医者に誤って両足を切断され、復讐にその医者の娘の婚約者の足を切断して自分の足とつけ替えようとする男を演じていた【図39】。切断と去勢を結びつけたブラウニングは、自動車事故によって性器を損傷していたとも推測されている［スカル 一九九五年 一〇四頁］。そんなブラウニングの代表作『フリークス』では、フリークスたちが馬車の下を這って、小人ハンスを

【図40】障害者ジョニー・エック

騙した美女クレオパトラと愛人のヘラクレスに復讐にやってくる。クレオパトラは下半身がなく動けないアヒル女に「矯正」されるのだ。とりわけ、両足のない障害者ジョニー・エックが地面を這ってくる姿には、去勢の恐怖が振り撒かれる【図40】。[3] そして、『フリークス』のこのクライマックスは、『ウォーキング・デッド』の第一話で戦車の下に隠れたリックを、這うゾンビたちが襲ってくるシーンに継承されたのではなかろうか。

　障害者のサントナスタッソは、積極的に『ウォーキング・デッド』の下半身のないゾンビをゾンビ・コスプレで擬態しながらも、猛スピードで這いまわる姿を見せつけ、従来の障害者像を転覆させたのである。『ウォーキング・デッド』のこのゾンビは『バタリアン』のオバンバを思いださせるが、下半身のないゾンビに女性ゾンビが多いのは、女は「ウォーク」から縁遠く家庭に縛られているからなのかもしれない。ゾンビたちは歩いてゆく。障害者のようにぎこちなく、アメリカの理想の「前進《ウォーク》」を否定するかのように。『ゾンビ』はアイスホッケー場をゾンビたちが滑稽に歩いてゆくシーンで幕を閉じ、『死霊のえじき』の冒頭では人間の声に反応してゾンビが集まってきて、風に舞う新聞には「死者の行進（The Dead Walk）」の見出しが躍っていた（実写版『バイオハザード』（二〇〇二年）の最後でも『ラクーンシティ・タイムズ』紙には「死者の行進《ウォーク》」の文字が現れている）。二一世紀には、仮装をすることでゾンビに同一化しデモに参加する人々によって、抵抗としての「死者の行進《ウォーク》」がさらに華々しくなってゆく。モフセン・マフマルバフ監督のイラン・フランス合同映画『カンダハール』（二〇〇一年）は、亡命女性がアフガニスタンに戻り、妹に再会するために荒野を歩き続けるロード・ムービーだが、ラストシーンで地雷で足を失い松葉杖でよろめきながら歩く難民たちが、空からパラシュートで投げ落とされる支援の義足に群がってゆく。その奇怪な「死者の行進《ウォーク》」のような姿は、中東へのアメリカという「帝国の行進《ウォーク》」を皮肉るのである。

2　同時多発テロとゾンビ――『ランド・オブ・ザ・デッド』と三項対立

同時多発テロと『バイオハザード』の影響によって、九〇年代には下火だったゾンビ映画が二一世紀初頭に再び流行する。ダニー・ボイル監督の『28日後…』（二〇〇二年）は、実験室でつながれたチンパンジーが、その凶暴性《レイジ》を増すために中東のテロや暴動の記録映像を見せられているシーンで始まる。覆面のグループが襲撃してきて、「レイジ・ウイルス」に感染した「感染源《ペイシェント・ゼロ》」のチンパンジーが逃げだす。この猿は交互に繰り返されるテロと戦争という「憎悪《レイジ》の連鎖」の表象である。二八日後に病院で主人公が昏睡状態から「目覚めて」みると、世界が崩壊していた。(4)エリック・ハマコーは『28日後…』にゾンビとオリエントの恐怖を指摘するが、疫病は東からという図式がもち込まれている。(5)また、『ゾンビ』をリメイクしたザック・スナイダー監督の『ドーン・オブ・ザ・デッド』（二〇〇四年）は、主人公の看護婦アナが病院で長時間勤務したところから始まる。一二時間勤務が続いたアナに医者は配慮を示すことはない。ゾンビが現れる前から社会は崩壊に近づいていた。帰宅して「眠り」についたアナが朝「目覚め」てみると、近所の少女が血だらけで寝室に入ってきて夫が殺害される。閑静な住宅地は一夜にして「悪夢」の世界に変貌し、火災が勃発、神父は救急車に轢かれる。車が衝突してアナは「気絶」

【図41】ラムズフェルド国防長官似のカウフマン

し、オープニング・クレジットが始まる。イスラムの礼拝シーンが流れ、世界の災害や暴動のニュース映像が続く。同時多発テロで始まった「恐怖《テロ》の夜明け」を連想させるつくりだ。

　こうした渦中でジョージ・A・ロメロは、『ランド・オブ・ザ・デッド』を二〇〇五年に製作し、同時多発テロを描き直した。文明が崩壊してゾンビが跋扈する世界、河川とフェンスで囲われた都市フィードラーズ・グリーンでは、階級社会ができており、権力者だけが高層タワーの上層階で生活している。最上階には支配者カウフマンが住んでいるが、かつて『イージー・ライダー』（一九六九年）で射殺された若者ビリーだったデニス・ホッパーが扮しているのは、何とも皮肉が効いた配役だろう。また、「テロリストとは取引しない」というカウフマンは、むろんブッシュをもじっているし、イラク戦争を推進したラムズフェルド国防長官に似せられている〔鷲巣 一四七頁〕【図41】。冒頭、主人公ライリーや部下のメキシコ系のチョロたちは、カウフマンのために都市で物品を収奪している。特殊メイクで不気味な顔のゾンビが続々と登場し、それを次々に射殺してゆく。そして、突然、半分崩れた顔がクローズアップされる。一瞬それはゾンビに思えたが、じつは顔に傷を負ったチャーリーであった。映画の初めからゾンビと人間が判別できなくなった世界をロメロは描きだす。この略奪にガソリン・スタンド店員の黒人ゾンビが空を向いて咆哮する。帝国の植民地主義、ホワイトカラーによるブルーカラーの搾取が暗示されているのである。

　この黒人ゾンビはビッグダディと呼ばれ、『死霊のえじき』のバブの延長に位置している。バブが拳銃を使ってローズ大尉を射殺したように、ビッグダディも道具を使うことを憶えるのである。約束を守らないカウフマンに対して、『世界が燃えつきる日』（一九七七年）のランドマスター号を思わせる装甲車デッド・レコニング号をチョロは盗み、テロリズムを仕掛ける。その紛争を契機に、ビッグダディに率いられたゾンビたちが、壁を破って川を渡り、高層ビルに押し寄せてくる。黒人ゾンビを見ると、我々の不安感が掻き立てられてならない【図42】。たとえば、ハワード・J・フォードとジョン・フォードの兄弟監督の『ゾンビ大陸　アフリカン』（二〇一〇年）は、祖国で妻子が待っている白人米軍中尉と息子を探すことになる黒人兵士が協力して、黒人ゾンビがはびこるアフリカを生き抜こうとするイギリス映画である。建物に閉じこもるという「閉鎖的空間」ではなく、アフリカという大自然の「開放的空間」を舞台に、全て黒人であるゾンビは、不気味な雰囲気を醸しだす（映画のポスターもヤコペッティの『さらばアフリカ』を連想させ、なかなか秀逸だ）。フォード兄弟はインドを舞台にした『ザ・デッド　インディア』（二〇一三年）も製作しているが、大英帝国に蹂躙されたアフリカとインドにおいて、現地人のゾンビが襲ってくる姿は、植民地の逆襲を見事に視覚化している。

【図42】黒人ゾンビのビッグダディ
『地獄の黙示録』沼のシーンのパロディ？

『ランド・オブ・ザ・デッド』のゾンビが高層ビルに押し寄せてくるイメージは、「バベルの塔の崩壊」も描かれるフリッツ・ラングの『メトロポリス』（一九二七年）にも似ている。「地上」にそびえる高層建築物には資本家が住み、労働者たちの「地下」で機械を動かし、無気力に並んで歩く姿は『ホワイト・ゾンビ』の奴隷ゾンビそのものだ（四章三節参照）。やがて、「地下」の労働者たちは摩天楼がそそりたつ「地上」へ暴動を起こしてくる。『ランド・オブ・ザ・デッド』は『メトロポリス』のゾンビ版であり、ワールド・トレード・センターの崩壊をモチーフに、ロメロは「労働者の革命」を描いたのである。『資本論』（一八六七年）の第一部においてカール・マルクスは、「資本」を生きた労働を吸い取って生きかえる「吸血鬼」に喩えたが、ドラキュラが「伯爵」という貴族であるのに対して、ゾンビは労働者の表象である。谷口功一はアメリカの共和党と民主党の政権時のゾンビ映画の数を比較し、貧困層や外国人に対して嫌悪を抱く共和党政権下では、ゾンビ映画が増えることを指摘している［二〇一三年 一九五頁］。また谷口は日本の国会でのゾンビの隠喩にも注目した［二〇一二年 一九一―一九五頁］。それならば、共和党のトランプ大統領の現代は、ゾンビだらけの時代なのも頷ける。貧困にあえぎ怒れるブルーカラーたちは、「何かが変わる」という「革命」を期待して、本音で語っているかのようなトランプを大統領に選んだ。下層労働者たちの心理を動かすことに熟達したトランプは、あたかもゾンビを操るゾンビマスターのようではないか。

『ランド・オブ・ザ・デッド』では、黒人ゾンビのビッグダディやゾンビになったメキシコ系のチョロに襲われて、カウフマンは焼け死んでしまう。チョロやビッグダディなどのマイノリティが重要な役割を果たしたいっぽうで、これまでロメロが中心に描いてきた女性の活躍が後退してしまい、この映画が「ノー（ウー）マンズ・ランド」になってしまったことをエリザベス・アイオッサは指摘している［六七頁］。檻のなかで見世物としてゾンビと戦わされる娼婦スラックは、最初はボンデージ・ファッションをした戦闘的な女性として登場するが、途中から地味な服に着替え、よくある映画のジェンダー・パターンを逆転させていて面白い。一九九六年にカプコンから発売されたゲーム版『バイオハザード』のコマーシャルを撮影したのがロメロであり、そこで赤い服とショートパンツで銃を構える戦う女を登場させていた。思いだしてみれば、ロメロは一九六三年に友人と映像製作会社を設立し、最初は宣伝用のコマーシャルの仕事からキャリアを広げており、洗剤のコマーシャルを『ミクロの決死圏』（一九六六年）風に撮影していた。ちなみに、このスラックを演じているのが、『ゾンビ』において資金調達の面でロメロを助けた巨匠監督ダリオ・アルジェントの娘アーシア・アルジェントなのである。

さて、ロメロ作品を分析すると、ある特徴に気がつく。ロメロの構図はいつも「人間vsゾンビ」という「二項対立」ではない［岡本 二〇一七年(1) 二八七頁］。『ランド・オブ・ザ・デッド』では崩壊の原因に、「カウフマンvsチョロ」という「白人vsメキシコ系移民」の対立が関わっていた。まとめてみると、いずれの作品でも主人公の敵はゾンビではない。『NOTLD』では「黒人vs白人」、『ゾンビ』では「主人公たちvsバイカーたち」、『死霊のえじき』では「科学者vs軍人」という対立をその内部に抱え込んでいたのである。必ず第三項が入り、二項対立が揺らぐのだ。また、最近の人気コミックはゾンビの要素を含むが、『進撃の巨人』『東京喰種トーキョーグール』『亜人』では、主人公たちは、巨人に変身したり、半グールだったり、死なない人間の亜人だったりと、境界線上にいる存在になっている［岡本 二〇一七年(1) 二九九頁］。もともと、ゾンビとは生と死の区分を崩壊させる境界線上の存在である。この点で、ビッグダディが鉈を使って壁に穴をあけ、向こう側を覗くシーンは印象ぶかい。藤田直哉は「ゾンビは不安を惹起する『曖昧さ』や『どちらでもないもの』や『主体のないシステム』や『流動性』の象徴であり、それ自体が二項対立を突破する可能性を持った揺らぎ」であるといい、「ゾンビを『象徴』として用いることで、二項対立的な思考を突破する認識の方法論を私たちは模索している」という可能性をほのめかす［二〇一七年、三一九頁］。そう、ゾンビは二つのものを区切る壁に挑むのである。

3 トランプ大統領と壁の映画群
——『ワールド・ウォーZ』『グレートウォール』『ザ・ウォール』

国境を越えて侵入してくるテロリストに怯える同時多発テロ以後、幽霊のように壁がアメリカ映画にとり憑いている。現代米国作家マックス・ブルックスの小説『WORLD WAR Z』(二〇〇六年)は、二〇一三年にゾンビ映画史上最大の予算二百億円を投じられ、ブラッド・ピット主演で映画化された。映画最大の見せ場は、イスラエル西岸地区の分離壁に洪水のごとく押し寄せてくるゾンビの群れだろう【図43】。もともとはエルサレムのある裕福なイスラエルから、ヨルダン川の西側に住む貧民のパレスチナ人の侵入を阻止するはずの分離壁だが、集まって一体の塊のようになったゾンビに乗り越えられてしまう(このゾンビの群れに固定化を覆そうとする「新自由主義」のような社会の「流動化」の脅威が指摘できる[藤田二〇一七年 六四—八六頁])。ゾンビ映画に限らず、最近の映画では壁のイメージがきわだっている。たとえば、環太平洋の各国が協力し貿易の自由化を促進する「環太平洋パートナーシップ(TPP)協会」とは反対に、ギレルモ・デル・トロ監督の『パシフィック・リム』(二〇一三年)では、太平洋の深海の裂け目から出現する怪獣たちを妨げるために、環太平洋の各国に巨大な防御壁の壁が建築された。また、マット・リーヴィス監督の『猿の惑星——聖戦記《グレート・ウォー》』(二〇一七年)では、猿との聖戦にそなえるべく人類は捕虜にした猿たちに「強制労働」をさせ、人類と猿を分断させる巨大な壁を築かせている。(6) いや、壁は映画だけにとどまらない。巨大な壁が現実に構想されている。

メキシコの不法移民の入国を禁止するために、国境に「万里の長城」を建築する計画をトランプは掲げた。経済的下層の保守系白人たちが抱える不満や恐怖を、国境を越えて入ってくるメキシコやイスラム系の移民たちへと向けたわけである。こうした壁のイメージについて、我々と奴らを区分する壁を建築することが「二一世紀初頭の時代精神を象徴する物語」だと藤田直哉は考える〔二〇一七年 三一頁〕。リアリティ・ショーのプロデューサーであり俳優でもあるトランプは、物語やエンターテインメントの技術に熟達しており、現実の政治にエンターテインメントの技法をもち込み、移民によって脅かされる恐怖を巧みに利用したとする〔三三頁〕。「スプラッター・パンクの父」とされる現代作家ジョン・スキップは「ジミー・ジェイ・バクスターの最後で最高の日」では、メキシコ人のゾンビを車で轢き、「現に、おまえら移民は、俺たちがおまえらから奪った以上に、俺たちから奪い取ろうとしているじゃねえか。この盗人め」と、頭部に銃弾を浴びせる人種差別者の主人公ジミー・ジェイ・バクスターにメキシコ移民への憎悪を表現させた〔一七二頁〕。「万里の長城」の建築を主張するトランプも、まるでゾンビ映画を現実に再現しているかのようだ。面白いことに、二〇一七年には、宗王朝時代に火薬を求め旅をするウィリアム（マット・デイモン）とペロ（ペドロ・パスカル）の欧州の傭兵が、「万里の長城」の壁において六〇年に一度現れる謎の怪物の大群と戦うことになるチャン・イーモウ監督の中国・アメリカ合作映画『グレートウォール』がアメリカで公開されている。

【図43】『ワールド・ウォーＺ』壁を超えるゾンビたち

　同じ二〇一七年にはダグ・リーマン監督の『ザ・ウォール』も公開された。アメリカ兵アイザックはイラクの砂漠の石油パイプライン建設現場に派遣される。ジューバというスナイパーがアイザックを向かいの瓦礫の山から狙撃してくる。壁の裏に逃げ込んだアイザックと、姿を見せず狙撃してくる敵の睨み合いが続く。姿を見せないジューバはイスラム国のテロリストの恐怖を表象している。「見えるテロリスト」だったビンラディンよりも、「見えないテロリスト」のほうがより恐ろしい。崩れゆく壁の裏で「見えない敵」に必死に抗戦するアイザックは、現代のアメリカの表象だろう。アメリカで銃の訓練を受けたジューバは、無線でアイザックに話しかける。アメリカこそイラクへの侵入者であり、テロリストだと。「声」だけが響いてくるジューバは、「お前も学校で習っただろう」と、エドガー・アラン・ポーの詩「大鴉」（一八四五年）を英語で朗読してくる。嵐の夜、部屋に入ってきて白い胸像の頭上にとまった巨大な鴉に、恋人を失った男は悲しみを語りかけるという詩だ。この「大鴉」はアメリカ文学史において「教養」の一部として必ず習うポーの代表作である。ジューバは部屋に入ってきた大鴉の不吉な姿を、イラクに侵入してきたアメリカに重ねようとしたのではないのか。

『ザ・ウォール』でジューバが朗読したポーの「大鴉」のイメージは、鳥の大群が突然理由もなく人間を襲撃してくるヒッチコックの『鳥』（一九六三年）に継承されたのかもしれない。(7) ヒッチコックはポーを崇拝していたが、学校のジャングルジムにとまる鴉の大群は、ポーの「大鴉」のパロディのようでもある。鳥の大群に包囲されて人々が家に籠城する『鳥』は、動物パニック映画や後のゾンビ映画の原型のひとつになった。かつては自然の反逆として殺人蜂《キラービー》や人喰いサメが襲ってくる動物パニック映画が流行したが、それらのジャンルがゾンビに感染し、最近、動物ゾンビ映画も量産されている。『ゾンビーバー』（二〇一四年）、『ゾンビシャーク——感染鮫』（二〇一五年）、『ZOMBEEゾンビー——最凶ゾンビ蜂 襲来』（二〇一五年）、『ZOOMBIEズーンビ』（二〇一六年）、『ゾンビ・レックス——ジュラシック・デッド』（二〇一七年）と、動物ゾンビたちがスクリーンを賑わせている。そもそも、動物園とは、植民地から珍しい動物を集めて、壁のなかでそれを名づけて分類し、一望に監視することで、辺境の脅威を囲いとり込み、植民地主義の覇権を表象する装置だったことを思いだせば、動物園のゴリラ、ライオン、キリン、コアラまでがゾンビになって人間に牙をむく『ZOOMBIE ズーンビ』は、植民地の逆襲の物語として少々意味深いものに変貌する。

アメリカ兵が協力して怪物と戦う『グレートウォール』では、万里の長城の壁が敵を防ぐいっぽうで、『ザ・ウォール』の結末においては、アイザックが隠れる壁が崩壊して救出ヘリは墜落してしまう。アメリカの抱える多様な問題を国境を越えてくるメキシコの不法移民に転嫁し、それを解決するための「万里の長城建設」を吹聴し、「壁の揺らぎ」を立て直そうとしたのが、トランプ政権だった。二〇一八年一〇月頃から、メキシコ経由で北上してきて国境フェンスを突破し米国を目指す移民キャラバン団に、トランプは国境に軍隊を派遣している。『バイオハザード――ザ・ファイナル』（二〇一六年）ではゾンビの大群が誘導されてアンブレラ社の地下施設を目指してくるし、『Zネーション〈ファースト・シーズン〉』では寒さに弱いゾンビが「ゾンビ津波」となって南下してくるが、移民キャラバン隊のニュース映像は、こうしたゾンビ映画と見まがわんばかりだ。だが、ゾンビ映画が「現実」を予言したといいたいわけではない。むしろ、「現実」をよりよく理解するために「虚構」が必要とされるのだ。我々は移民キャラバン隊のニュース映像を見たときに、ゾンビ映画を連想してしまう。「虚構」によって「現実」をよりリアルに実感するのだ。そこで召喚されるのがゾンビなのである。ゴジラでもなく、エイリアンでもなく、吸血鬼でもなく、ゾンビなのだ。メキシコ国境の壁の建築を求めたトランプは、外から敵が入ってきているというゾンビ映画的な構造を利用しているのではないのか。

4 iZombie／ゾンビ愛——抵抗と共生と自我のメタファーとしてのゾンビ

こうした同時多発テロ以後の「恐怖《テロ》の世紀」において、『ワールド・ウォーZ』の壁によってゾンビを防ごうとするシーンが、いかに説得力《リアリティ》をもつのかも頷けよう。だが、そのいっぽうで、「ゾンビ共生物語」を掲げる作品が増えている。ゾンビになってゆく娘マギーと暮らす父親の苦悩を描く『マギー』（二〇一五年）では、アーノルド・シュワルツェネッガーが父を演じた。「癌やエイズと生きる」といった物語に代わって、他者と暮らすことがゾンビの隠喩を通して追求されている。意思疎通できないテロリストのような他者の恐怖を煽る反面、他者との共存を希求するという二つの力が、ゾンビ映画では拮抗しているのである。二〇一三年にはアイザック・マリオンの小説『ウォーム・ボディーズ——ゾンビRの物語』が、ジョナサン・レヴィン監督によって映画化された。イケメンゾンビのRがゾンビ殲滅団体のリーダーの娘ジュリーと恋に落ちるという『ウエスト・サイド物語』（一九六一年）のような「他者との共生」がテーマである。壁に「進化」という文字が描かれ、猿が次第に直立歩行しだすポスターを背景にRが歩いてゆく【図44】。クライマックスで二人の恋愛が成就すると、壁が崩れ落ちるのだ。ゾンビは「他者理解」のメタファーとしてよく使われるが、ディズニー専門チャンネル製作の『ゾンビーズ』（二〇一八年）は、ゾンビのアメフト選手Zとチアリーダーが恋に落ちるという

【図44】『ウォーム・ボディーズ』ゾンビの進化

ミュージカル映画であり、『ウエスト・サイド物語』のゾンビ版と称してよい。

DCコミックがテレビシリーズ化された『iゾンビ』（二〇一五年）は、突然ゾンビになってしまった女性研修生リヴが、遺体の脳を食べると相手の記憶がフラッシュバックし、それを手がかりに殺人事件解明に挑んでゆくゾンビ探偵ものである。アイザック・アシモフの古典的SF短編集『われはロボット（I Robot）』（一九五〇年）のタイトルをもじって、「われはゾンビ」とゾンビが名乗るのである。ロメロは「ゾンビは我々だ」と主張し続けたが、二一世紀において人々がゾンビに感情移入し始めている。S・G・ブラウンの『ぼくのゾンビ・ライフ』（二〇〇九年）では、声帯を損傷している三四歳のゾンビのアンディが物語を語る。口をきけないゾンビが語り手なのだ。ゾンビが現われたアメリカで、ゾンビがマイノリティとして人間と暮らす『ぼくのゾンビ・ライフ』は、黒人たちの公民権運動を意識して書かれている。たとえば、アンディが乗ったバスで、ゾンビがいることを知った皆がバスを降りるシーンは、一九五五年アラバマ州の公営バスにおいて、運転手の命令で白人に席を譲ることを拒んだ黒人女性ローザ・パークスが逮捕された人種問題の事件を連想させる。他者との共生をテーマにしていることは明らかだ。また、有名になったアンディはテレビ出演し、次のように公民権運動に言及する。

BBCワールドニュースにチャンネルを変えると、バチカンから入場を拒否されたローマのゾンビたちが、建物の外で暴動を起こしている様子が報道されていた。CNBCでは、中東でゾンビが相次いで斬首されている場面と、ドイツで身元不明のゾンビの焼死体の周りでお祝いをしているブリーザーズ（人間）の姿が映し出された。どのチャンネルでも、どの番組でも、生きる屍は議論され、品位を落とされ、そして破壊されていた。ぼくらの最近のマスコミへの露出と公民権の要求に対する反発は避けられないことだと予想していたが、まさかこんなに早くこのような事態になるとは〔三一九頁〕。

『ぼくのゾンビ・ライフ』の翌二〇一〇年、日本においては宮藤官九郎のシネマ歌舞伎『大江戸りびんぐでっど』が公開され、くさやの汁でゾンビに変身した人間が「はけん」と呼ばれる労働力にされる姿が描かれている。「はけん」という労働力としてのゾンビは、『ホワイト・ゾンビ』の工場で働く奴隷ゾンビへの原点回帰である。また、二〇一四年にＢＳテレビ東京で放送された『ワーキングデッド——働くゾンビたち』は、婚活し過ぎデッド、過剰コスパデッド、過剰コンプライアンスデッド、海外キャリアデッドなど、現代人の問題点をワーキングデッドとして風刺するフェイク・ニュース形態の番組だ。さらに、格差社会の底辺で生きる鈴木「英雄」がゾンビの跳梁する日本を戦い抜いてゆく花沢健吾のコミック『アイアムアヒーロー』の五巻には、「学歴も美貌も権力もカリスマもかまれたらみんな平等にＺＱＮ《ゾンビ》、最高じゃん」というネットの書き込みがなされる。あたかも、ゾンビを民主主義的平等の表象と見なす日本版「ゾンビ宣言《マニフェスト》」のようだ。弱者の憎悪をゾンビ映画は代弁する。二〇一六年の映画版では、漫画家に酷使されるアシスタント（ドランクドラゴン塚地）は、社会に対する怒りを口にする。「大企業の奴ら、小学館の編集ども、ヒルズ族、どんどん感染している。俺たちのような社会的な接触の少ないニートや引きこもりの方が、生き残る確率は高い。ざまあ見ろ」。

現在ゾンビは疎外のメタファーになっている。第四章三節で触れた今村昌弘の『屍人荘の殺人』（二〇一七年）は、ゾンビに囲まれたペンションで密室殺人が続くという「ゾンビ密室殺人」ミステリーである。ペンション屋上からゾンビ災害が東日本大震災に重なって見えてくる。「中学の時に、震災に遭ったんです。その時もこんなふうに建物の上から現実感のない景色を見下ろしていました。もう全部駄目かななんて思いながら。あの感覚と似てますよ。なんていうか、恐怖はあるんです。死ぬのは嫌だ、それに皆を助けなきゃって。でも慌てようにも騒ごうにも、圧倒的な力の前ではどうしようもない」と主人公の葉村は語る［一六九頁］。そして、大学ＯＢの立浪は一方的に愛情を求める姿を病に喩えゾンビと重ねるが、次の引用のように、ゾンビというみな同一な存在にさえなりきれない疎外感も口にしている。

人の愛情そのものが、ゾンビと同じだ。見ろよあいつらを。自分が病気にかかっているなんて気づいちゃいない。恋愛感情も同じさ。全世界の人間がそれに感染していて、楽しそうに踊っている。俺だけがゾンビになりきれていないんだ。俺は素面のままあいつらの真似をしようとしてる。表情を真似て、行動を真似て、同じような声を上げる。皆と同じですよって顔で肉を貪り合って、そのうち耐え切れずに隣にいるゾンビを打ちのめして逃げ出すんだ。［一七一頁］

また、詠坂雄二の小説『乾いた屍体は蛆も涌かない』（二〇一〇年）は、少年たちが廃墟で見つけた屍体を使ってゾンビ映画を撮影しようとするが、その屍体が消えてしまうミステリーである。かつて漫画家を目指したが、現在はコンビニ店員の寿明は「やる気のなさは伝播していく。とくに、僕らみたいな連中は覿面だ。皮肉だけれど、意志が弱い人間は、考えないことが行動の際とても重要になるのである。将来を考えないことが日々を送るコツになってしまった僕が言うんだから間違いない。この先、それが変わることがあるだろうか……。『ゾンビになりたいと言ったかもしれないけど、ひょっとしたら僕ら――僕は、もうなっちゃっているのかもしれないよ』」と悩んでいる［一一一－一一二頁］。「（漫画を）やめたせいで、僕はずっと死んだのと似たような状態だ。……本当に何もかも慣れてしまえたなら、ゾンビになれるはずなのだ。生きていても感じず、考えず、徘徊するだけの存在に。ゾンビになりたい」とゾンビへの憧憬を語るのである〔六一頁〕。「生きる屍は屍に嫉妬する」〔二四頁〕。そして、「変化できない自分たち」と「腐敗してゆく屍体」が友人の頼太との会話で対比させられる(8)。

頼太「それに屍体は刻一刻と変化するものだから、昨日撮ったのと明後日撮ったのとじゃ、見て違いが判るくらいに変わっちまうとかで」
寿明「僕らと違って、とか言ってたね」
頼太「——言うようなあいつも、一番変わらないのは自分のくせして」
寿明「だからしんどいんだろきっと、引きこもりも。自分で自分のことが判っちゃうから」〔四三頁〕

たしかに、最近ゾンビは我々に近づき、世界のゾンビ表象に「私はゾンビ（I Zombie）」または「ゾンビが愛おしい（ゾンビ愛）」のような傾向が目についてくる。ちなみに、ニンテンドーDSの『ぞんびだいすき』（二〇一一年）は、森の幸福な牧場で殺された人間たちが「ぞんび」として再生し、牧場を復活させるために、人間に奪われた「だいじなもの」を取り返しにゆくもので、「かわいい」キャラの「ぞんび」たちを操作して、人間を襲ってゆくアクション・パートがある。ゾンビは変化する。二〇一九年一月一九日からNHK「よるドラ」では、『ゾンビが来たから人生見つめ直した件』が放送されている。ある地方都市でゾンビが大発生して、コンビニに奇妙な運命をかかえ逃げ込んできた登場人物たちが、家族、不倫、友情、仕事などの「日常」の問題を、ゾンビという「非日常」によって、「見つめ直す」ことになる社会派ブラックコメディである。ゾンビによって、自分の人生を見つめ直す。自分とは何だったのかと、アイデンティティを考え直すのだ。これを拡大すれば、「グローバル・ゴシック」となったゾンビ現象によって、思考形態、国家、人間という大きな存在が見つめ直されている可能性が浮かんでくる。虚構の存在にもかかわらず現実感を帯び、生と死の区分を転覆させるゾンビは、二項対立を疑問に陥れるものだった。「男vs女」「白人vs黒人」「生命vs機械」「現実vs虚構」という区分が揺らぐ現代にこそ、「i Zombie／ゾンビ愛」というテーマを掲げたゾンビは、時代の寵児としてますます跳梁を続けることだろう。

【註】

（1）この点については、日本アメリカ文学会東京支部の二〇一八年一二月八日のシンポジウム「環境をアダプトする――エコクリティシズムと視覚芸術」における齊藤弘平の発表「Rest in the West ――西部劇、男性性、精神医療」に示唆を受けた。あるいはバーバラ・ウィルを参考のこと。

（2）「砲弾《シェル》ショック」とドイツ表現主義映画を論じるアントン・ケイスは、精神病院を舞台にした『カリガリ博士』（一九二〇年）にシャルコー博士の催眠療法を使ったトラウマ治療を、最初期に吸血鬼ドラキュラを映画化した『吸血鬼ノスフェラトゥ』（一九二二年）においては第一次世界大戦の塹壕における大量の死体の姿を、それぞれ発見している。

（3）カウボーイ人形のウッディが活躍する『トイ・ストーリー』（一九九五年）において、乱暴に扱われて壊れたオモチャが子供に仕返しにやってくるシーンは、『フリークス』へのオマージュである［デュアネ二四三頁］。このオモチャのなかには、頭が人形で体が機械のクモのようなキャラクターがいるが、『遊星からの物体X』（一九八二年）のエイリアンを念頭に置いたデザインであるのは間違いない。柳下毅一郎によれば、このエイリアンの歩行の仕方は『フリークス』のジョニー・エックの歩き方を意識している。

（4）浜岡賢次のコミック『ゾンビの星』（二〇一六年）は、引きこもっていたために、「ゾンビの星」となった地球でただ一人生き残った少女の日常を笑いにして、『28日後…』のパロディを展開している。

（5）伊藤正範は「イーストエンド」や「アイル・オブ・ドックス」を舞台にした続編『28週後…』や『ロンドンゾンビ紀行』に、ジョゼフ・コンラッドの小説の群衆と暴動のイメージを指摘する。

（6）巨大な壁の代わりにロボットで怪獣を撃退する『パシフィック・リム』は、アメリカ、日本、ロシア、ドイツ、中国などの各国が一致団結して、「太平洋《パシフィック》」という「平和な海《パシフィック・オーシャン》」を取り戻すという「第二次世界大戦の悪夢の克服」の物語だと小野俊太郎は読み解く〔二〇一八年 三〇四頁〕。また、『戦場にかける橋』（一九五七年）や『猿の惑星』（一九六八年）の原作者のフランス人作家ピエール・ブールは、第二次世界大戦時に日本軍捕虜になった体験から『猿の惑星』を書いたとされる。映画の冒頭においてゾンビ映画のように、猿インフルエンザの蔓延で文明が崩壊する『猿の惑星──新世紀《ライジング》』（二〇一四年）の原題は、『ドーン・オブ・ザ・プラネット・オブ・ジ・エイプス』である。

（7）ポー文学で壁は重要なイメージだが、黒い動物が外から家に入ってくるのは、オランウータンによる母娘の密室殺人を描く「モルグ街の殺人」（一八四一年）、家に拾われてきた黒猫が災いを撒き散らす「黒猫」（一八四三年）など、ひとつのパターンである。これらの作品では他者の「声」をめぐる戦いが展開する。現場には犯人の謎の「声」が響いていた世界初の推理小説「モルグ街の殺人」において、密室で殺害された母親はオランウータンに喉を剃刀で切り裂かれ、娘は「舌」が衝撃で噛み切れるほど「喉」を潰されていたし、「黒猫」では完全犯罪を警察に誇る語り手の「声」にとって代わり、妻の死体が隠された壁から聞こえる猫の「声」によって、犯罪が発覚してしまう。

（8）これとは違うが一八八〇年にフランスの精神科医ジュール・コタールに由来し、「コタール症候群」と呼ばれた精神障害は、自分が死んでいるという感覚に支配されるために「歩く死体症候群」とも呼ばれる。

第七章　ＰＯＶ映画の文化史——メディアとゾンビの関係性

1　ビデオテープ・オブ・ザ・デッド——ＶＨＳ的創造力

疫病が起これば、その意味づけのために疫病が語り直されるものである。英国作家ダニエル・デフォーは最初期の実録的記録『ペスト年代記』を一七二二年に発表している。この書では「病になった者の病気を他人にうつしたがる邪悪な傾向」に触れ〔一四八頁〕、お前も病気にかかれと、貴婦人に無理やりキスをする男の話を紹介し、感染を意図的に広げようとするホラー小説のような「第一号患者《ペイシェント・ゼロ》」を思わせる人間がすでに登場している[1]。また、その冒頭では「当時は噂を広め、物事に尾ひれをつける現在の新聞のような印刷物は存在しなかった。情報は商人や海外とやり取りしている人物の手紙から集められたり、口頭で伝達されたりしたので、今ほど早くは国中に広がりはしなかった」と、媒体《メディア》と感染の関係が言及される〔三頁〕。スティーヴン・キングの原作を映画化した『セル』（二〇一六年）で、携帯電話を使った人間が突然ゾンビになるように、ゾンビへの感染と媒体《メディア》を結びつけるゾンビ映画も存在する[2]。本章では、スプラッター映画流行のきっかけになったビデオデッキの発明を取りあげてゾンビと「ＶＨＳ的想像力」を考えた後、ビデオからＤＶＤへの移行が「走るゾンビ」を誕生させたことを検証してゆく。そして、現在流行のＰＯＶ映画の歴史を概観し、ロメロがＰＯＶ映画『ダイアリー・オブ・ザ・デッド』（二〇〇八年）において、記録への欲望や真実の映像の神話を批判していたことを結論としたい。

＊

感染によって増殖する怪物を遡ると、ブラム・ストーカーの『ドラキュラ』（一八九七年）が、ゾンビの原型として浮かぶだろう。吸血鬼となった女たちが「石を投げてできる水紋のように、輪を広げ増殖してゆく」［一九〇頁］。『ドラキュラ』に媒体《メディア》との関係を指摘したのは、フリードリヒ・キットラーだ［三一―六九頁］。当時としてはやや時代遅れの一人称の書簡体の小説が『ドラキュラ』であり、手紙だけではなく、蓄音機、速記文字、タイプライターなど、多様な媒体《メディア》で記録されている。ジョナサン・ハーカーの婚約者ミーナは速記タイピストで、最新技術のタイプで物語を記録していた。感染と印刷メディアを並べ考えるキットラーは、吸血鬼が表象する男性的権威の手書き文字が、女性タイピストの印刷文字に追い詰められてゆく過程をここに見出していた。また、ジョナサン・ハーカーはロンドンの売り家の写真を一八八八年に発売されたコダックカメラで撮影していたが、光を嫌い木箱に潜むドラキュラは、写真の原型である「暗箱カメラ」を思わせ、写真のメタファーだと小野俊太郎は考える［二〇一六年(2)一七三―一七九頁］。一八五一年の湿版写真以降、ネガから複製のプリントが増版できるように、吸血鬼が増殖する恐怖と写真は結びついていたのである。

それでは、ゾンビはいかなるメディアと関連するのか。序章でも述べたように、ゾンビ映画の最初の流行は、一九七六年の最初のＶＨＳビデオ発売に伴うビデオデッキとレンタルビデオの普及と無縁ではない。ビデオという媒体《メディア》は家庭でしか見ることのできない映像の視聴を可能にした。ポルノ映画とスプラッター映画である。そもそも七〇年代初頭には、喉の奥に陰核がある女性を主人公にしたポルノ映画『ディープ・スロート』（一九七二年）と、若者たちが殺人鬼一家に惨殺されてゆく『悪魔のいけにえ』（一九七四年）を双璧にして、二つのジャンルが流行していた。昼間は大っぴらに公開できない映画を上映するため、疎外感を抱えた人々が集まった「ミッドナイト・ムービー」という上映形態も生まれた。ポルノ映画とスプラッター映画は共に身体を「性的」または「暴力的」な攻撃の対象とし、「エクスタシーという死」と「暴力による死」を擬似的に楽しむという「エロスとタナトス」で成立している。いずれのジャンルでも性器や傷という身体の一部がクローズアップされ、人間が肉体へと還元されてゆき、血液、精子など体液の洪水に溺れるのである〔加藤 一九九六年 二二三―二四七頁〕。ベトナム戦争が生み落としたこの二つのジャンルは、ビデオによって視聴者を広げていった。一九六八年の『ＮＯＴＬＤ』以来、ゾンビ映画はロメロをまねた数々の模倣作品《エピゴーネン》を世界に増殖させてゆく。

たとえば、ルチオ・フルチ監督の『サンゲリア』（一九七九年）はロメロとは無関係ながら、『ドーン・オブ・ザ・デッド』のイタリア公開時の題名だった『ゾンビ』にあやかって、勝手に『ゾンビ2』と名乗って続編を装った。ラストのゾンビが金門橋を渡るシーンは、『ゾンビ』の前日談とするために後で追加されたものである。また、ハリウッド西部劇の「模倣」であるマカロニ・ウェスタンの『真昼の用心棒』（一九六六年）でフルチは名をあげたが、主演のフランコ・ネロを鞭打ちで痛めつける拷問や体に銃弾を無数に撃ち込む残酷な銃撃シーンを撮影している(3)。ところが、この偽物《コピー》の『ゾンビ2（サンゲリア）』はロメロのオリジナルよりファン層に評価が高い。皮肉なものだ。ゾンビが増えるように、劣化コピーの増殖を喜ぶのがゾンビ・ファンである。また、『新・死霊のはらわた（*The Dead Next Door*）』（一九八九年）は資金をだしただけのサム・ライミが製作指揮とクレジットされ『新・死霊のはらわた』と邦題がついたが、内容は『死霊のえじき』の模倣である。これに対してゾンビパウダーによって死霊が甦るモーテルで強盗らが殺されてゆく『続・死霊のはらわた』（一九九七年）は、勝手にポーの四世を名乗るエドガー・アラン・ポー四世も出演し、原題は『もうひとつの死霊のはらわたⅡ（*Another Evil*

【図45】『ブロードウェイ・オブ・ザ・デッド』ビデオを模した本体表紙

Dead 2: Dead Inn)』だが、具体的なつながりはない。

ゾンビ映画はVHSというアナログ媒体《メディア》と深く結びついていた。やがてレンタルビデオがブームになると、当時は無断でダビングした海賊版《コピー》ビデオも出回ってゆく。ノイズや乱れが入る劣悪なビデオの画像が、皮肉にも死体の映像によく合い、リアル感を醸しだしていたのである。ジョシュ・ジョンソン監督のVHSのドキュメンタリー『VHSテープを巻き戻せ！』（二〇一三年）では、画面に筋が現れればまもなくエロスか惨劇のシーンが続くと予想できたと、履歴としての傷に味わいを見出していた。ゾンビ映画のビデオがレンタル・ショップに溢れかえっていたのが八〇年代だ。こうしたゾンビとビデオに、オマージュが捧げられている。たとえば、奇しくも最初期のゾンビ映画『ブロードウェイのゾンビ』（一九四五年）の題名を襲名し、二〇一〇年から連載のすぎむらしんいちの『ブロードウェイ・オブ・ザ・デッド　女《ジョ》ンビ——童貞SOS』は、「中野ブロードウェイ」にペニスを食べる「女《じょ》ンビ」が出没するという爆笑コミックだが、コミックの本体表紙はビデオテープを模しており、ゾンビとビデオのモチーフを示している【図45】。また、村上賢司監督の『ゾンビデオ』（二〇一一年）では、ゾンビの対処方法を収録したビデオテープ『ゾンビ学入門』に従ってゾンビと戦う主人公たちは、最終的にビデオ自体がゾンビと化した「ゾンビデオ」を破壊し、ゾンビとVHSのパロディを展開した。日本で一九九六年、アメリカで一九九七年にDVDが発売されると、ビデオとVHSは淘汰されてゆく運命にありながらも、家庭ではまだ使われる「生きる屍」のような媒体《メディア》になってゆく。

2　鈴木光司の『リング』／中田秀夫の『リング』——貞子とVHSとコピーの恐怖

ここで少し脱線して考えてみたいのが、ビデオからDVDにという媒体《メディア》の「進化」である。藤田直哉も論じたが、鈴木光司の小説『リング』（一九九一年）と中田秀夫監督による一九九八年の映画版を考察してみたい。『四谷怪談』のお岩に代わって、現代で最も有名なホラー・キャラクターとなった山村貞子を「誕生《さいせい》」させた物語だ。新聞記者の浅川は同じ時刻に四人の男女が死亡した怪事件を捜査することになる。やがて、事件の「起源」として、この四人が伊豆のペンションで奇怪な映像を見たという接点が発見される。そこで浮かびあがったのは、山村貞子が念写でつくりだした呪いのビデオテープだった。貞子の母親・山村志津子は予知や念写の超能力を備えていたが、その真偽を判定する実験に失敗し、新聞などの「マスメディア」からの迫害を受け三原山の噴火口に投身自殺していた。母の恨みを受けた娘・貞子も、最後の天然痘患者に強姦されて、井戸に生きたまま捨てられてしまった。「父と母を死に追いやった大衆への恨み、人類の叡智によって絶滅の縁にまで追いつめられた天然痘ウイルスの恨み、それは、山村貞子という特異な人間の体の中で融合され、思いもよらない形で再び世に現れた」〔三二四頁〕。世を呪った貞子は、井戸の上に建ったペンションのテレビに恨みを念写した。かくして生まれたのが、それを見た者は「ダビング」して、一週間以内に誰かに「再生」して見せなければ死亡する呪いのビデオテープだった。「マスメディア」への怨みが、ビデオテープという媒体《メディア》へと向かった『リング』は、「メディア・ホラー」としての性格を宿している。

殺された貞子の恨みを焼きつけた映像はビデオテープとなり、それは「再生」されてダビングを続

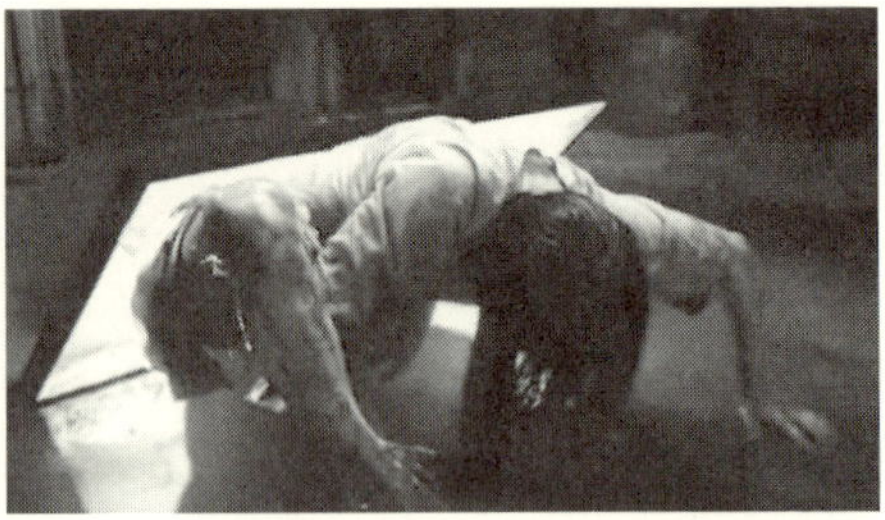

【図46】『ザ・リング／リバース』再生する貞子（上）、よく似た『四谷怪談』の看板絵（左）

け、水紋の「輪《リング》」のごとく、疫病のように広がってゆく。一九八七年、神戸で売春行為をしていたという女性が日本でのエイズの「第一号患者《ペイシェント・ゼロ》」として発見され、相談・検査が殺到して恐怖から自殺者もでるパニックが起きているために、『リング』にエイズ恐怖を指摘するのはたやすい。しかし、呪いのビデオテープのひとつの「起源」は、その手紙を読んだ人間は写し直して、再び投函しなければならない不幸の手紙である。「古い媒体《メディア》」である不幸の「手紙」を、『リング』は「ビデオテープ」という「新しい媒体《メディア》」を使って「再生」させていたのである。さらに、井戸に捨てられた貞子の図像は、水と井戸という古典的怪談のイメージを「反復《コピー》」している。鶴屋南北の戯曲『東海道四谷怪談』（一八二五年）のお岩や『皿屋敷』のお菊が『リング』で「再生」したのである。中田秀夫監督の一九九八年の映画版の再生されたビデオ画面では、白い服と長い髪という古典的な幽霊の姿の貞子が井戸から這いでてくる。貞子の顔は髪で隠されており、貞子には顔がない。テレビの画面の「中」から「外」へと貞子が現われるこのシーンは、原作にはない映画の「脚色《アダプテーション》」だが、ホラー映画史上に「再生」され続ける。このシーンと『四谷怪談』の幽霊の「さかさま」に出現する看板絵が何と似ているこ

【図47】ブリッジ、逆ブリッジ？ ゾンビになる恋人 コミック（右）、映画版（上）

とか【図46】。貞子の動きは多くの映画に影響を与えたが、まるでゾンビを思わせはしないだろうか（ロバート・スコット監督の『ゾンビ・チャンネル』（一九八七年）では、ゾンビ映画の画面からゾンビが飛びだしてきていた）。

たとえば、映画版『アイアムアヒーロー』（二〇一六年）の冒頭では、鈴木英雄がドアの郵便受けからあたかもテレビ画面のように部屋の様子を覗き、ゾンビになりつつある恋人がブリッジして痙攣する様子を目撃する。この恋人の動作は貞子の動きを「反復《コピー》」し、『リング』のクライマックスのように、ドアを突き破って部屋の「中」から「外」へとでてきて、鈴木英雄を襲ってくる。この恋人のブリッジと痙攣は、『エクソシスト』（一九七三年）の悪魔が憑依した少女リーガンがブリッジして階段を下りてくる恐怖のポーズの「反復《コピー》」でもある（ティム・バートン監督は『チャーリーとチョコレート工場』（二〇〇五年）のバイオレットの柔軟になった体を使い、このパロディを展開した）。花沢健吾のコミック『アイアムアヒーロー』ではブリッジの向きが逆だが、この伝統に連なるだろう【図47】。さらにいえば、リーガンのブリッジは、一九世紀末のパリ精神病院で見世物のように撮影されたヒステリー女性患者たちの写真の「反復《コピー》」でもあった【次頁の図48】。また、英勉監督の『貞子3D』（二〇一二年）において、体が不自然に曲がった「さかさま」のような姿勢で「蜘蛛歩き」する貞子もこの系譜に連なるだろう。お岩たちのよう

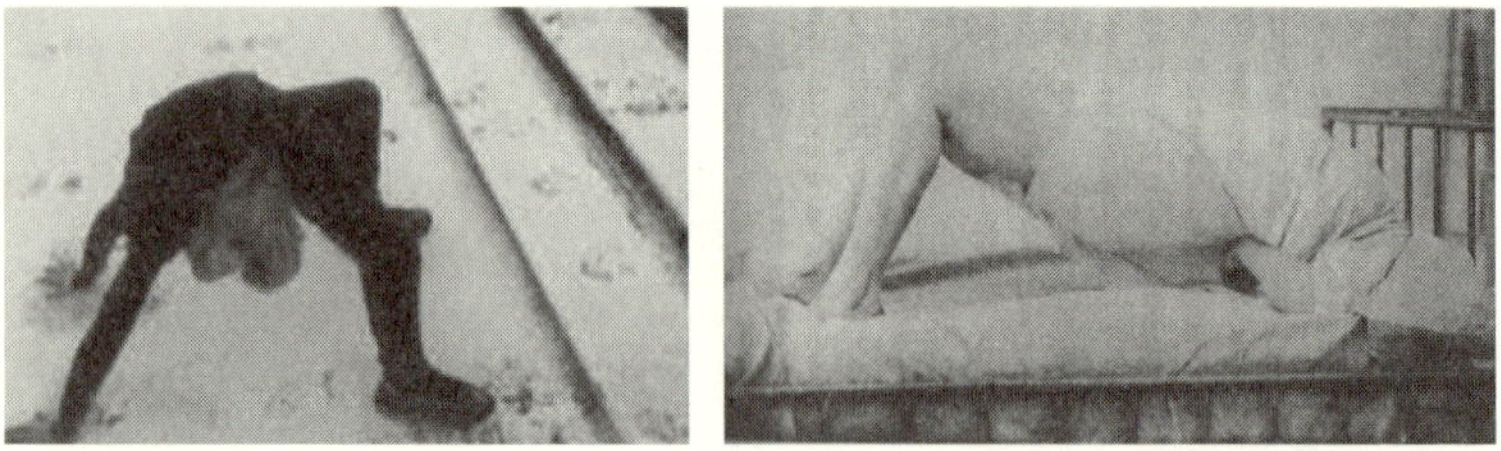

【図48】『チャーリーとチョコレート工場』（左）、ヒステリー女性患者（右）

な蹂躙されてきた女の姿を「リメイク」した貞子は、女たちを踏みにじってきた男たちを震えあがらせ、父権社会を「さかさま」に「転倒」させ「リメイク」する可能性を秘めている。『リメイク映画の創造力』（二〇一七年）において川崎公平が、約三〇回も映画化された『四谷怪談』について、怪談が「そのときどきの語りの流通形態に寄生し、高い拡散力をもつメディアにとり憑く」と指摘し、それは、「既存の物語を幾度も語り直すそのさまはまるで、語られ続けることを求める怪談が撮影所の量産力を利用したかのようにも見えてくる」というように、怪談とは語りの「反復《リサイクル》」にほかならない［二四五頁］。

『リング』は四人の男女に謎の死をひき起こした貞子の呪いの「起源」を探り、その呪いを解く方法を発見するという推理小説的な「起源の探求」がテーマになっている。また、それは疫病時の「感染源《ペイシェント・ゼロ》」探しにも似ている。井戸の「底」に沈んだ貞子の亡骸という「起源」を見つけて供養すれば、呪いが解けると思われたにもかかわらず、死体を発見しても呪いは終わらない。「起源」なき恐怖、無限にコピーされる恐怖が『リング』なのである。中田秀夫監督版『リング』では、呪いのビデオの噂はどこからきたのかという問いに、高山竜司（真田広之）は答えている。「最初にいいだしたやつなんかいない。みんなが不安に思ったことが噂になる」と。長い髪の毛、白装束、井戸、水、片眼など貞子は、幽霊を示す記号によって構成された「記号の束」のような存在だ。オリジナルなき存在がひたすらコピーされ続けてゆく「摸造品《シュミラークル》」が、まさしく貞子である。伝統的な幽霊を示す記号だけで構成された貞子は、終わりなく「複製」されてゆく。

鈴木光司の一九九一年の小説『リング』は、日本でＤＶＤプレイヤーが初めて商品化された一九九六年の二年後になる一九九八年、中田秀夫監督が映画という媒体《メディア》で「再生」し、大ヒットを飛ばしたのである。一九九八年頃にはビデオテープはＤＶＤによって「淘汰」されてゆくが、この映画版『リング』では、科学の進歩で「淘汰」された天然痘のウイルスや貞子の恨みが、ビデオデッキで「再生」された粗悪な画面となって、そこから貞子がでてくるシーンが映像化されたのだ。藤田直哉も指摘するように〔二〇一七年　一二七頁〕、ダビングするたびに画質が劣化するビデオテープが『リング』の恐怖の源だったことを考えると、それはなかなか意味ぶかい（白石晃士監督の『貞子vs加耶子』（二〇一六年）は、女子大生の倉橋有里が、友人の両親の結婚式のビデオをダビングするために「リサイクルショップ」に時代遅れのビデオデッキを探しにゆき、中古のデッキに入っていた呪いのビデオを観てしまうことから物語が始まってゆく）。映画版『リング』はビデオからＤＶＤへ移行する時代の賜物だったのである。まさしく『リング』は、あの世とこの世が「ネット回線」でつながり、幽霊たちによって世界が崩壊するゾンビ映画的な黒沢清監督の『回路』（二〇〇一年）、悪霊が「携帯」の着信を鳴らす三池崇史監督の『着信アリ』（二〇〇四年）のように、新たな媒体《メディア》が誕生したときの恐怖が隠されたメディア・ホラーだったのだ。

そして、二〇〇二年、まるで「ハリウッド映画」といわれた同時多発テロの映像が、アメリカ人の恨みを増幅し、アフガニスタンへの進行を正当化するためにひたすらテレビで「再生」され続けていた頃、ゴア・ヴァービンスキー監督のハリウッド版『ザ・リング』が公開されることになった。イラクの都市「サマラ（Samarra）」の名前をもつ「サマラ（Samara）」が「再生」されたテレビの世界から現実へとでてくるシーンが「リメイク」されたのである。サマラの念写のテープは、抽象的な貞子の念写とは違い、口から伸びてくる内臓、蛆虫や這いまわる人々、針で突かれる指など、アメリカのイスラム「報道《カヴァー》」では「隠蔽《カヴァー》」されて決して映されないスプラッター的な「痛みの世界」を見せつけていた〔ブレーク 二二七頁〕。憎しみの連鎖でテロに終止符が打たれることのない「恐怖《テロ》の世紀」に、サマラの憎しみは終わらない。F・ハビエル・グティエレス監督の『ザ・リング／リバース』（二〇一七年）では、旅客機のテレビ画面をサマラが乗っ取り墜落するが、同時多発テロとその報復のイラク戦争、そして自爆テロという「憎しみの連鎖」が続く時代、貞子は増殖をやめない。『リング』という一冊の小説は、映画としては、アメリカで『ザ・リング』シリーズ、韓国では『リング・ウイルス』（一九九九年）としてリメイクされ、パチンコやパチスロ、コミック、角川書店のアドベンチャーゲームなどに拡散されてゆく。貞子という「顔のない女」は、呪いのビデオテープのように複製を続けるのである。

3　カメラを止めるな！——DVDの発明・疾走するゾンビ・POV映画の誕生

ＶＨＳビデオテープが重要な役割を果たした『リング』だが、映像が劣化しないＤＶＤの登場によってビデオが消えゆく九〇年代後半、ゾンビ映画のブームは少々落ち着く。ところが、同時多発テロの恐怖と映画版『バイオハザード』（二〇〇二年）のヒットが相まってゾンビ映画が復活するという「ゾンビ・ルネサンス」を迎えてゆく。この時期には、映像が劣化しないＤＶＤの普及と共に、「清潔なゾンビ」「腐らないゾンビ」が登場し、とりわけ、『ゾンビファーム』『ゾンビライフ』『ぞんびだいすき』のようなゾンビゲームでは「汚いゾンビ」から「かわいいゾンビ」に変化したことを藤田直哉は指摘する

〔二〇一七年　一三四頁〕。そして、二一世紀のゾンビたちは走りだす。ゾンビ映画史において「走るゾンビ」の登場は、『ＮＯＴＬＤ』の事件のゾンビを保存した容器が発見され、人々がガスに感染しゾンビになってゆくダン・オバノン監督の『バタリアン』（一九八五年）が最初とされている。そして、同時多発テロ後のイラクにおいて、爆弾をかかえて米軍に猛スピードで体当たりをしてくる自爆テロリストが日常の風景になった現在、『ゾンビ』のリメイクの『ドーン・オブ・ザ・デッド』（二〇〇四年）でゾンビが疾走するように、もはやゾンビは走ることが当たり前となった。

二〇世紀のゾンビはＶＨＳのようなアナログの「フィルム的想像力」と結びついていた。ゾンビ映画を撮影中に８ミリカメラ「スーパーエイト」にエイリアンが写っていたことをきっかけに少年たちが事件に巻き込まれてゆくＳＦ映画『ＳＵＰＥＲ８／スーパーエイト』（二〇一一年）、桐島が部活をやめることでゾンビ映画を撮影する高校生五人の日常に変化が起こる学園ドラマもの『桐島、部活やめるってよ』（二〇一二年）などで、８ミリカメラでゾンビ映画を撮影するサブプロットで物語が進行するように、ゾンビはアナログ媒体と相性が良かったのである。この時代のゾンビは「歩くゾンビ」だったが、経年やダビングによって映像が劣化するビデオから、映像が劣化せずコピーも短時間で可能な高速処理のＤＶＤに移行すると、噛まれると一瞬でゾンビに「複製《コピー》」され、高速で「走るゾンビ」が登場した。ジェット機がビルに衝突するシーンを含む『ラン・オブ・ザ・デッド（DEVIL'S PLAYGROUND）』（二〇一〇年）という邦題の映画すら存在する。デジタルによるコピーや処理能力の速さに応じて、「走るゾンビ」が二一世紀の主流になったのである。『貞子３Ｄ』でも呪いがビデオテープによるダビングからネット上にアップされた動画に変化している。デジタル時代にゾンビは疾走を続ける。

しかしながら、ロメロは最後までゾンビを走らせなかった。鬼才漫画家の伊藤潤二は「シーイズアス

【図49】「歩くゾンビ」vs「走るゾンビ」

ローウォーカー」（二〇一六年）において、走るゾンビをテーマにした。ゾンビは歩くべきか、走るべきかと恋人と議論し、走るゾンビのほうがより怖いと主張する男は、眼に見えないほどスローな動きのゾンビとなった恋人に襲われるのである【図49】。また、大樹蓮司の『オブザデッド・マニアックス』は、各章に『これはゾンビですか』『アイアムアヒーロー』『屍者の帝国』『バイオハザード』などのタイトルとシーンを拝借しつつ、ゾンビが出現した孤島で高校生たちがサバイバルを続けるライトノベルで、ゾンビと媒体についてクラス委員の城ヶ根莉桜は説明する。「八〇年代に巻き起こったスプラッタ映画ブーム、ゾンビ映画ブーム。それを支えたのは、ビデオデッキの普及だった。血と臓物まみれのお世辞にも道徳的には正しいとは言えない作品たちは、アダルトビデオと同じで、ひっそりと個人で楽しめる環境が生まれた時、かえって猛烈に求められたのだ」〔二〇一頁〕。また、ゾンビの動きが遅いという莉桜に対して、ゾンビオタクの主人公安藤丈二は「莉桜さんは、走るゾンビを肯定するのか？」と非難するが〔二〇〇頁〕、莉桜は次の引用のように、高度情報社会に追いつくべくゾンビは走りだしたと反論する。

ヴードゥーゾンビを第一世代型、ロメロの映画のゾンビを第二世代型と仮に呼ぶのなら、新世紀のゾンビたちは、第三世代型。その特徴は、なんといっても機敏な動き……進歩とはまさに速度を追い求めることにほかならない。モダンゾンビが生まれた六〇年代と比べ、現代は何もかもが加速してしまった……国民のほぼ全員が携帯電話を持って連絡を取り合い、全家庭に行き渡ったコンピューターが光の速さで情報をやりとりする時代に、のろのろ歩くゾンビがどうやって追いつけるの……速度に、現代の情報社会に追いつくために、彼らは走ることを選択した〔二〇一二〇三頁〕。

これまでデジタル時代のゾンビの進化をみたが、ロメロ唯一のＰＯＶ映画『ダイアリー・オブ・ザ・デッド』を論じる前に、ＰＯＶ映画がいかに誕生し、進歩していったのかを考えてみたい。

何といってもゾンビ映画としてＰＯＶ映画として二〇一八年にロングランを続け、最大の話題をさらったのは上田慎一郎監督の『カメラを止めるな！』である。八日間という撮影日数、三百万円という超低予算で破格の収益をあげたのである。映画の錬金術を証明したアイディア作品だ。『カメラを止めるな！』は、廃墟でゾンビ映画を撮影している映画スタッフたちが「本当」にゾンビに襲われ始めるというよくあるＰＯＶ映画を予測させて始まる。ところが、ゾンビの襲撃を描くこの三七分の第一部は、じつはゾンビ専門チャンネルの開局記念に計画された番組の『ワンカット・オブ・ザ・デッド』であり、この番組製作にいたる関係者たちの人間模様を後半で暴露し、観客を仰天させたのである。いわばＰＯＶ映画の脱構築である。『ワンカット・オブ・ザ・デッド』がいかに企画されたかを見せる第二部、そして、この番組がどう撮影されたかと伏線回収する第三部からなる後半は、第一部の舞台裏を見せたメタフィクション的パートである。「三七分連続ワンカットで撮影のゾンビ映画」という情報しか宣伝で流さなかった『カメラを止めるな！』に、観客は心地よく騙された。監督など映画関係者たちが積極的にリツイートやリプライする戦略も功を奏して、『カメトメ』という言葉も生まれ、SNSの口コミによって「カメトメ仲間」を増やそうとする「拡散《かんせん》」が爆発的に加速したのである。

第一部において監督がヒロインに「恐怖に染まった本物の顔を見せろ」と罵倒するシーンがあるが、第二部は『ワンカット・オブ・ザ・デッド』がいかに企画されたかを示し、「本当」にゾンビに襲われた撮影隊が「虚構」だったことを暴露する。そして、第三部は『ワンカット・オブ・ザ・デッド』の撮影現場の舞台裏を見せ、『ワンカット・オブ・ザ・デッド』の「恐怖に染まった本物の顔を見せろ」を怒鳴るはずの監督役の俳優が来れずに、代役として監督自身（濱津隆之）が実際に監督役をすることになるなど、「偽り」だと思えた大根役者のセリフがじつは実物の監督の「本物」の感情だったという「虚実」が入り乱れる巧妙なつくりで、POV映画を見事にひねったのである。『カメラを止めるな！』の典拠《ソース》としては、ラジオ番組製作の舞台裏を見せた三谷幸喜のデビュー・コメディ映画『ラヂオの時間』（一九九七年）がよくあげられるが、むしろ、沖田修一監督の人間ドラマ『キツツキと雨』（二〇一二年）も遠くない。山村でゾンビ映画を撮影することになる無気力な映画監督の田辺幸一（小栗旬）と息子との関係に悩む山間労働者の岸克彦（役所広司）が撮影を通して触れ合い、二人の心情に変貌が訪れる。この『キツツキと雨』でも、田辺監督がゾンビ映画を撮影するという設定が選ばれているが、ゾンビは人間が「人生を見つめ直す」ための鏡になっているのかもしれない。

それでは、POV映画はいつ映画史に登場したのか。現在流行している主観撮影「Point of View」を略したPOV映画とは、登場人物が手持ちカメラで映画の惨劇が起こる様子を撮影したとするフェイク・ドキュメンタリーである。虚構の映像を「真実の映像」だと宣伝する映画は昔から存在する。たとえば、グァルティエロ・ヤコペッティ監督の『世界残酷物語』（一九六二年）を代表とするイタリアの

「モンド映画」は、ヤラセ映像を本物として宣伝したし、アマゾン川上流で撮影隊が食人族に食べられ、発見された映像を公開したとするルッジェロ・デオダート監督の『食人族』（一九八〇年）も大ヒットした。だが、ＰＯＶ映画はダニエル・マイリックとエドゥアルド・サンチェス監督の『ブレア・ウィッチ・プロジェクト』（一九九九年）を祖とする。森で魔女のドキュメンタリーを撮影中に、消息を絶った三人が残した「真実のビデオテープ」が発見されたと、インターネットで宣伝されて爆発的ヒットを記録する。この映画は「発見《ファウンド》」された撮影者不明の秘蔵「映像《フッテージ》」を公開するという「ファウンド・フッテージ」と呼ばれる手法と共に、ＰＯＶ映画を誕生させた。また、二〇〇七年には家で起こる心霊現象をハンディカメラでとらえた『パラノーマル・アクティビティ』、二〇〇八年には怪物がニューヨークを破壊する様子が市民の手持ちカメラで撮影され、ＣＩＡが極秘映像として保存していたとする『クローバーフィールド／ＨＡＫＡＩＳＨＡ』が公開され、ＰＯＶ映画が市民権を得だしたのである。

　また、ＰＯＶ映画ブームのさなか、実験的な作品も量産されてゆく。全編が監視カメラ映像であり、都市のカメラに映しだされた真実の人間ドラマをとらえたとする設定のアダム・リフキン監督の『LOOK』（二〇〇七年）、バス事故の真相を追求すべく被害者らが録画した映像を捜査班が解析するが、その映像自体が犯人が捏造していた映像だったという結末で、真実を記録するはずの映像の信憑性を解体するオラトゥンデ・オスンサンミ監督の『エビデンス―全滅―』（二〇一三年）、全編が殺人犯の持ち歩くカメラや盗撮映像から構成されたアダム・メイソン監督の『ハングマン』（二〇一五年）など、奇想天外な作品も少なくない[4]。しかし、すでに二〇〇五年、ヴェルナー・ヘルツォーク監督はドキュメンタリー『グリズリーマン』を製作していた。二〇〇三年「グリズリーマン」と呼ばれた熊愛好家でドキュメンタリー映画作家のティモシー・トレッドウェルがアラスカ国立公園で恋人と共にグリズリーに食べられてしまい、作動していたカメラによって断末魔の声だけが録音され残された。もし彼の死の音声を『グリズリーマン』に組み込めば、リアルPOV映画が完成するはずであった。だが、惨劇の音声を聞いたヘルツォークは、「もう消したほうがよい」と、POV映画的な欲望を封印するのだ。[5]

　POV映画は、監視カメラや携帯カメラによって、テロや災害が簡単に撮影できる時代の産物だろう。携帯や手持ちカメラなどの民間人が撮影した映像によって、同時多発テロの惨劇が世界じゅうに中継された。人間は危機の渦中でも「カメラを止めるな！」とばかりに、撮影し続けることが証明されたのである。九月一一日に見習い消防士たちのことを撮影していたノーデ兄弟は、偶然にも同時多発テロに遭遇し、ビルの倒壊内部を消防士と一緒に撮影することになったが、この映像は『9・11――N・Y同時多発テロの衝撃の真実』（二〇〇二年）としてCBSで放送され、ある意味「リアルPOV映画」と呼ぶにふさわしい。これに対して、「何があっても撮り続ける」をキャッチ・コピーとするジャウマ・バラゲロとパコ・プラサ監督の『REC／レック』（二〇〇七年）は、消防士を密着取材するレポーターたちが、ゾンビのうごめくビルの惨劇を逃げ惑いながらカメラで「記録《レック》」してゆくスペインのPOV映画であり、それは奇しくもノーデ兄弟の『9・11――N・Y同時多発テロの衝撃の真実』の「陰画《ネガ》」のようなゾンビ版となった。手持ちの撮影機器の進歩で映像が手軽にネットで流される時代が到来している。しかしながら、『ダイアリー・オブ・ザ・デッド』においてロメロは、真実を「映《うつ》す」はずの映像に、撮影者の主観が「映《うつ》り」、それが観客にも「伝染《うつ》る」という映像の暴力を追究するのである。

　ロメロが『NOTLD』でデビューした一九六八年の前後は、抗議としての僧侶の焼身自殺、ナパーム弾で焼かれる少女、南ベトナム警察署長に射殺されるベトコンなど、ベトナム戦争の残酷な「真実」がカメラマンによって暴露され、メディアが脚光を浴びていた時期だった。だが、ロメロの『NOTL

Ｄ』では、金星探索の人工衛星の放射能によってゾンビが蘇ったとする情報など、ニュースの情報は信憑性があるものではなかった。また、ロメロは『ＮＯＴＬＤ』のリメイクで脚本を書いた『死霊創世記』において、ラジオやテレビのニュースから情報を手に入れようとするあまり、テレビがベンとハリーの取り合いで壊れてしまうシーンをつけ加えた。ＰＯＶ映画方式を使って報道と媒体《メディア》のあり方を問う『ダイアリー・オブ・ザ・デッド』へと続く下地は、映画中にニュースシーンを多数挿入した『ＮＯＴＬＤ』で早くもできていたのだ。大衆を扇動するセンセーショナルな発言や、人々に直接的にアクセスするツイッターを活用するトランプが大統領になり、「虚偽」であっても国民に訴える「感情」が重要視されるポスト・トゥルースという言葉が生まれ、メディア・リテラシーが問われる現代、『ダイアリー・オブ・ザ・デッド』は生まれるべくして生まれたのであった。

4　『ダイアリー・オブ・ザ・デッド』と記録への欲望
──『ハロウィン』『死霊のはらわたⅡ』『デッド・バイ・デイライト』

二〇〇八年にゾンビ映画の大御所であったロメロが、低予算で無名俳優を使った『ダイアリー・オブ・ザ・デッド』は、原点回帰ともいえる作品である。映画学科の学生たちがジェイソンを監督にして、ミイラ映画を撮影している。アンドリュー講師の指示のもと、「テキサスの黄色いバラ」を携帯の着メロにしている勝気な女トレイシーが、ミイラの衣装を着た富豪の御曹司のリドリーに襲われるシーンを撮影中だ。「死者はそんなに早く歩かない」とリドリーがジェイソンに注意されたり、アンドリュー講師がこのミイラ映画は「社会的風刺に溢れている」と称賛したり、まるでロメロの映画について語られているようでもある。アンドレ・バザンの古典的映画論『映画とは何か』に収録の「写真映像の存在論」によれば、映画とはフィルムに俳優たちの生を永遠に「保存」し、動かすことで「再生」させる「ミイラ幻想」を実現したものだが、このシーンでは映画のメタフィクション的皮肉が展開されている。(6) 死ねないゾンビが「死の終わり（The Death of Death）」を迎えているように、撮影された人間にも「死の終わり」が訪れる。俳優たちを銀幕のなかで永遠に動かせ続ける「生きた屍」にする映画は、もともとゾンビと相性が良かったのかもしれない〔レイスト〕。

映画を撮影中の映像学科の学生たちは、ラジオで死者が甦っているニュースを耳にする。彼らは解散し、ジェイソンは恋人のデブラの寮に向かう。冒頭では、ニュースキャスターの前で死体の女が動きだして、カメラに向かって迫ってくるシーンが展開していたが、次にデブラの部屋のパソコン画面にこのシーンが再度流れる。ゾンビになった女がカメラマンの方に迫ってくるシーンは、清水崇監督版『リング』のテレビ画面という「虚構」から貞子が「現実」に這いだしてきたシーンのようだ。映画撮影を中断したジェイソンは、代わりに災害の様子をカメラで撮影し、「真実を伝える」のだと、ネットにアップしてゆく。デブラは彼の「記録への欲望」を非難する。この大学生たちが逃げながら惨劇を撮影し、映画が展開する。『ダイアリー・オブ・ザ・デッド』は手持ちカメラで撮影されたPOV映像だけではなく、監視カメラ、テレビ、ネットなど雑多な映像で構成されている。デジタル記録にもかかわらず、一九世紀のゴシック小説のような「ダイアリー」という題名がついているのは興味深い。秘密で保存された書簡や日記に記された極秘の物語という体裁によって、真実味を醸しだそうとするのがゴシック小説だが、雑多な映像の媒体《メディア》で記録された『ダイアリー・オブ・ザ・デッド』は、ジョナサン・ハーカーの「日記」で始まるストーカーの小説『ドラキュラ』を思いださせてならないのだ。

『ドラキュラ』は一人称小説だが、記録の信憑性を保証するかのように、当時最新機器の蓄音機、タイプライター文字、速記文字でも記録されている。だが、このテクストはジョナサン・ハーカーや婚約者ミーナ、ヴァン・ヘルシング教授など、ドラキュラを退治する側だけで語られている。さまざまな「媒体《メディア》」によるこの「語り」は、集団ヒステリーによる偽りの「騙り」であり、その信憑性を疑うように仕掛けられているのだ〔西山 二〇一六年 一八一―一九三頁〕。また、ドラキュラを倒す側の中心のヴァン・ヘルシング教授が「馬車のなかで我々だけになると、ヘルシングはヒステリーの発作に陥った……女がやるように、笑ったかと思うと、泣きじゃくりだした」など、男たちはヒステリーに陥っている〔一五七頁〕。ヘルシング教授は息子を亡くしており、ジョナサンは脳炎と診察されるほど三人の吸血鬼に凌辱された記憶に悩まされ、セワード博士はルーシーに振られた後、食事もとらず睡眠薬に頼っている。『ドラキュラ』は男たちがドラキュラ退治の物語を「騙り直す」ことで、トラウマを克服しようとする治療の物語とも読めてくる〔小野 二〇一六年(2) 一二三―一二七頁〕。また、エピローグのハーカーの「ノート」では、生の「声」を伝えるはずの蓄音機や速記による記録は破壊され、タイプされた「文字」の情報しか残っておらず、「この狂気の話を信じてくれとはとても頼めない」と書かれている〔三二六―三二七頁〕。それゆえ、フレッド・セイバーヘーゲンの『ドラキュラのテープ』（一九七五年）、デイカー・ストーカーとイアン・ホルトの『新ドラキュラ』（二〇〇九年）など、ドラキュラによるこの事件の真相を「語り直す」小説も少なくない。

『ダイアリー・オブ・ザ・デッド』は人間の視点で撮影されたＰＯＶであり、これまでの『死霊のえじき』のバブや『ランド・オブ・ザ・デッド』のビッグダディの場合のように、ゾンビに感情移入することはない。しかしながら、この映画でロメロが追及するのは、ストーカーの『ドラキュラ』と同じく、

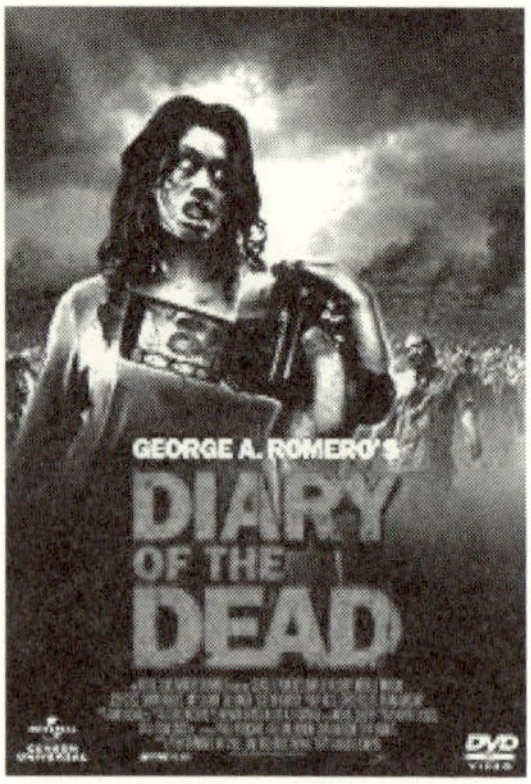

【図50】FPS的ポスター
Shoot the Dead

記録の信憑性や報道の暴力性だ。最近、災害現場の人間が撮影した映像がテレビでよく使われるが、人はなぜ非常時でも「カメラを止めるな！」とばかりに、撮影をやめないのか。高校生たちがゾンビに変身したり人間に戻ったりを繰り返す佐伊村司のコミック『異骸《いがい》 THE PLAY DEAD／ALIVE』（二〇一四年より連載）では、『サンゲリア』のルチオ・フルチ監督をもじった古池《フルチ》という学生は、「カメラ撮ってる場合じゃねえ、捨てろ」と怒鳴られても、「ダメだ、大事なんだ」と、カメラを手放そうとはしなかった。POV映画『REC／レック』のキャッチ・コピーは「何が起こっても撮り続ける」である。『千一夜物語』（一七〇四年）の残忍な王に話の続きを聞かせることで命を繋いでゆくシェヘラザードのように、ゾンビ映画において人々は撮影を続けることにこだわるのだ。しかしながら、カメラを向けることで惨事はどう変容するのか。

映像をアップするとすぐ七万件のアクセスがあり、真実を伝える義務をしきりに強調するジェイソンに、デブラは反論する。そして、映像を撮影する恐ろしさをこう告げる。「カメラのレンズを通すと現実は他人事になる。どんな悲惨な光景を見ても何も感じない。こんな感覚に陥るのは、『観《み》る』側だけだと思っていた。でもそうじゃない。私たち『撮《と》る』側も同じだった」。映画では「交通事故を見れば立ち止まってしまう人間」のことが指摘されるが、カメラを通すことで、人間は他者の苦痛へまなざしを向ける、痛みに鈍感なゾンビになるのではなかろうか。「ゾンビは我々だ」とロメロはここでも主張している。キャッチ・コピーの「シュート・ザ・デッド」は、ゾンビを「撮影する／射殺する」の二つの意味をかけている。映画のポスターでは「ファースト・パーソン・シューティング（ＦＰＳ）ゲーム」の『バイオハザード』の銃のような構図でカメラがゾンビに向けられている【図50】。ミイラ衣装のリドリーに噛まれたジェイソンは、「シュート・ミー」といってカメラを差しだす。「俺の最後を撮《と》ってくれ」という意味だが、デブラは「（ゾンビになる前に）俺を撃《う》ってくれ」と曲解し、彼を射殺するのである。ところが、ジェイソンに批判的だったデブラは、彼の死後、その意思を引き継ぎ、音楽やナレーションをつけて編集した映像を『死の終焉（*The Death of Death*）』としてアップする。それがこの『ダイアリー・オブ・ザ・デッド』である。『グリズリーマン』においてトレッドウェルが熊に食べられたテープを封印したヴェルナー・ヘルツォーク監督とは反対だ。ジェイソンの「記録への欲求」に感染したデブラを「デジタル・ゾンビ」と呼びたくなる。

デジタル派の学生たちに対して、学生の家に所蔵される古書の本棚の『二都物語』の初版に感動するアンドリュー講師はアナログ派の人間だろう。登場人物たちが本棚の裏に隠された「避難部屋《パニックルーム》」に逃げ込み、本棚の扉が閉じられる。「避難部屋《パニックルーム》」では監視カメラのモニターが壁一面に映しだされている。これはデジタル映像の世界に監禁された我々の姿ではないのか。この直前のシーンで鏡の前で髭を剃るアンドリュー講師は、自分の姿を赤裸々に映す朝の光の鏡を恐ろしいと述べていたが、真実を映しだすカメラの神話を、主観のまま切り取られるＰＯＶ映像を使って、ロメロは揺るがそうとするのだ。六八歳のロメロが歩くアナログ・ゾンビを使って撮った『ダイアリー・オブ・ザ・デッド』は、猛烈な速さで情報が錯綜する時代への警告でもあった。木から吊るされたゾンビを人間たちが遊び半分に射殺し、顔の上部だけが残った少女のゾンビが「眼」を開いて映画は終わる。リンチで木から吊るされた黒人奴隷を歌ったビリー・ホリデイのジャズの名曲「ストレンジ・フルーツ」（一九三九年）を連想させるが、

【図51】ゾンビになった主人公デビッドのPOV

視覚情報のみに頼っている我々の姿でもある。そして、「こんな人間を救う価値があるだろうか」とデブラのナレーションが入る。ゾンビを娯楽に殺し続ける人間は『NOTLD』から繰り返し描かれてきた[7]。時代に「適応」し「進化」した「走るゾンビ」が主流になった時代、やや時代遅れだったロメロの人間に対する絶望は、さらに深くなっていたのかもしれない。

現在、POV映画はさまざまな可能性を見せ、ひとつのジャンルとなった。YouTube的な動画がリアリティを構築するのである。そして、POVのゾンビ映画は少なくない。ゾンビが蔓延する都市に潜入した救助チームの悲劇をヘルメットに装着されたカメラでとらえたジョン・スーツ監督の『PANDEMIC パンデミック』(二〇一六年)は、シューティング・ゲームのFPSの視点を多分に導入したりしているが、この映画には主観カメラ以外の視点が数多く入ってしまっている。全編一つの視点で貫かれるPOV映画はほとんど存在しない。ザッカリー・ラメラン監督の『ハザード・オブ Z』(二〇一六年)もまた、ゾンビがはびこる世界で生き残った主人公デビッドの視点で撮影されたPOV映画だが、全編POVではなく回想シーンも含まれている。ときにFPS映像を提供するこの映画では、主人公がカメラで撮影しているという設定はされず、ただデビッドの一人称映像で撮られている。結末にゾンビになり人間を襲うデビッドの視点が展開するが、日本版DVDパッケージの女に伸びたゾンビの手はこの結末《おち》をさりげなく暴露していた【図51】。これらの映画に影響を与えたのが、サイボーク兵士を生産する組織にサイボーグにされた男が挑んでゆくイリヤ・ナイシュラー監督の『ハードコア』（二〇一五年）であり、サイボーグの義眼による録画という設定で完全一人称のＰＯＶ映像を可能にし、ＦＰＳ映像のもとで銃を乱射するゲーム的快感を展開してみせた。

ロメロは人間の視点でカメラを廻したが、最近ではゾンビの視点から撮影されるＰＯＶ映画も珍しくない。たとえば、サイモン・バレットほか監督の『Ｖ／Ｈ／Ｓ ネクストレベル』（二〇一三年）は、失踪した青年を探す探偵たちが惨劇が撮影されたビデオテープを再生することで、一話ごとの物語が展開してゆく「ファウンド・フッテージ」のオムニバス映画である。第一話「フェイズ1臨床実験」で録画機能の付いた義眼を入れたことで幽霊が見えるようになった男の視点で惨劇が描かれた後、第二話「公園のライド」では、ヘルメットにカメラをつけたままゾンビになり、人間を襲ってゆく青年マイクの視点がカメラに記録される(8)。また、主人公エディの目にカメラの視点を合わせたベン・サミュエルズ監督の『アイ・オブ・ザ・デッド』（二〇一五年）は、ゾンビに襲われた登場人物たちが郊外の平和なはずの自宅に閉じこもるという点で『ＮＯＴＬＤ』を踏襲するＰＯＶゾンビ映画だが、最後の十分間はゾンビとなったエディの視点でカメラが廻される。そして、結末にエディは『ＮＯＴＬＤ』のベンのようにゾンビとして制圧部隊に射殺されてしまうのである。被害者の視点が加害者の視点に変わるこれらの映画では、ゾンビの視線が導入され人間がゾンビと同一化することで、人間中心だった視点がずらされているのではないのか。

このようにゾンビという加害者の視点は現在では珍しいものではなくなったが、映画の一部に殺人鬼の視点でカメラが回された最初期の映画は、ジョン・カーペンター監督の『ハロウィン』（一九七八年）だろう。この映画は冒頭から殺人鬼ブギーマンが仮面の隙間から自分が振りかざす包丁を眺める主

【図52】『死霊のはらわたⅡ』アッシュを襲う死霊からのPOV

【図53】『DOOM』主人公からのPOV

観映像で始まっていたが、後の場面で白いシーツを被って女性を殺す姿はアメリカにとり憑くまさに「幽霊《ブギーマン》」である（『大アマゾンの半魚人』（一九五四年）に倣い『ジョーズ』（一九七五年）では、サメが海中を眺める視点で映画が幕をあげていた）[9]。そして、『ハロウィン』の殺人鬼の主観映像は、『死霊のはらわたⅡ』（一九八七年）において、素早く動く死霊の視点にカメラを据えた主観映像に昇華する。また、電動チェーンソーを使ってアッシュを襲う死霊の主観映像から描かれるシーンも存在する【図52】。さらに、『死霊のはらわたⅡ』はシューティング・ゲーム『ＤＯＯＭ』（一九九三年）に影響を与える。『ＤＯＯＭ』では火星で地獄の門が開いたためにゾンビ化した人間などと主人公が戦う物語が展開するが、『死霊のはらわたⅡ』でアッシュが死霊たちと戦うために腕に取りつけた電動チェーンソーとダブルバレル・ショットガンがこのゲームに登場し、主人公の視点からＦＰＳが展開してゆく【図53】。こうした映画とゲームの相互交渉はじつに刺激的だ。

『ハロウィン』の殺人鬼の主観映像は『死霊のはらわたⅡ』の死霊の主観視点に進化した。そして、その死霊と戦うアッシュの姿は、ゾンビと戦うゲーム『ＤＯＯＭ』へと影響を及ぼした。やがて、ゲームや映画のＦＰＳ的主観映像のせめぎあいは、極めつけの独創的ゲームを発明することになった。カナダのゲーム会社から二〇一六年に発

【図54】『デッド・バイ・デイライト』殺人鬼の側からのPOV

売され、日本でもプレイステーション4でリリースされ話題となった『デッド・バイ・デイライト』である。殺人鬼とサバイバーで行なわれる追跡ゲームだが、プレイヤーは殺人鬼側か生存者側かを自分で選択して、ゲームをプレイすることができる。つまり被害者と加害者の両方の主観映像の選択権があるのだ。『悪魔のいけにえ』のチェーンソーを持ったレザーフェイス、『エルム街の悪夢』の鉄爪のフレディ、『ハロウィン』の包丁を握ったブギーマン、『ソウ』の仕込み刀を仕込んだジクソウなど、殺人鬼たちは一人称の視点で生存者たちを追いつめ、生存者側は彼らから逃げ延びようとする【図54】。一視点しかないはずの主観映像ＰＯＶは、面白いことに、加害者と被害者が視点を変えて、入れ替わることのできるゲームをもたらしたのだった。かつての一方的な視点ではなく、視点が相対化される時代が到来しているのである。

【註】

（1）だが、デフォーは「私はこれらの話を、その真実を保証できるような自分の実際の体験として語っていないことをつけ加えておく」と牽制している〔一五六頁〕。

（2）ラジオ局がゾンビに囲まれるブルース・マクドナルド監督の『ON AIR オンエア脳・内・感・染』（二〇〇八年）では、放送のある周波を聞くと人間がゾンビに変貌する。

（3）日本で『サンゲリア』を配給した東宝東和は、『ゾンビ』を配給したライバル会社である日本ヘラルド映画の後追いを嫌い、意図的に『ゾンビ』との関連を消そうとした。『サンゲリア』という邦題はスペイン語で「出血」を意味するカクテル「サングリア」からで、配給した『サスペリア』のヒットに倣い、宣伝用ポスターは、高層ビル街に『サスペリア』の女優ステファニア・カッシーニの顔が重なった無関係なものであった［伊東 二〇一七年 四六–四七頁］。宣伝部の松本勉は邦題には「ン」と濁点を入れることを主張していたそうである［岡本(1) 二〇一七年 一六七頁］。また、ショック死した場合に一千万の保険とハワイのオアフ島の墓地を進呈するという宣伝もなされていた。はっとりみつるのコミック『さんかれあ』（二〇一二年から連載）では、この題名をもじり、美少女ゾンビ「散華礼弥《さんかれあ》」が登場している。

（4）レイモンド・チャンドラーのハードボイルド小説を映画化したロバート・モンゴメリー監督の『湖中の女』（一九四七年）は、全編を通して探偵フィリップ・マーロウの一人称の視点で構成されており、冒頭の部分にだけマーロウがカメラの前に姿を現し、観客に「探偵の目線《プライベートアイ》」になって犯人を捜すように呼びかけるゲーム的映画であった。

（5）この映画については、日本アメリカ文学会東京支部の二〇一八年一二月八日のシンポジウム「環境をアダプトする――エコクリティシズムと視覚芸術」において、波戸岡景太の「環境ドキュメンタリー史のなかで〈グリズリー・マン〉を考える」に刺激を受けた。

（6）ロメロは一九九二年にユニバーサル映画の『ミイラ再生』（一九三二年）のリメイクの監督依頼を受けていたが降板したため、その映画がスティーヴン・ソマーズ監督の『ハムナプトラ／失われた沙漠の都』（一九九九年）として完成したことを考えると、『ダイアリー・オブ・ザ・デッド』のこのミイラの撮影シーンは、頓挫企画に対するロメロの自己言及的パロディともとれる。

（7）『NOTLD』のリメイク作品群を分析するケヴィン・ウェットモアは「『NOTLD』後の全てのロメロのゾンビ映画はある意味でこの作品のリメイクである」とまで断言している［一九頁］。

（8）『V／H／S ネクストレベル』のこの二話では主人公の眼は潰されるが、ハーストンの『ヴードゥー教の神々』のゾンビにされたメントールの空虚な眼、ルチオ・フルチの『サンゲリア』『ビヨンド』における破壊された眼球のように、眼はゾンビ映画において重要なモチーフである［福田］。

（9）事件の四十年後を描く『ハロウィン』（二〇一八年）では、三代にわたる祖母、娘、孫たちがブギーマンと対決するが、男根的武器の肉切包丁を女たちが握るのである。

最終章　トランプ大統領とフリークスの復権
——二〇一七年の三本の大ヒット映画をめぐって

1 『IT／イット——〝それ〟が見えたら、終わり。』（1）——感染する恐怖

　トランプが大統領に君臨した二〇一七年、モンスター映画史に二つの歴史が刻まれた。鬼才ギレルモ・デル・トロ監督の愛弟子アンディ・ムスキエティ監督の『IT／イット——〝それ〟が見えたら、終わり。』が、ホラー映画史上、興行収入歴代第一位を記録したのである。また、ギレルモ・デル・トロ監督の『シェイプ・オブ・ウォーター』が、モンスター映画としては初のアカデミー作品賞を受賞し、高い評価を得ている。トランプ大統領の時代の二つのモンスター映画は「光と影」のような映画である。本章では、『IT／イット——〝それ〟が見えたら、終わり。』において、子供たちの恐怖に姿を変えるITに、さまざまな障害のある「弱虫連合《ルーザークラブ》」の子供たちが挑む姿を見出した後に、『シェイプ・オブ・ウォーター』が、フリークスのような存在として描かれるマイノリティたちがトランプをモデルにした警備主任から半魚人を救いだし、怪物を愛したヒロインが一緒に生きてゆく映画であることを考察する。さらに、フリークスが踊る同年の大ヒットミュージカル映画『グレイテスト・ショーマン』をつけ加え、フリークスを「ありのままで」許容する時代の到来したことを考えると同時に、またその虚構性もあばきつつ、モンスターの「行進」のゆくえを眺めてみたい。

【図55】ペニーワイズ（2017年版）

＊

スティーヴン・キング原作の『ＩＴ』を映画化した『ＩＴ／イット――〝それ〟が見えたら、終わり。』は、一九九〇年のトミー・リー・ウォーレス監督版に続く、二回目のリメイクである。二〇一七年にまさしく「あれが帰ってきた」のだ。ホラー映画史において興行収入歴代第一位を達成した『ＩＴ／イット――〝それ〟が見えたら、終わり。』が、「リメイク映画」であり、また小説の映画版という「アダプテーション」だったというのは「リ・イマジネーションの時代」を象徴しているような気がする。キングの最高傑作と誉れ高く、ホラー小説の『白鯨』と称され、千頁を超える『ＩＴ』だが、筋だけをたどれば意外と単純だ。メイン州デリーでは二七年ごとに子供たちの失踪事件が起こっている。それはＩＴと呼ばれる怪物によるものだった。一九五八年、相手が抱いている恐怖の対象に姿を変えるＩＴに子供たちは立ち向かい、これを退けた後しばらく故郷を離れていた。だが、彼らが成長し家庭をもつ大人になった一九八五年、「あれが帰ってきた」ことを知りデリーに戻る。そして、この七人の大人たちは、下水道という「地下」にひそむＩＴと対決することになる。二七年ごとに出没するＩＴは相手の恐怖に姿を変えるが、ＩＴとの戦いは、たえず、国家を脅かす敵を捏造しては、制圧を繰り返すアメリカの「恐怖《テロ》との戦い」を表していたのではないだろうか。

下水道に身を隠すＩＴは、相手の恐怖に応じて、狼男、ミイラ、梅毒患者、半魚人、ラドンにまで変身する。また、しばしばＩＴはペニーワイズという名前のピエロの姿で出現する【図55】。キングの小説に似た手口で連続殺人事件が起こるパロディ・ホラー映画『スティーヴン・キングは殺せない!?』

（二〇一二年）でも、ピエロがポスターに使われたように、ペニーワイズはキングのホラー文学の象徴になった。しかし、ピエロの表情は何を意味しているのか。人を笑わせる満足の微笑みか。自分を犠牲にして人を笑わす悲しみか（目のふちのメイクが涙のようにも見える）。それとも、己を笑う大衆への怒りか。断定はできない。白いメイクの下に何がひそむかわからないゆえに、ピエロは不気味な存在なのである。ジョニー・デップもそう診断された「道化恐怖症《コルロフォビア》」という用語すら存在する。ゾンビ映画としては北米トップ級の興行収入を誇る『ゾンビランド』（二〇〇九年）では、「ゾンビの世界で生き残るための32のルール」に従って生き残ってきた青年コロンバスは「道化恐怖症《コルロフォビア》」である。しかし、コロンバスは遊園地にとり残された女の子を救うために、ゾンビになったピエロと対決に向かわなくてはならない。『ゾンビランド』はまるで『ＩＴ』のパロディのようなゾンビ映画だ。

宮廷における「道化」は、王を茶化して暴言を吐き、その姿を滑稽に真似ることで王の権威をひっくり返す「トリックスター」だが、ペニーワイズは「悪意」ある微笑みで、マクドナルドのキャラクターのピエロの「善意」の微笑みを転覆させる。ペニーワイズのモデルになったのは、ピエロの服装で子供たちを誘惑し、三三人を殺害した同性愛者の連続殺人鬼ジョン・ウェイン・ゲイシーである。名優ジョン・ウェインの名を授けられたゲイシーは、男たちの死体を床下に隠していた。少年を強姦し殺害する犯罪を繰り返して一九七八年に逮捕、一九九四年には死刑になった。クライヴ・サンダース監督の『ジョン・ゲイシー』（二〇〇三年）は、隠した死体によって大量の蛆虫が湧いた床下を映像化したが、普通の家の「地下」には究極の恐怖が隠されていたのである。ゲイシーはゲイゆえにその恐怖が倍増した殺人犯であり、キングの『ＩＴ』でもゲイ恐怖はしっかり描かれる。母親から喘息だと信じ込まされているエディは細菌恐怖症で、公園に出没するゲイの噂に怯えている。そんなエディの前にＩＴは梅毒患

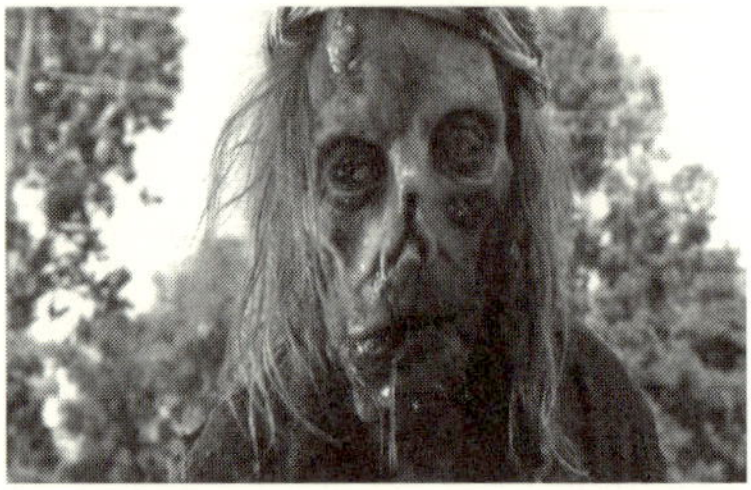
【図56】鼻のないステレオタイプ的な梅毒患者

者の姿で現われる。ペニスを二五セントで舐めようかと誘い、床下から這いだしてくるのだ。
キングの原作では、少年時代は一九五八年に設定され、子供たちが大人になった一九八四年にゲイがリンチで溺死して恐怖が再開する。『IT／イット――〝それ〟が見えたら、終わり。』では、少年時代はゲイによるエイズ感染の恐怖が吹き荒れた一九八八年に変更されている。原作の錆びた釘から入る破傷風菌の話が改変され、ニューヨークの電車の吊革についた血によって指の節くれからエイズに感染した噂を子供たちが話している。この映画では鼻の欠けた梅毒患者が登場するが、どこかルチオ・フルチの『墓地裏の家』(一九八一年)のゾンビに似ていなくもない【図56】。八〇年代にはエイズの恐怖に人々が震撼していた。性の境界線を逸脱するゲイたちが初期に感染源とされたが、エイズ感染をめぐってさまざまな噂や物語が紡がれてゆく。エイズという記号がさまざまな意味をもたらすこの病に、ポーラ・A・トライクラーは「意味の伝染病」という名前を与えている〔一一一–四一頁〕。性革命のつけ、神の罰、娼婦が撒き散らす疫病、黒人が持ち込んだ風土病、ツタンカーメンの墓に封印されていた細菌、テロリスト撲滅のためのCIAの兵器、エイリアンがつくりだした病、ソ連の秘密兵器、伐採された熱帯雨林の復讐、世界の終末の兆候、先端免疫学が治癒すべき目標、一夫一妻性を貫けば予防できるただの性病。エイズが意味するものは多岐にわたり、恐怖がふくれあがってゆく。同様に、ITもまた恐怖に感染した子供たちの恐怖を喰い物にするのだ。
また、エイズ・メアリーによる都市伝説「エイズの世界へようこそ」も生まれた。ある女と意気投合した男は一夜をホテルで過ごす。翌朝目を覚ました男は、ベッドに女がいないことに気がつく。不審に思ってバスルームを覗くと、鏡に真っ赤なルージュの文字がある。「エイズの世界へようこそ」。男を驚愕させる赤いルージュの「緋文字《スカーレット・レター》」は、危険な女のセクシュアリティを表している。女から男への感染率は低いにもかかわらず、これまで女がエイズの感染源とされてきた。聖書のイブ以来、「感染させる女」の物語が紡がれ続けてきたのである。知恵の実という毒に最初に感染し、アダムにそれをうつしたイブは、すべての疫病の「第一号患者《ペイシェント・ゼロ》」だろう〔西山 二〇一三年 一〇三頁〕。「エイズの世界へようこそ」もその変形にすぎない。この伝説は男性たちが語れば「女性に対する集団的パラノイア」を示す物語だし、女たちが語れば「男たちに対する巧妙な復讐」の物語になる〔ブルンヴァン 一六六頁〕。日本でもこの都市伝説はまことしやかに囁かれた。二〇一五年になっても、この都市伝説をなぞる寺島祐の『エイズの世界へようこそ』（東京図書出版）のような通俗小説も出版されている。また、ゾンビを捕獲する特別福祉課の人々を描くテレビ東京のドラマ『玉川区役所 OF THE DEAD』（二〇一四年）には、ゾンビ・ウイルスの保菌者で男性たちに故意に感染させ、鏡に赤い口紅で「Welcome to Z（ゾンビの世界へようこそ）」と書く野原幸というキャラクターも登場した。

ランディ・シルツのノンフィクション『そしてエイズは蔓延した』（一九八七年）は、膨大なリサーチによって、北米大陸にエイズを蔓延させた「第一号患者《ペイシェント・ゼロ》」を突きとめたとする大著である。そこにも「エイズの世界へようこそ」と似たシーンが展開する。「第一号患者《ペイシェント・ゼロ》」として、自分がエイズであることを知りながらも、男とのセックスをやめようとしないフレンチ・カナディアン航空のスチュワードで同性愛者ガエタン・デュガが発見され、彼によってエイズが撒き散らされたと推測される。ガエタン・デュガが男と寝た後、恐怖のシーンが展開する。「バスハウスでは男のあえぎ声が止み、若い男が煙草を吸おうと身体の向きを変えた。ガエタン・デュガは明かりに手を伸ばし、相手の目が慣れるようにスイッチをゆっくりとひねり、胸の紫色の斑点をよく見ろといった。『ゲイの癌だよ』と、彼は独り言のように呟いた。『きっと君にもうつるだろう』」［一九八頁］。著者のシルツはガエタンが北米にエイズをもち込んだ張本人かどうかは保留しているが、この場面を調査の結果発見した事実だとして語っている。故意に疫病を広げようとする人間は、疫病文学のステレオタイプでもある［西山 二〇一三年 八〇–一一三頁］。人間は感染の恐怖を娯楽として消費するのだ。そして恐怖は蔓延してゆく。

八〇年代には、エイズの感染源として４Ｈ（ホモセクシュアル、ヘロイン常用者、血友病患者、ハイチ人）というレッテルがあげられた。ここにゾンビ伝説の発祥の地ハイチも含まれているわけだが、「見えないウイルス」の恐怖は、まるでＩＴが相手の恐怖に形を変えるように、ゲイやハイチ人などのマイノリティの姿を通して「可視化」されたのである。感染源やその原因を発見することは、恐怖を封じ込めて、安心することでもある。エイズ恐怖は同性愛恐怖と連結され、ゲイ差別などのマイノリティ差別へと向かっていったのである。エイズは性の境界線を攪乱するゲイがまき散らすと噂され、その恐怖は倍増したのだ。ＩＴがその姿を用いる梅毒患者は、性病感染の脅威と生きる屍のような姿が結びつき、この映画最大の恐怖のひとつでもあろう。ちなみに、英語の代名詞「ＩＴ」はドイツ語では「エス（es）」で、「エス」は精神分析用語において性的本能が宿る無意識を表す「イド（id）」を意味する。ベヴァリーの周囲の少女たちは「セックスを未知の理解できない怪物でＩＴと呼ぶ」が［一一一三頁］、性への恐怖をペニーワイズは利用している（『ＩＴ／イット――〝それ〟が見えたら、終わり。』のピエロの口や喉は「牙の生えた膣《ヴァギナ・デンターター》」そのものだ）。意識下に眠る恐怖に巧みにつけいるＩＴに対して、少年たちは立ち向かうことになる。

2 『ＩＴ／イット――〝それ〟が見えたら、終わり。』（2）
――下水道の七人と恐怖《テロ》との戦い

ときにキングは作家を主人公にする。第一部三章において、少年時代に主人公ビル・デンブロウは、ウィリアム・フォークナーの「ニューイングランド版」を書こうとする男子学生、ジョイス・キャロル・オーツを崇拝する女の子などがいる創作教室に通っている。この創作教室で「物語はたんに物語ではだめなのか」と小説の社会性や政治性を否定するビルを、教師は「ウィリアム・フォークナーはただ物語を書いているだけだと思いますか。シェイクスピアはお金儲けだけ考えていたのですか」と認めようとはしない［一二九頁］。将来ビルは念願の作家になるが、「密室のミステリーを一編、ＳＦものを三編、いくつかホラー小説を書いているが、そこには、ポー、ラヴクラフト、リチャード・マシスンらの影響が大きい」とされるように、キング自身のような存在である［一二八頁］。『ＩＴ』をメタフィクションと考えるのは難しくない。狼男、ミイラ、梅毒患者、半魚人、ラドンにまで変身できるＩＴは、「モンスター百科辞典」、「過去の恐怖物語のテクストの集積所である図書館としての作品――『ＩＴ』それ自体を表象している」と風間賢二はいう［三〇二―三〇三頁］。はり巡らされた下水道にひそむ蜘蛛のＩＴは、まさに恐怖を売るホラー小説そのものの表象、蜘蛛の糸のように縦横無尽にほかの作品と結びつく「織物（InterText）」の隠喩だ。テクストがまたほかのテクストとつながって、新たなテクストを産出するのである。この意味ではＩＴが異様な繁殖能力をもっているのも頷ける。

『ＩＴ』にはその名が言及されるフォークナーの「意識の流れ」を模した文章が混在する。風間賢二によれば、七人の登場人物の声やエピソードが圧倒的な分量で断片的に絡みあう『ＩＴ』は、ペニーワイズが道化であることからも、ミハイル・バフチンが『フランソワ・ラブレーの作品と中世・ルネッサンスの民衆文化』（一九六五年）で説いた「複数の対話《ダイアローグ》」による「カーニヴァル的」な「多声性《ポリフォニー》」小説である〔二九九頁〕。時間軸が乱れて混在する物語の断片は読者を混乱させるが、登場人物が「忘れていた」ことを「思いだす」と、次第に分断されたエピソードがつながってゆく。高山宏は子供の四肢を切断する怪物に「分節化」の暴力を見出していた〔一七二頁〕。「分節化」に対して大人になった彼らが「団結」したとき、ビル・デンブロウが吃音を直すため暗唱した言葉は、自動でタイプライターに句読点なしの「つながった」まま打ちだされ、勇気の呪文となる。そしてまた、宇宙から飛来して人類誕生以前から存在するＩＴ退治に、ビルが唱える吃音矯正の「暗唱句《じゅもん》」が使われるのは、ラヴクラフトのクトゥルフ神話小説「ダニッチの怪」（一九二九年）に対するオマージュだろう。この小説で姿の見えない怪物は、粉をかけられ触手のある蛸のような姿を現し、『ネクロノミコン』の呪文で退治されていた（ちなみに、二〇一六年九月一六日にキングはツイッターで「トランプは邪神クトゥルフだ。馬鹿げたような髪は下に触手を隠している」と発言した）。吃音矯正の「暗唱句《じゅもん》」は次のように綴られた〔九二四頁〕。

hethrusts
hisfistsagainst
thepostsandstillinsitsheseees
theghostshethrustshisfistsagainstthe（彼は拳を柱に押しつけ、幽霊が見えたといい張る、彼は拳を）

『キャリー』の超能力で高校生たちを復讐に焼き殺した少女キャリーのように、しばしばキングの主人公たちは超能力を備えているが、『IT』の子供たちはそうではない。吃音のビル、近眼のリッチイ、肥満のベン、虐待を受けたベヴァリー、喘息のエディ、ユダヤ人のスタン、黒人のマイクなど、身体や精神に障害を抱えた「弱虫連合《ルーザークラブ》」の七人である。一九八五年に大人になった彼らは、『荒野の七人』のように、再び「集合」してITと対決する。(1)子供たちはパチンコで銀の弾をITに飛ばすが、ウォーレス監督版映画では「魔法の石を投げて竜を倒す」という創作《おはなし》をビルが読み聞かせていた。「イモリの眼、ドラゴンの尾」〔四九八頁〕をもったITに立ち向かう盟約を結んだ七名の戦いは、竜を退治する「ドラゴンクエスト」となる。蛇のようで手足と翼もそなえる竜は、太古の時代から人類を脅かしてきた蛇、鷹、豹のイメージが「合成」された「恐怖の表象」である〔西山 二〇一六年 四八頁〕。ベヴァリーとの「初体験《エロス》」で団結していた六人は、ITという雌の「殺害《タナトス》」を通しても再び結びつく。エディが喘息の恐怖をすり込む母親の支配と争ったように、それは、恐るべき繁殖力で卵を産む蜘蛛の姿になったITという「恐ろしき母」との戦いだった（『キャリー』のような恐怖の母親を思いださせる）。下水道は膣道や産道のメタファーだが、子供たちはその奥に隠棲する「子宮的存在《ははなるもの》」と対決するのである。

さまざまな「恐怖の表象」に姿を変えたITに、ビルは勇気をだすために吃音矯正の暗唱句《じゅもん》を唱えて立ち向かう。ITは最後に巨大な蜘蛛になってその姿を現す。最も怖い「見えない」恐怖が「可視化」された。そう、じつは「〝それ〟が見えたら、（恐怖の）終わり」なのである。だが、同時多発テロという「スペクタクル」を世界に見せつけたビンラディンの「見える恐怖《テロ》」ではなく、黒い覆面をしたイスラム国の「見えない恐怖《テロ》」にアメリカ人たちは怯えている。顔のないビンラディンの「幽霊《スペクター》」が跳梁しているのだ。考えてみれば、独立戦争時に英国を敵として戦うことではじまり、それ以後、インディアン、黒人、共産主義者、テロリストと、その時代の恐怖が投影された敵を「リメイク」し続けて、それを封じ込め続けてきた国家、それがアメリカではなかったのか。多様な民族が団結するために、アメリカは恐怖の姿をした敵を定期的に必要としてきたのである。二七年ごとに現れては子供たちの抱く恐怖に姿を変える怪物との戦いを描く『IT／イット――〝それ〟が見えたら、終わり。』が大ヒットを記録したのは、不況や不安をメキシコ移民やテロリストに投影し、封じ込めようとしてきたブッシュやトランプの「恐怖《テロ》との戦い」を代替的に描きあげたからだろう。

『IT』では下水道という「地下／無意識」の場において、傷を負った子供たちが恐怖を克服しようとする。『IT』を成長物語と考えるのはたやすい。また、キングの短編を映画化したロブ・ライナー監督の『スタンド・バイ・ミー』（一九八六年）にも似ている。兄を亡くした主人公ゴーディ、不良の兄をもつクリス、父から虐待を受けたテディ、肥満のバーンと、心に傷のある四人の少年たちが、森で行方不明の子供の死体を見つけて英雄になろうとする。橋を渡るときに列車に轢かれそうになったり、割礼を意味するかのように沼で蛭にペニスを吸われたりと、「冥界下り」を思わせる通過儀礼を森で経験した少年たちが町に帰ってくる。ゴーディが「町が小さく違って見えた」と語り、「再生と成長」が示唆される。やがて、クリスだけが死亡し三人のその後を作家になったゴーディは回想する。だが映画版『スタンド・バイ・ミー』とは違い、「死体《ザ・バディ》」が題名のキングの原作は少々皮肉だ。大人になる前に四人のうち三人が死亡するのだから。そこに線路上の旅という通過儀礼を嘲笑するキングを発見したのは大塚英志である。大人になったゴーディはこう回想する。「私はわざわざ線路を歩いてゆくという決定を疑問に思ったことはなかった……もし、その疑問が唱えられ、線路を歩くことが却下されたら、その後に起こる悲惨なことにはならなかっただろう……私たちがさっさと行動し、ヒッチハイクの車で死体探しに行ったなら、三人は今日生きていたかもしれない」［四六一頁］。疑似的な死を経験した英雄《しょうねん》の成長が否定されるのだ。

キングの『ＩＴ』では、六人の男の子たちは、唯一の女の子のベヴァリーとセックスを体験していたが、ベヴァリーとの「初体験《エロス》」で団結していた六人は、ＩＴという雌の「殺害《タナトス》」を通してもまた結びつく。しかしながら、小説において鬼をＩＴと呼ぶ鬼ごっこの場面で「お前が鬼だ（You are It）」といわれ、ユダヤ人スタンが自殺し六人になると、「ＩＴこそが七番目だ」と書かれるように、相手の恐怖に形を変えたＩＴと戦う彼らは、自らの「邪悪な分身《ダーク・ハーフ》」を相手にしていることになる。「それはこれまで殺してきた数千人の顔をしたように、彼ら七人の顔をしていた。それが彼らなのかもしれないという考えは、全く戦慄するものだった」［四九八―四九九頁］。ちなみに、ロメロはキングの小説『ダーク・ハーフ』（一九八九年）を一九九三年に映画化したが、作家サド・ボーモントのもとに存在しないはずの彼のペンネームのジョージ・スタークが現れて、サド・ボーモントになり替わろうとする分身小説であり、ゾンビのように腐敗してゆくジョージ・スタークの姿が映像化されていた。相手の心に隠れた恐怖に姿を変えるＩＴとの戦いは、自分との戦いでもある。恐怖が自分の内部にある限り恐怖は終わらない。それゆえに、アメリカの「恐怖《テロ》との戦い」も終わりがないのだ。

3　『シェイプ・オブ・ウォーター』における四人のマイノリティ
――壁を崩すロマンス

ホラー映画史上最高の興行収入を刻んだ『ＩＴ／イット――〝それ〟が見えたら、終わり。』がこうした恐怖を追及していた時期に、モンスター映画史上、初のアカデミー作品賞に輝いたのが、『シェイプ・オブ・ウォーター』であった。この二つの映画は対極に位置する映画である。キングの『IT』において、「夕刻バッシー公園をうろつくホモの恐ろしい話」をきいていたエディは、背後からアマゾンの半魚人に追いかけられていた。「それは鼻面が長く皺だらけだ。頬の縦長い口のような黒い傷からは緑の液体が垂れている。眼は白くゼリーのようだ。水かきのある指には剃刀のような爪がある。呼吸をすると、まるで不調な器具をつけたダイバーのような泡と音がでる。エディが見ているのを知ると、そいつは黒く緑の口をあけて、巨大な牙を見せて、死人のように空虚に微笑んだ」〔二六九頁〕。悪臭を放ち、体液をしたたらせた半魚人は、エディの首に爪を喰い込ませる。『IT／イット――〝それ〟が見えたら、終わり。』では、子供たちの「恐怖の表象」として半魚人を使うITに対して七人のマイノリティたちが立ち向かったが、『シェイプ・オブ・ウォーター』は、軍の施設で働く四人のマイノリティたちが監禁された半魚人を助けだす物語なのである。

一九六二年の冷戦下のアメリカ、航空宇宙研究センターの清掃員として働く、過去の虐待の傷が首に残り声をだせないイライザは、アパートの隣人でゲイのジャイルズ、職場の同僚で黒人女性のゼルダらと一緒に生きている。(2) だが、ロシア人のホフステトラー博士が研究する半魚人に手話を教えて意思の疎通を図ったイライザは、その存在に恋するようになる。イライザたちは、障害者、黒人、同性愛者、ロシア人と、疎外されたマイノリティたちである。小説版では、職場の人間たちのフリークスのような特徴が強調されている。「ゼルダは黒人女性で太っている。ヨランダはメキシコ人で、家庭的だ。アントニオは寄り目気味のドミニカ人。混血のデュアンには歯が一本もない。ルシールはアルビノだ。そしてイライザは口が利けない」〔四四頁〕。(3) 水槽でイライザと同じポーズをし、互いに話せないという共通点を見せる半魚人は彼女の分身である。ダウン症や心神喪失や行動障害の子供たちが収容された知的障害者施設で育ったイライザは、寮母長に「救い難い小さな怪物」と呼ばれていた〔一二三頁〕。ロシアをだし抜く兵器として、半魚人の生体解剖をたくらむ警備主任ストリックランドに対して、イライザは、ジャイルズ、ゼルダ、ホフステトラーらと共に半魚人を逃がすことに成功する。そして、イライザの首

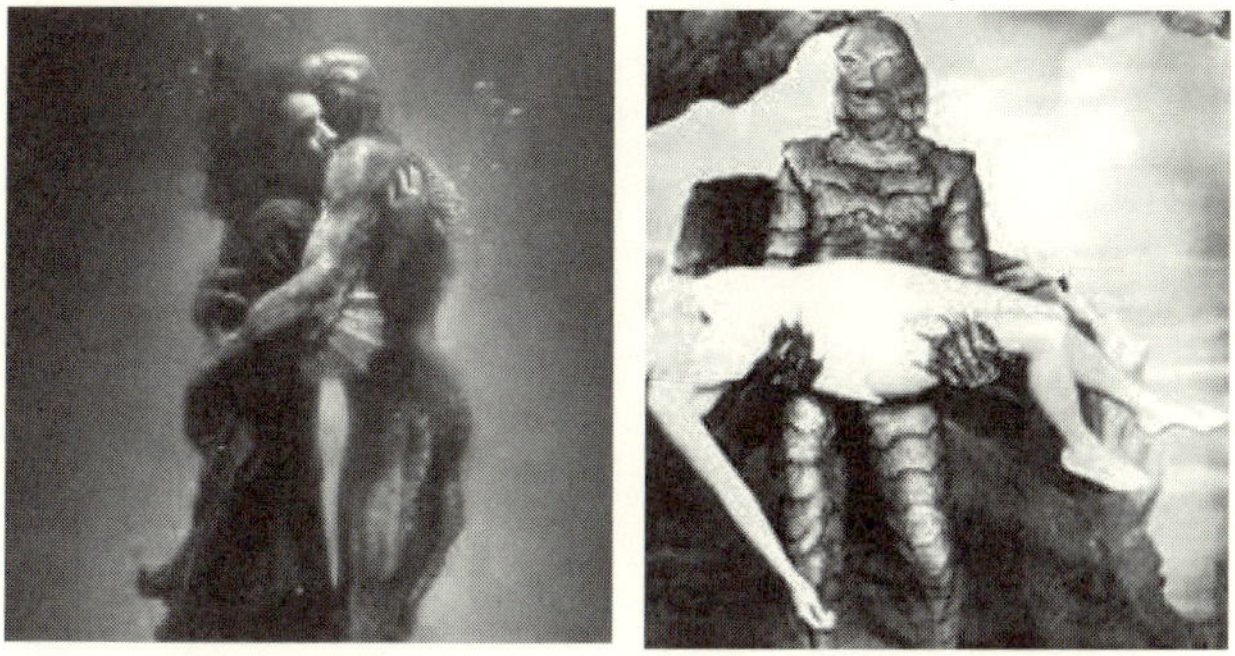

【図57】『大アマゾンの半魚人』さらわれるヒロイン（右）
『シェイプ・オブ・ウォーター』抱き合う二人（左）

の傷は魚のエラのようになり、二人は海のなかに消えてゆく。

第四章四節でみたように、『私はゾンビと歩いた!』（一九四三年）の白人女性を抱きかかえる黒人ゾンビのカラフォーは、その十年前に製作された『キングコング』（一九三三年）などでもお馴染みの図像だった。「美女と野獣」を再現する白人女性に恋したキングコングに、黒人と白人の間の混淆を見出すのはたやすいが、『私はゾンビと歩いた!』では、ゾンビがそのまま黒人であるために、人種混淆の恐怖をより直接的かつ鮮烈に喚起している。この図像は形を変えて、映画史を彷徨する。『私はゾンビと歩いた!』の十一年後に、『大アマゾンの半魚人』（一九五四年）が公開され、その翌年には『半魚人の逆襲』が続くことになる。『半魚人の逆襲』では、半魚人が捕獲されてフロリダの水族館で研究対象として見世物にされるが、その生態と知性を調査する教授の教え子ヘレンをさらって逃げだすのである。ここでも怪物が美女を抱きかかえる図像が反復される【図57】。『半魚人の逆襲』を典拠《ソース》のひとつにした『シェイプ・

オブ・ウォーター』は、半魚人とイライザが互いに愛おしく抱き合うアメリカ文化の伝統としての「異種族間の情愛」において、この図像をひっくり返したのである〔巽 二〇一八年 二一九頁〕。

『半魚人の逆襲』は半魚人が人間の女に恋をする『人魚姫』の逆バージョンであり、ヒロインをさらった半魚人は射殺され海に消えるという悲劇の結末を迎える。すでに宮崎駿監督はアンデルセンの『人魚姫』をモチーフにした『崖の上のポニョ』(二〇〇八年)において、半魚人的存在であるポニョと子供の宗助が無事に結ばれるという幸福な結末を示したが、『シェイプ・オブ・ウォーター』では、虐待を受けて声を失ったイライザが半魚人と実際にセックスまでして、かつ二人で海に消えるというおとぎ話のようなハッピーエンドが展開する。また、『ヘルボーイ』(二〇〇四年)の冒頭においてクトゥルフ神話の架空の書『妖蛆の秘密』からのエピグラフを掲げ、最後にショゴス的怪物とヘルボーイを格闘させたデル・トロは、クトゥルフ神話マニアである。そう考えると、H・P・ラヴクラフトの「インスマウスの影」(一九三六年)の主人公が半魚人となって生きてゆく結末が、デル・トロの脳裏をよぎっていたのかもしれない(三章四節参照)。しかしながら、なぜ『シェイプ・オブ・ウォーター』が監督、作品、作曲、美術と四部門のアカデミー賞を獲得できたのか。人間と半魚人の恋を扱うこのキワモノ映画がいったいどうして。この疑問が残りはしないのか。

「宇宙」という「新たなフロンティア」の開発において、一九五七年に人工衛星「スプートニク号」を先に打ちあげたソ連に遅れを取ったアメリカが巻き返そうとする東西冷戦の競争を舞台に、実験材料にされる半魚人を救おうと四人のマイノリティが対決するのは、警備主任のストリックランドである。六〇年代のアメリカニズムを体現するストリックランドは、トイレで手を洗う人間は軟弱だといい、手を洗おうとはしないが、性器には手を触れたくない潔癖主義者のようでもある。ストリックランドは半魚人を電気の流れる牛追い棒で突くし、ホフステトラーの傷口には指を突っ込むし、「突くこと」に執着を見せる男根主義者だ。彼はこの牛追い棒を自慢するときに「まるで自分のイチモツについて語っているみたいに聞こえる」と認めている〔一一七頁〕。皮肉にも半魚人に喰いちぎられた彼の指は、うまくくっつかず腐敗しているが、これは象徴的な去勢が含意されている。去勢の恐怖ゆえにストリックランドはより「突く」という行為にこだわるのである。セックスのときに「指から血がでているわ」という妻に、「何もしゃべるな」と口をふさぐストリックランドが、イライザに惹かれるのは、口がきけないからだろう。彼は女性を「沈黙した存在」だと考える男である。

また、町山智浩が映画のパンフレットで指摘するように、アメリカが豊かだった一九六二年を舞台にしたこの映画において、ストリックランドは「ポジティヴ・シンキング」の源流であるマーブル共同教会の牧師ノーマン・ヴィンセント・ピールの『積極的考え方の力』（一九五二年）を読んでいる【図58】。四一ヵ国語に翻訳され二千万部以上売れたとされるこの本は、トランプが少年時代に感銘を受け、読んだ唯一の本とされ、ピール牧師の教会で最初の結婚式まで挙げている。こうした点において、ストリックランドがトランプをもじっていたのは間違いない。この映画は一九六二年ではなく「現代の政治状況のおとぎ話」なのである。また、傷を治療する超能力をもち、原住民に神として崇拝され、アメリカでは虐待される半魚人に、キリスト的イメージを重ねるのも簡単だ。ストリックランドvsイライザたちの戦いは、まさしくトランプvs迫害される神を守ろうとするマイノリティの

【図58】トランプをもじったストリックランド

戦いを意味していたことになる。この映画がアカデミー賞審査員の左派文化人に好まれ、モンスター映画初のアカデミー作品賞を獲得したのも頷けはしないか。『IT／イット――〝それ〟が見えたら、終わり。』はトランプの「恐怖《テロ》との戦い」をITとの戦いに置き換えてグロテスクに描きあげ、それとは反対に『シェイプ・オブ・ウォーター』は少数派がトランプをだし抜く戦いを見せつけたのである。

4 『グレイテスト・ショーマン』における行進するフリークス ――「ありのままで」の政治学

怪物に関する短編を一五編収集した『モンスターズ――現代アメリカ傑作短篇集』（二〇一二年）の編者B・J・ホラーズはその序文において「モンスターのおかげで、ぼくらは笑いたいときに笑い、恐れたいときに恐怖に慄く。経済の行き先が不安定な時代に、モンスターがわがアメリカのもっとも価値ある天然資源――尽きることのない現実逃避の供給源――になりえることに気づかないでいるのは、大きな損失である」と書いている［一二頁］。この言葉は『シェイプ・オブ・ウォーター』と『IT／イット――〝それ〟が見えたら、終わり。』の大ヒットの理由をいい当てている。トランプの台頭した不安な現代において、ホラーがしっくりくるのである。現実から逃避するために。しかしながら、『IT／イット――〝それ〟が見えたら、終わり。』では疎外された子供たちがITと戦い、『シェイプ・オブ・ウォーター』ではフリークスのような職員たちが半魚人を救ったように、この二つの映画はフリークスとしての主人公たちをめぐる作品であった。さらに、ここにフリークスつながりとして興行師P・T・バーナムの生涯を描き、予想外の大ヒットを飛ばした『グレイテスト・ショーマン』（二〇一七年）を追加することにしよう。

　西部開拓の進む一八三五年にP・T・バーナムは、「生きた骸骨」と呼ばれ足が悪く盲目の黒人老婆ジョイス・ヘスを、一六一歳でジョージ・ワシントンの昔の乳母だと偽って見世物にして、その経歴を始める【図59】。足が悪くて動くことができず、まるでゾンビのような黒人老婆ジョイス・ヘスは、『ウォーキング・デッド』の下半身のないゾンビ、『バタリアン』のオバンバなどの「遠い先祖」を思わせる。バーナムはジョイス・ヘスを買い取り「所有」し、奴隷制度が禁止された北部で見世物にしたが、売り買いされるヘスは奴隷と何ら変わらない。第一章で論じたラフカディオ・ハーンの『ユーマ』のように、白人たちは「黒人乳母」を理想化して描いてきたが、ジョイス・ヘスは南北分裂の危機を迎えた一八三五年を白人と黒人が幸福だった幻想の過去につなぐと同時に、彼女の動けない盲目の「異常な身体」は、均衡のとれた完璧な頭だと骨相学者に診察され、コインや石像になって再現されたワシントンの「理想の身体」と対比されていたのだった［マクミラン 四六頁］。盲目で足の不自由な黒人老女が異常なフリークであれば、その反対の若く健康な白人男性は正常なアメリカの標準的自己となる。建国間もないアメリカで、身体的、文化的、人種的他者としての「異常な彼ら」というフリークスがつくりだされ、対極に想定される白人男性像が「正常な我ら」として集団的アイデンティティとして確立されていたのである［トムソン 五五―八〇頁］。

【図59】動けない黒人老婆ジョイス・ヘス

　一八八〇年代にバーナムは、アフリカ象「ジャンボ」を連

【図60】ひげ女たちの行進とダンス

れて専用列車でアメリカ各地を巡回し、「地上最大のショー」を名乗る「バーナム・アンド・ベイリー・サーカス」を誕生させた。ウォルト・ディズニー製作の『ダンボ』（一九四一年）はバーナムのこのサーカスをモデルにしており、耳が異常に大きく「フリーク」と呼ばれるダンボの母象の名前は「ジャンボ」である。[4] 耳を使って空を飛ぶダンボは、障害を個性に変える物語の先駆けとなる［高橋 八九―一一二頁］。『グレイテスト・ショーマン』では、親指トム将軍、シャム双生児、犬顔少年、アルビノ双子姉妹、刺青男、ヴードゥーツインズなど、バーナムゆかりのフリークスたちが、嫌がる人々の間を雄々しく「行進」してくる。そして、ひげ女が「見られても怖くないわ。言い訳もしないわ。これが私だもの」と主題歌「ディス・イズ・ミー」を歌い、全員がダンスを踊りだす感動のシーンが続く【図60】。ちなみに、主人公たちが見世物小屋でフリークスにされるトム・スターン、アレックス・ウィンター監督の『ミュータント・フリークス』（一九九三年）は、ミスター・T扮するひげ女が「これが私」だと宣言していたが、その強烈なブラックユーモアのために映画史から「抹殺」された幻のコメディである。[5]「抹殺」された映画『ミュータント・フリークス』のひげ女を復活させた『グレイテスト・ショーマン』は、フリークスの「復権」を描いている。だが、なぜだかそこにジョイス・ヘスは登場しなかった。

　バーナムはヘスの歯を抜きアルコールを飲ませて舞台にあげていたが、有名になるにつれて、過去の手記と比べると、自伝『P・T・バーナムの生涯』（一八五五年）から奴隷制を連想させる不都合な事実が「削除」され始めている〔レイス　一八三―二〇七頁〕。『グレイテスト・ショーマン』にはバーナムが関係したフリークスはわんさか現れるが、ジョイス・ヘスと彼女を買い取ったという奴隷制の匂いは「削除」された（バート・ランカスターがバーナムに扮した『バーナム――ショービズをきわめた男』（一九八六年）では、バーナムがヘスを奴隷として買い取り、死後解剖されるところまで描かれる）。『グレイテスト・ショーマン』でフリークスたちの「行進」から足の悪い黒人老婆は排除されたのである（しかし、バーナムは多くの黒人たちを見世物にしたが、その多くが富を手に入れた点からみれば、バーナムは奴隷を解放したともいえる）。『グレイテスト・ショーマン』では劇作家の白人フィリップ・カーライルと黒人空中ブランコ乗りのアン・ウィーラーの恋愛が成就する。だが、この時代に吹き荒れていたはずの南北戦争など、黒人問題への言及はない。この映画は白人に都合の良い編集がなされたバーナム自伝の二一世紀版である。ところが、バーナム自身が稀代の「詐欺師」だったことを考えると、批評家からは酷評されたものの、かなりの虚飾を交えてバーナムの人生を描いた『グレイテスト・ショーマン』こそ、皮肉にも彼の本質に近い映画だったことになる。

『グレイテスト・ショーマン』でひげ女が歌う「ディス・イズ・ミー」が大ヒットしたように、「ありのままで」の姿を認めることが最近の傾向である。『アナと雪の女王』（二〇一三年）では、周囲を凍らせてしまうために姿を隠したエルサが歌う「レット・イット・ゴー」が流行した。とりわけ日本では「ありのままで」という歌詞が社会現象になった。ところが、「レット・イット・ゴー」は原文の前後の歌詞を読むと意味が少し違う。自分の秘密が知られてしまったのだから、もう隠せない。「なりゆきにまかせよう」というニュアンスで、「ありのままで」という肯定的な感じではない。エルサの口の動きと日本語の歌詞が合っていたというが、日本人は「ありのままで」というファンタジーに飛びついた。さらに、翌年に大ヒットを記録した『ボヘミアン・ラプソディ』（二〇一八年）を並べることができる。「クイーン」のボーカルでありエイズで死亡したゲイの歌手フレディ・マーキュリーの伝記映画である。「クイーン」のメンバーたちは自分たちは社会の疎外者で音楽のなかにしか居場所がないと語るが、巨人や小人、ズール族の兵士、ゲイなど、フリークス的な人間を集めてフレディがパーティを開催するシーンすらある。この映画もフリークスたちを「ありのままで」認めることを促すのだ。

『グレイテスト・ショーマン』のフリークスたちは「ありままで」の姿で「行進」を敢行していた。だが、個性を「ありのままで」認めようとする動きは理想的であると同時に、どこかそらぞらしくもある。また、現代は本音を偽らない「ありのままで」のトランプ大統領の時代だ。トランプ大統領がメキシコとの国境に「壁」をつくろうとした時期に、メキシコ系のデル・トロ監督は『シェイプ・オブ・ウォーター』で人間と半魚人の間の「壁」に挑みかかり、ムスキエティ監督は『IT／イット――〝それ〟が見えたら、終わり。』で恐怖につけ込むITを通して、社会不安を移民に投影するトランプの「恐怖《テロ》との戦い」を描きあげた。モンスターたちは壁に立ち向かっていた。二〇一一年一〇月三日、「壁」の街の「ウォール街を占拠せよ」という格差経済や失業率を訴える抗議運動では、ゾンビのメイクでニューヨーク証券取引所を歩く抗議者もおり、「死者の行進」が繰り広げられていたのである。ゾンビは政府の支援を受け生きながらえる金融機関を揶揄していた。こうした「デモ」は「警告する《デモンストレート》」を語源にする「モンスター」の本質にふさわしい。壁を揺るがすゾンビの「行進」は続く。ファンタジーではなく、それが本当に実現するまで。

【註】

（1）戦後まもない時期に公開された『七人の侍』（一九五四年）では、丘の向こうから出現する野武士の一団がB29の編隊を連想させるように、竹槍の訓練を受けた農民が立ち向かう姿を通して、実現しなかった太平洋戦争の本土決戦を描きあげたのかもしれない。この『七人の侍』をメキシコに舞台を移したアダプテーション映画『荒野の七人』（一九六〇年）は、二〇一六年にリメイク版『マグニフィセント・セブン』が製作されている。「まるで軍隊のようだ」と称される無法者の一群に、黒人、インディアン、東洋人などのマイノリティを含む多国籍軍的ガンマンたちが「志願」して、村の自衛に立ちあがる。この映画において、アメリカで「志願」した民間兵によって英国の「軍隊」を撤退させた一七七五年の独立戦争が再現されたのである。また、『マグニフィセント・セブン』は、ダニー・ローウ監督の『DEAD7デッドセブン』（二〇一六年）としてゾンビ映画にもなった。

（2）『マイ・フェア・レディ』（一九六四年）は花売り娘のイライザが下町なまりの英語コックニーを矯正するためにレッスンを受ける「声をめぐる物語」だが、声をだせないイライザの名はこの映画に由来するのかもしれない。

（3）P・Tバーナムは人魚のミイラの見世物で名をあげたが、カーニヴァルの展示場のことを思いだすジャイルズは「しなびて黒くなった古い人魚のミイラがガラスケースに入れられていた。それは、サルの上半身に魚の尻尾を縫いつけた、ひどい代物だったんだ」と語る［三〇六頁］。

（4）スワヒリ語で「こんにちは」に当たる「ジャンボ」が「巨大な」の意味に転じたこの象は、世界で初めて列車にひかれて死んだ象にもなった。実写版『ダンボ』（二〇一九年）は、第一次世界大戦で片腕を亡くし障害者になった主人公ホルト（コリン・ファレル）とそのサーカスの仲間のマイノリティたちが、資本家に見世物にされるダンボとジャンボを救出する物語となっている。

（5）『ミュータント・フリークス』では多数のフリークスのパロディが展開するが、科学者がミミズにされたミミズ男は、『フリークス』（一九三二年）の手足のない黒人プリンス・ランディアンがモデルである。手足のないフリークスは我々の好奇心を煽ってくる。

引用文献

●外国語

Aiossa, Elizabeth.*The Subversive Zombie: Social Protest and Gender in Undead Cinema and Television*. McFarland & Company, 2018.

Austen, Jane and Seth Grahame-Smith, *Pride and Prejudice and Zombies*. Quirk Book, 2009.

Badley, Linda. "Zombie Splatter Comedy from *Dawn* to *Shaun*: Cannibal Carnivalesque." *Zombie Culture: Autopsies of the Living Dead*. Ed. Shawn McIntosh and Marc Leverette. The Scarecrow P, 2008. 35-53.

Bishop, Kyle William. *American Zombie Gothic: The Rise and Fall (and Rise) of the Walking Dead in Popular Culture*. McFarland & Company, 2010.

——.*How Zombies Conquered Popular Culture: The Multifarious Walking Dead in the 21st Century*. McFarland & Company, 2015.

Blake, Linnie. "'Everyone will Suffer' National Identity and the Spirit of Subaltern Vengeance in Nakata Hideo's *Ringu* and Gore Verbinski's *The Ring*." *Monstrous Adaptations: Generic and Thematic Mutations in Horror Film*. Ed. Richard J. Hand and Jay McRoy. Manchester UP, 2007. 209-228.

Boon, Kevin. "The Zombies as Other: Mortality and the Monstrous in the Post-Nuclear Age." *Better Off Dead: The Evolution of the Zombie as Post-Human*. Ed. Deborah Christie and Sarah Juliet Lauro. Fordham UP, 2011. 50-60.

Brickhouse, Anna. *Transamerican Literary Relations and the Nineteenth-Century Public Sphere*. Cambridge UP, 2004.

Bruce, Barbara S. "Guess Who's Going to Be Dinner: Sidney Poitier, Black Militancy, and the Ambivalence of Race in Romeo's *Night of the Living Dead*." *Race, Oppression and the Zombie: Essays on Cross-Cultural Appropriations of the Caribbean Tradition*. Eds. Christopher M. Moreman and Cory James Rushton. McFarland & Company, 2011. 60-73.

Burleson, Donald R. *Lovecraft: An American Allegory*. Hippocampus P, 2015.

Carroll, Lewis. *Alice's Adventures in Wonderland and Trough the Looking-Glass*. Penguin, 1998.

Dayan, Joan. *Haiti, History and the Gods*. U of California U, 1995.

Defoe, Daniel. *A Journal of the Plague Year*. 1722; Penguin, 2003.

Derie, Bobby. *Sex and the Cthulhu Mythos*. Hippocampus P, 2014.

Duane, Anna Mae. "Dead and Disabled: The Crawling Monsters of *The Walking Dead*." *Zombie Theory: A Reader*. Ed. Sarah Juliet Lauro. U of Minnesota P, 2017. 237-245.

Forgie, George B. *Patricide in the House Divided: A Psychological Interpretation of Lincoln and His Age*. Norton, 1978.

Gilmour, Michael J. "The Living Ward among the Living Dead: Hunting for Zombies in the Pages of the Bible." *Zombies are Us: Essays on the Humanity of the Walking Dead*. Ed. Christopher M. Moreman and Cory James Rushton. McFarland & Company, 2011. 87-99.

Grant, Barry Keith. "Talking Back *The Night of the Living Dead*: George Romero, Feminism, and the Horror Film." *Zombie Theory*. 212-222.

Hamako, Eric. "Zombie Orientals Ate My Brain!: Orientalism in Contemporary Zombie Stories." *Race, Oppression and the Zombie.* 107-123.

Hearn, Lafcadio. *American Writings: Some Chinese Ghosts, Chita, Two Years in the French West Indies, Yuma, Selected Journalism & Letters*. The Library of America. 2009.

Hurston, Zora Neale. *Tell My Horse: Voodoo and Life in Haiti and Jamaica.*1938; Harper Perennial, 1990.

Kaes, Anton. *Shell Shock Cinema: Weimar Culture and the Wounds of War*. Princeton UP, 2009.

Keresztesi, Rita. "Hurston in Haiti: Neocolonialism and Zombification." *Race, Oppression and the Zombi*e. 31-41.

King, Stephen. *It*. 1986; Hodder, 2017.

——. *Different Seasons*. 1982; Scribner, 2016.

Kirby, Lynne. *Parallel Tracks: The Railroad and Silent Cinema*. U of Exeter P, 1997.

Kordas, Ann. "New South, New Immigrants, New Women, New Zombies: The Historical Development of the Zombie in American Popular Culture." *Race, Oppression and the Zombie*. 15-30.

Laist, Randy. "Soft Murders: Motion Pictures and Living Death in *Diary of the Dead*." *Generation Zombie: Essays on the Living Dead in Modern Culture*. Ed. Stephanie Boluk and Wylie Lenz. Mcfarland & Company, 2011. 101-112.

Lauro, Sarah Juliet. and Karen Embry. "A Zombie Manifesto: The Nonhuman Condition in the Era of Advanced Captitalism." boundary 2: *An International Journal of Literature and Culture*. 35.1 (2008): 85-108.

Lévy, Maurice. *Lovecraft: A Study in the Fantastic.* Tran. S. T. Joshi. Wayne UP, 1988.

Marcus, Laura. *Dreams of Modernity: Psychoanalysis, Literature, Cinema*. Cambridge UP, 2014.

McMillan, Uri. *Embodied Avatars: Genealogies of Black Feminist Art and Performance*. New York UP, 2015.

Melville, Herman. *Moby Dick; or The Whale*. 1851; Penguin, 1992.

Mercer, Kobena. "Monster Metaphors: Notes on Michael Jackson's *Thriller*." *Sound & Vison: The Music Video Reader*. Ed. Simon Frith, Andrew Goodwin and Lawrence Grossberg. Routledge, 1993.

Migliore, Andrew. and John Strysik. Ed. *The Lurker in the Lobby: A Guide to the Cinema of H. P. Lovecraft*. Night Shade Books, 2006.

Miller, Cynthia J. "The Rise and Fall-and-Rise of the Nazi Zombie in Film." *Race, Oppression and the Zombie*. 139-148.

Muntean, Nick. "Nuclear Death and Radical Hope in *Dawn of the Dead* and *On the Beach*." *Better Off Dead*. 81-97.

Moreno-Garcia, Silvia. *Magna Mater: Women and Eugenic Thought in Work of H. P. Lovecraft.* Dissertation. The U of Columbia. 2016.

Petley, Julian."The Unfilmable? H. P. Lovecraft and the Cinema." *Monstrous Adaptations*. 35-47.

Poe, Edgar Allan. *Edgar Allan Poe, Tales and Sketches, Volume 1: 1831-1841*. Ed. T. O. Mabbott. U of Illios P, 1978.

Price, Robert M. "Homosexual Panic in 'The Outsider.'" *Crypt of Cthulhu.* 8 (1982) : 11-13.

Reinert, Sophus A. "The "Economy of Fear: H.P. Lovecraft on Eugenics, Economics and the Great Depression." *Horror Studies.* 6.2 (2015): 255-282.

Reiss, Benjamin. *The Showman and the Slave: Race, Death, and Memory in Barnum's America.* Harvard UP, 2001.

Rhodes, Gary D. *White Zombie: Anatomy of a Horror Film*. McFarland & Company, 2001.

Sands, Robert C. "The Black Vampyer: A Legend of Saint Domingo." *Best Vampire Stories 1800-1849: A Classic Vampire Anthology.* Ed. Andrew Barger. Bottletree, 2011.149-170.

Seabrook, William. *The Magic Island.* 1929; Dover Publications, 2016.

Selzer, Richard. "A Mask on the Face of Death: As AIDS Ravages Haiti, A U.S. Doctor Finds a Taboo against Truth." *Life* (August 1987): 58-64.

Senn, Bryan. *Drums O' Terror: Voodoo in the Cinema.* Luminary P, 1998.

Shakespeare,William. *The Tempest. The Oxford Shakespeare: The Complete Works*. Eds. Stanley Wells and Gray Taylor. Clarendon P, 1988.

Shelley, Mary. *Frankenstein*. Ed. Johanna M. Smith. 1818; Norton, 2000.

——. *The Last Man*. 1826; The Bantam Books, 1994.

Shilts, Randy. *And the Band Played on: Politics, People, and the ADIS Epidemic*. St. Martin's P, 1987.

Smith, Angela M. *Hideous Progeny: Disability, Eugenics and Classic Horror Cinema*. Columbia UP, 2011.

Stevenson, Robert Louis.T*he Strange Case of Dr Jekyll and Mr Hyde and Other Tales of Terror.* Ed. Robert Mighall. Penguin, 2002.

Stoker, Bram. *Dracula*. Ed. Nina Auerbach and David J. Skal. 1897; Norton, 1997.

Thomson, Rosemarie Garland. *Extraordinary Bodies: Figuring Physical Disability in American Culture and Literature*. Columbia UP, 1997.

Treichler, Paula A. *How to Have Theory in an Epidemic: Cultural Chronicles of AIDS*. Duke PU, 1999.

Telotte, J. P. "A Little Bit Savage: *Stagecoach* and Racial Representation." *John Frod's Stagecoach*. Ed. Barry Keith Grant. Cambridge UP, 2003. 113-131.

Young, Elizabeth. *Black Frankenstein: The Making of an American Metaphor*. New York UP, 2008.

Wetmore Jr., Kevin J. *Back from the Dead: Remakes of the Romero Zombie Films as Markers of Their Times.* McFarland & Company, 2011.
Will, Barbara. "The Nervous Origins of American Western." *American Literature.* 70.2 (Jun 1998): 293-316.

◉日本語

アトリエ・セントー『鬼火――フランス人ふたり組の日本妖怪紀行』駒形千夏訳、祥伝社、二〇一七年。

新井潤美「イギリスからハリウッドとボリウッドへ――ジェイン・オースティンの作品と翻案」小川公代・村田真一・吉村和明編『文学とアダプテーション――ヨーロッパの文化的変容』春風社、二〇一七年。九一―一一一頁。

アレンズ、W・『人喰いの神話――人類学とカニバリズム』折島正司訳、一九七九年、岩波書店、一九八二年。

伊藤正範「イギリスのゾンビ映画と一九世紀小説における群集表象」『商学論及 六三号（四）』関西学院大学商学研究会、二〇一六年。九五―一一三頁。

伊東美和編『別冊映画秘宝 ゾンビ映画大マガジン』洋泉社、二〇一一年。

――・山崎圭司・中原昌也『ゾンビ論』洋泉社、二〇一七年。

一柳廣孝・近藤瑞木『幕末明治百物語』国書刊行会、二〇〇九年。

稲生平太郎『定本 何かが空を飛んでいる』一九九二年、国書刊行会、二〇一三年。

――・高橋洋『映画の生体解剖――恐怖と恍惚のシネマガイド』洋泉社、二〇一四年。

今村昌弘『屍人荘の殺人』東京創元社、二〇一七年。

岩田和男「アダプテーションを間《インター》メディア性から考える――「運動」の表象をめぐって」岩田和男・武田美保子・武田悠一編『アダプテーションとは何か――文学／映画批評の理論と実践』世織書房、二〇一七年。八二―一一八頁。

遠藤徹『スーパーマンの誕生――KKK・自警主義・優生学』新評論、二〇一七年。

オースティン、ジェイン&セス・グレアム＝スミス『高慢と偏見とゾンビ』安原和見訳、二見書房、二〇一〇年。

大樹連司『オブザデッド・マニアックス』小学館、二〇一一年。

大塚英志『「捨て子」たちの民俗学――小泉八雲と柳田國男』角川選書、二〇〇六年。

――：「スティーヴン・キングの物語論的方法とそのミもフタもなさについて」『ユリイカ 特集スティーヴン・キング――ホラー時代の教祖』青土社、一九九〇年一一月。一一九―一二五頁。

――：森美夏編『八雲百怪二巻』角川書店、二〇〇九年。

――：森美夏編『八雲百怪三巻』角川書店、二〇一七年。

岡本健(1)『ゾンビ学』人文書院、二〇一七年。

――：(2)「なぜ、私たちはゾンビを求めるのか」『ケトル vol.38 特集ゾンビが大好き！ 八月号』太田出版、二〇一七年。二八―三一頁。

小澤英実「走るな、死ね、甦れ――アメリカゾンビ考」『ユリイカ 特集ゾンビ ヴードゥー、ロメロからマンガ、ライトノベルまで』青土社、二〇一三年二月。一〇三―一一〇頁。

小野俊太郎(1)『未来を覗くH・G・ウェルズ――ディストピアの現代はいつ始まったか』勉誠出版、二〇一六年。

――：(2)『ドラキュラの精神史』彩流社、二〇一六年。

――：『太平洋の精神史――ガリヴァーから『パシフィック・リム』へ』彩流社、二〇一八年。

風間賢二『スティーヴン・キング――恐怖の愉しみ』筑摩書房、一九九六年。

加藤幹郎『映画ジャンル論――ハリウッド的快楽のスタイル』平凡社、一九九六年。

――：『映画とは何か』みすず書房、二〇〇一年。

川崎公平「お化けという運動――怪談映画の死と再生」北村匡平・志村三代子編『リメイク映画の創造力』水声社、二〇一七年。二四三―二七四頁。

ガン、ジェイムズ『死者の夜明け――ドーン・オブ・ザ・デッド』入間眞訳、二〇〇四年、竹書房、二〇〇四年。

キットラー、フリードリヒ『ドラキュラの遺言――ソフトウェアなど存在しない』原克ほか訳、一九九三年、産業図書、一九九八年。

京極夏彦「『狂歌百物語』の妖怪」京極夏彦文・多田克己編『妖怪画本――狂歌百物語』国書刊行会、二〇〇八年。五一─一五頁。

グールド、スティーヴン・J・『人間の測りまちがい──差別の科学史』鈴木善次・森脇靖子訳、一九八一年、河出書房新社、一九八九年。

クラカウアー、ジークフリート『カリガリからヒトラーへ──ドイツ映画一九一八─一九三三における集団心理の構造分析』丸尾定訳、一九七〇年。

グリーン、グレアム『喜劇役者』田中西二郎訳、一九六六年、早川書房、一九六七年。

ケヴルズ、ダニエル・J・『優生学の名のもとに──「人類改良」の悪夢の百年』西俣総平訳、一九八九年、朝日新聞社、一九九三年。

坂手洋二『坂手洋二戯曲集　神々の国の首都／漱石とヘルン』彩流社、二〇一八年。

さくら剛『(推定3000歳の) ゾンビの哲学に救われた僕 (底辺) は、クソッタレな世界をもう一度、生きることにした』ライツ社、二〇一七年。

ショウォールター、E・『性のアナーキー──世紀末のジェンダーと文化』富山太佳夫・上野直子ほか訳、一九九〇年、みすず書房、二〇〇〇年。

庄司宏子「ハイチという妖怪──ロバート・C・サンズの『黒い吸血鬼──サント・ドミンゴの伝説』にみるムラートの表象」福田敬子・上野直子・松井優子編『憑依する英語圏テクスト──亡霊・血・まぼろし』音羽書房鶴見書店、二〇一八年。二五頁─四九頁。

スカル、デイヴィッド・J・『モンスター・ショー──怪奇映画の文化史』栩木玲子訳、一九九三年、国書刊行会、一九九九年。

──・エリアス・サヴァダ『「フリークス」を撮った男──トッド・ブラウニング伝』遠藤徹・河原真也・藤原雅子訳、一九九五年、水声社、一九九九年。

杉浦清文「ゾンビにまつわる本当にあった (かもしれない) 話──ジーン・リースとエドウィージ・ダンティカ」杉浦清文・武井暁子・林久博編著『教養小説、海を渡る (中京大学文化科学叢書19)』音羽書房鶴見書店、二〇一八年。一四九─一八七頁。

スキップ、ジョン「ジミー・ジェイ・バクスターの最後で最高の日」ジョナサン・メイベリー、ジョージ・A・ロメロ編『ナイツ・オブ・ザ・リビングデッド——死者の章』阿部清美訳、竹書房、二〇一七年、一六一―一九一頁。

鈴木光司『リング』角川書店、一九九一年。

スターケン、マリタ『アメリカという記憶——ベトナム戦争、エイズ、記念碑的表象』岩崎稔・杉山茂・千田有紀ほか訳、一九九六年、未來社、二〇〇四年。

ストールワース、ロン『ブラック・クランズマン』丸屋九兵衛監修、鈴木沓子・玉川千絵子訳、二〇一四年、PARCO出版、二〇一九年。

高橋ヨシキ『暗黒ディズニー入門』コアマガジン、二〇一七年。

高山宏「それは繰り返す——『イット』を読む」『ユリイカ 特集スティーヴン・キング』一七〇―一七八頁。

多田克己『百鬼解読——妖怪の正体とは？』講談社、一九九九年。

巽孝之『メタファーはなぜ殺される——現在批評講義』松柏社、二〇〇〇年。

——.『リンカーンの世紀——アメリカ大統領たちの文学思想史』青土社、二〇〇二年。

——.「ハイジャック・ナラティヴ降臨」セス・グレアム＝スミス『ヴァンパイアハンター・リンカーン』赤尾秀子訳、二〇一〇年、新書館、二〇一一年。五一八―五三〇頁。

——.「今、日本で、アメリカ文学にどう取り組むか？——学問と批評のインターフェイス」日本英文学会（関東支部）編『教室の英文学』研究社、二〇一七年。一〇―二〇頁。

——.『パラノイドの帝国——アメリカ文学精神史講義』大修館書店、二〇一八年。

谷口功一「ゾンビ研究事始」ダニエル・ドレズナー『ゾンビ襲来——国際政治理論で、その日に備える』谷口功一・山田高敬訳、二〇一一年、白水社、二〇一二年。一五七―二〇五頁。

——.「フィロソフィア・アポカリプシス——ゾンビ襲来の法哲学」『ユリイカ　特集ゾンビ ブードゥ、ロメロからマンガ、ライトノベルまで』一九一―一九六頁。

ダワー、ジョン・W『敗北を抱きしめて 下——第二次大戦後の日本人』三浦陽一・高杉忠明・田代泰子訳、一九九九年、岩波書店、二〇〇一年。

デイヴィス、ウェイド『蛇と虹――ゾンビの謎に挑む』田中昌太郎訳、一九八五年、草思社、一九八八年。

トス、ジェニファー『モグラびと――ニューヨーク地下生活者たち』渡辺葉訳、一九九三年、集英社、一九九七年。

富山太佳夫『ダーウィンの世紀末』青土社、一九九五年。

――.『ポパイの影に――漱石・フォークナー・文化史』みすず書房、一九九六年。

トロ、ギレルモ・デル、ダニエル・クラウス『シェイプ・オブ・ウォーター』阿部清美訳、竹書房、二〇一八年。

西成彦『ラフカディオ・ハーンの耳』岩波書店、一九九三年。

――.「マルティニーク」『小泉八雲事典』平川祐弘監修、恒文社、二〇〇〇年。六〇四―六〇七頁。

――.『耳の悦楽――ラフカディオ・ハーンと女たち』紀伊國屋書店、二〇〇四年。

西山智則「ノリスとギルマンにおける結婚、出産の政治学」『人文論究　第四七号第三巻』関西学院大学文学部、一九九七年。二〇八―二二二頁。

――.『恐怖の君臨――疫病・テロ・畸形のアメリカ映画』森話社、二〇一三年。

――.「映画における放射能汚染の表象」『パンデミック――病の文化史』人間と歴史社、二〇一四年。

――.『恐怖の表象――映画／文学における〈竜殺し〉の文化史』彩流社、二〇一六年。

――.『エドガー・アラン・ポーとテロリズム――恐怖の文学の系譜』彩流社、二〇一七年。

野原祐吉『ゾンビ・サーガ――ジョージ・A・ロメロの黙示録』ABC出版、二〇一〇年。

ハーン、ラフカディオ『ラフカディオ・ハーン著作集　第一巻　アメリカ雑録』平川祐弘・仙北谷晃一ほか訳、恒文社、一九八〇年。

――.『さまよえる魂のうた――小泉八雲コレクション』池田雅之訳、ちくま文庫、二〇〇四年。

――.『骨董・怪談――個人完訳 小泉八雲コレクション』平川祐弘訳、河出書房新社、二〇一四年。

橋本順光「ラフカディオ・ハーンの時事批評と黄禍論」平川祐弘・牧野陽子編『ハーンの文学世界――講座小泉八雲II』新曜社、二〇〇九年。五四三―五五九頁。

長谷正人『映画というテクノロジー経験』青弓社、二〇一〇年。

ハッチオン、リンダ『アダプテーションの理論』片渕悦久・鴨川啓信・武田雅史訳、二〇〇六年、晃洋書房、二〇一二年。

波戸岡景太『映画原作派のためのアダプテーション入門――フィッツジェラルドからピンチョンまで』彩流社、二〇一七年。

羽田圭介『コンテクスト・オブ・ザ・デッド』講談社、二〇一六年。

ハワード、ロバート・E・「鳩は地獄から来る」『黒の碑《いしぶみ》――クトゥルー神話譚』夏来健次訳、一九八七年、創元推理文庫、一九九一年。二九三―三四六頁。

東雅夫「誰のために〈食屍鬼〉は食らうのか」『別冊宝島四五七 もっと知りたいホラーの愉しみ!――吸血鬼ドラキュラの系譜からシリアルキラー・パニックの真実まで!』宝島社、一九九九年。二〇三―二一一頁。

――・「ラザロの裔《すえ》――生きる死者《リビング・デッド》たちの文学誌」伊東美和編『ゾンビ映画大事典』洋泉社、二〇〇三年。六八―八一頁。

東野真『昭和天皇――二つの「独白録」』NHK出版、一九九八年。

ヒューム、ピーター『征服の修辞学――ヨーロッパとカリブ海先住民、一四九二―一七九七年』岩尾龍太郎ほか訳、一九八六年、法政大学出版局、一九九五年。

ファウラー、カレン・ジョイ『ジェイン・オースティンの読書会』矢倉尚子訳、二〇〇四年、白水社、二〇〇六年。

福田安佐子「ゾンビはいかに眼差すか」『ディアファネース――芸術と思想(四号)』京都大学大学院人間・環境学研究科岡田温司研究室、二〇一七年。七一―九四頁。

藤田直哉『新世紀ゾンビ論――ゾンビとは、あなたであり、わたしである』筑摩書房、二〇一七年。

――・「『ワールド・ウォーZ』――ポスト・トゥルースはゾンビが担う」『現代思想 臨時増刊号 総特集=現代を生きるための映像ガイド51』青土社、二〇一八年三月、五〇―五三頁。

藤原万巳「増殖する雪おんな――『雪おんな』小論」『ユリイカ 増頁特集ラフカディオ・ハーン』青土社、一九九五年四月。二八三―二八九頁。

ブラウン、S・G・『ぼくのゾンビ・ライフ』小林真理訳、二〇〇九年、太田出版、二〇一一年。

ブルンヴァン、ジャン・ハロルド『くそっ!なんてこった――「エイズの世界へようこそ」はアメリカから来た都市伝説』行方均訳、一九八九年、新宿書房、一九九二年。

細川美苗「歴史の果ての異界――メアリー・シェリーの『最後のひとり』」『路と異界の英語圏文学』森有礼・小原文衛編、大阪教育図書、二〇一八年。一二九―一五〇頁。

ホラーズ、B・J・『モンスターズ――現代アメリカ傑作短篇集』古屋美登里訳、二〇一二年、白水社、二〇一四年。

ボルディック、クリス『フランケンシュタインの影の下に』谷内田浩正・山本秀行ほか訳。一九八九年、国書刊行会、一九九六年。

ホワイトヘッド、H・S・『ジャンビー』荒俣宏訳、国書刊行会、一九七七年。

牧野陽子『〈時〉をつなぐ言葉――ラフカディオ・ハーンの再話文学』新曜社、二〇一一年。

マクワーター、キャメロン、オウエン・フィンセン『『怪談』以前の怪談――小泉八雲ことラフカジオ・ハーン:記者時代の原稿選集　シンシナティ・インクワイアラー紙:一八七二―一八七五年』高橋経訳、同時代社、二〇〇四年。

正木恒夫『植民地幻想――イギリス文学と非ヨーロッパ』みすず書房、一九九五年。

増子和男「のっぺらぼう考――中國古典文學の視點から(上)」『中国詩文論叢　第二十五集』中國詩文研究會、二〇〇六年。一九五―二〇六頁。

マティスン、リチャード『異色作家短篇集九　一三のショック』一九五五年、吉田誠一訳、早川書房、一九七六年。

増田展大『科学者の網膜――身体をめぐる映像技術:一八八〇年―一九一〇年』青弓社、二〇一七年。

町山智浩『最も危険なアメリカ映画――『國民の創生』から『バック・トゥ・ザ・フューチャー』まで』集英社インターナショナル、二〇一六年。

モジッグ、ダーク・W・「『アウトサイダー』の四つの顔」S・T・ヨシ、アンソニー・レイヴン編『真ク・リトル・リトル神話大系　第八巻』片岡しのぶ訳、国書刊行会、一九八四年。一八一―二一三頁。

森有礼「『悪魔のいけにえ』を観るフォークナー――都市伝説、ロード・ナラティヴ、『サンクチュアリ』」『路と異界の英語圏文学』三–二六頁。

森茂起『トラウマの発見』講談社、二〇〇五年。

柳下毅一郎「〈半分人間〉に憑かれた孤高の映画作家」『別冊宝島 四五七 もっと知りたいホラーの愉しみ!』一四七–一五〇頁。

山田幸代「モンスターとは誰か?――ポストコロニアル批評と小説『フランケンシュタイン』」『増殖するフランケンシュタイン――批評とアダプテーション』武田悠一・武田美保子編著、彩流社、二〇一七年。一〇五–一二五頁。

横山孝「ポーの『黒猫』とホラー映画」『New Perspective 一九三号』新英米文学会、二〇一一年。一六–二〇頁。

詠坂雄二『乾いた屍体は蛆も湧かない』講談社、二〇一〇年。

ラヴクラフト、H・P・『ラヴクラフト全集1~7』東京創元社。

ラックハースト、ロジャー『ゾンビ最強完全ガイド』福田篤人訳、二〇一五年、エクスナレッジ、二〇一七年。

リース、ジーン『サルガッソーの広い海』『灯台へ/サルガッソーの広い海(池澤夏樹=個人編集 世界文学全集Ⅱ–01)』鴻巣友季子・小沢瑞穂訳、河出書房新社、二〇〇九年。

ルイス、ポール文・ケン・ラマグ絵『ゾンビで学ぶAtoZ――来るべき終末を生き抜くために』伊藤詔子訳、二〇一七年、小鳥遊書房、二〇一九年。

ローゼン、アラン「胃袋から心へ――ハーンと食のグロテスク」西成彦訳、一九九四年、『ユリイカ 増頁特集 ラフカディオ・ハーン』八三–九九頁。

鷲巣義明「『ランド・オブ・ザ・デッド』が示した新たなロメロゾンビの可能性」川田修発行『ゾンビ・マニアックス――ジョージ・A・ロメロとリビングデッドの世界』徳間書店、二〇一四年。一四六–一四九頁。

1990年代

『ナイト・オブ・ザ・リビングデッド／死霊創世記』（1990）／『マスターズ・オブ・ホラー──悪夢の狂宴』（1990）／『ブラック・デモンズ』（1991）／『ブレインデッド』（1992）／『バタリアン リターンズ』（1993）／『デモンズ95』（1994）

『羊たちの沈黙』（1991）／『リング』（1998）／『ブレア・ウィッチ・プロジェクト』（1999）

2000年代

『バイオハザード』（2002）／『28日後…』（2002）／『ショーン・オブ・ザ・デッド』（2004）／『ドーン・オブ・ザ・デッド』（2004）／『ランド・オブ・ザ・デッド』（2005）／『ゾンビーノ』（2007）／『REC／レック』（2007）／『ダイアリー・オブ・ザ・デッド』（2008）／『サバイバル・オブ・ザ・デッド』（2009）／『ゾンビランド』（2009）

『クローバーフィールド／HAKAISHA』（2008）

2010年代

『ウォーキング・デッド』（2010～）／『大江戸りびんぐでっど』（2010）／『ゾンビ大陸アフリカン』（2010）／『ロンドンゾンビ紀行』（2012）／『ウォーム・ボディーズ』（2013）／『ワールド・ウォーZ』（2013）／『ライフ・アフター・ベス』（2014）／『マギー』（2015）／『屍者の帝国』（2015）／『新感染ファイナル・エクスプレス』（2016）／『高慢と偏見とゾンビ』（2016）／『アイアムアヒーロー』（2016）／『ディストピア──パンドラの少女』（2016）／『セル』（2016）／『死霊のえじき──ブラッドライン』（2018）

『死霊館』（2013）／『IT／イット──“それ”が見えたら、終わり。』（2017）／『シェイプ・オブ・ウォーター』（2017）

主なゾンビ映画年表
および重要ホラー映画（下段）

1910年代から1950年代

『ホワイト・ゾンビ』（1932）／『私はゾンビと歩いた！』（1943）／『プラン9・フロム・アウタースペース』（1959）

『宇宙戦争』（1953）／『放射能X』（1954）／『ゴジラ』（1954）／『半魚人の逆襲』（1955）／『ボディ・スナッチャー／恐怖の街』（1956）

1960年代

『恐怖の足跡』（1962）／『地球最後の男』（1964）／『ナイト・オブ・ザ・リビングデッド』（1968）／『吸血ゾンビ』（1966）

『鳥』（1963）

1970年代

『エルゾンビ／死霊騎士団の覚醒』（1971）／『ホラー・エクスプレス／ゾンビ特急地獄行き』（1972）／『死体と遊ぶな子供たち』（1972）／『悪魔の墓場』（1974）／『デッド・オブ・ナイト』（1974）／『ゾンビ』（1978）／『サンゲリア』（1979）

『エクソシスト』（1973）／『悪魔のいけにえ』（1974）／『ハロウィン』（1978）

1980年代

『地獄の謝肉祭』（1980）／『ナイトメア・シティ』（1980）／『人間解剖島／ドクター・ブッチャー』（1980）／『ゾンビ３』（1981）／『ナチス・ゾンビ／吸血機甲師団』（1981）／『ゾンゲリア』（1981）／『死霊のはらわた』（1981）／『スリラー』（1983）／『霊幻道士』（1985）／『デモンズ』（1985）／『バタリアン』（1985）／『死霊のえじき』（1985）／『ZOMBIO／死霊のしたたり』（1985）／『新・死霊のはらわた』（1989）／『ゾンビ伝説』（1988）／『ペット・セメタリー』（1989）

『13日の金曜日』（1980）／『エルム街の悪夢』（1984）／『エイリアン2』（1986）

あとがき

僕の研究室には多くのビデオテープが残っている。ＤＶＤへの移行で消えていったビデオテープだが、渋谷や代官山の蔦屋書店では、希少な作品はビデオテープのレンタルとして残っている。なかなか楽しいことだ。ビデオテープがホラー映画の普及に及ぼした功績は大きい。最初に観たゾンビ映画について記憶をたどってみると、中学二年生の夏休みの最後の日にレンタルビデオとして借りた『ナイト・オブ・ザ・リビングデッド』だったように思う。夏の終わりの鬱な気分にさらに拍車がかかった。一九八九年には東京・埼玉連続女子児童殺害事件の宮崎勤が逮捕されている。ビデオが山積みの部屋が公開され、アニメやホラー映画の有害性が煽られていった。だが、宮崎が所有した五七〇〇本のビデオの数に比べて、ホラーやロリコンものはむしろ少数であり、彼のコレクションの一貫性のなさを問題にすべきだったともいわれる。僕の研究室も宮崎の部屋に負けていない。ついでにいうと、僕は関西学院大学の英米文学科の出身で、研究室の先輩には一九八一年にパリでオランダ人女性を射殺し、料理して食べた「和製ハンニバル・レクター」佐川一政がいる。二〇一〇年の八月二日の「阿佐ヶ谷ロフト」で佐川がコメンテーターを務めたトークイベントを聞いた。女性を食べるという許されない罪を犯した佐川一政は、今度は自分をメディアに消費《たべ》させたのである。

さて僕とゾンビのつながりだが、僕が少年時代を過ごした一九八〇年代は、レンタルビデオの最盛期でスプラッター映画ブームの渦中にあった。愛媛県の新居浜市という地方都市で育ったために、劇場で映画を観る機会は少なく、ほとんどの映画はビデオだった。ビデオテープを通して僕はゾンビ映画に出会った。お気に入りを三本あげるとなると、やはりメジャーだが、『ゾンビ』『サンゲリア』『バタリアン』になるだろうか。とりわけ、『サンゲリア』のルチオ・フルチ監督の映画は、映画よりも音楽が切なくて好きだ。そんなゾンビへの思いを「解剖《アナトミー》」してみたいと思った。関西学院大学の英米文学科でエドガー・アラン・ポーの「アッシャー家の崩壊」や「黒猫」で卒業論文を書き、その後もポーの研究を続けていたので、どこか「生きる屍」とは縁があったのだろうか。そもそも、ポーに興味を抱くきっかけは、両親が買い揃えてくれた偕成社の『少年少女世界の名作　全五〇巻』（一九六五年）収録の死んだはずのマデリンが蘇る「アッシャー家の崩壊」だったのだから、どうやら子供の頃から、ゾンビに対してどこかあこがれがあったのかもしれない。本書で問うたのは、なぜ我々はゾンビに惹かれるのか。とりわけ、なぜこの時代にだが、その答えが少しでもでていることを望みたい。

本書を執筆中に「新宿ロフト・プラスワン」で開催された二〇一八年一二月三日の「『ゾンビ』クレイジーズ決起集会二〇一八！――ノーマン・イングランドのロメロ聖地探訪極秘レポート」を拝聴すると、何とコアなロメロのマニアが多いのかと驚愕した。伊東美和や高橋ヨシキなどのゾンビ研究の大家も登壇し、『ゾンビ』のことが語りまくられた。映画ライターのノーマン・イングランドは『ゾンビ』の全セリフを覚えており、現在は解体されてしまった舞台のモンローヴィル・モールに行って、こっそり自分で『ゾンビ』の名シーンを再現した映像を見せるという徹底ぶりである。こうした熱狂的ファンに圧倒されながらも、断念せずに僕は僕なりのゾンビ論を本にしようと続けてみた。とにかく、ゾンビに関しては研究文献が氾濫しており、すぐに研究室の一角がゾンビ（本）に占領されてしまった。ゾンビは産業になる。Amazonという現代の秘境には、ゾンビ（本）が多数出現しているのだ。

たとえば、池谷敏郎の『血管・骨・筋肉を強くする！　ゾンビ体操』（二〇一五年）は、「基本は手をダラーンと垂らして、上半身をゆらし、足踏みするだけ。その風貌は、まるでゾンビさながら」の体操を推奨する。ゾンビ体操を続けることによって、「本書でゾンビになり、健康で長生きを目指しましょう」と宣伝しているが、ゾンビになるという比喩を肯定的に使っているのは面白い。また、『サラリーマンゾンビトムと学ぶ――ゾンビビジネス英会話』（二〇一八年）は、ビジネス英語に使う基本的な三〇の動詞とその例文をあげたよくある英語入門書だが、ゾンビと人間が共存する世界が設定され、ゾンビサラリーマン・トムのイラストを使って英会話のフレーズを学習する。本の帯の宣伝には「走れない！　強くない！　やる気ない！　そんなあなたでも簡単に逃げ切れる！　日常で使えるフレーズ集」とあり、ロメロのゾンビ・イメージが利用され、ゾンビと「あなた」が重ねられている。藤原肇の『ゾンビ政治の解体新書――魔女狩りをするゾンビへの鉄槌』（二〇一八年）は、「水面下ですでにその体制は限界を迎えながらも、ゾンビのように延命をはかる」という安倍政権の「恐怖政治」をあばくKindle版書籍で、表紙にあるゴヤの『我が子を食らうサトゥルヌス』の絵に安倍首相の顔が合成してある。かくも溢れかえるゾンビの隠喩を通して、文化言説の何が見えてくるのか、それが本書の狙いでもあった。

本書の多くの部分は書きおろしだが、出典のあるものは記しておこう。序論は『埼玉学園大学紀要　人間学部篇　第一八号』（二〇一八年）の「ゾンビ映画研究序論――アダプテーション・オブ・ザ・デッド」をもとにしている。第一章は『立教アメリカン・スタディーズ　第四一号』（二〇一九年）の掲載論文からである。第三章は『埼玉学園大学紀要　人間学部篇　第一七号』（二〇一七年）の「アメリカ文化における障害の表象――H・P・ラヴクラフトと優生学」を原形にしている。第二章、第四章、第五章は『恐怖の君臨――疫病・テロ・畸形のアメリカ映画』（森話社、二〇一三年）の「フィルムの帝国と物語の暴力——ゾンビ・家・他者恐怖」の一部が際限なく膨らんでいったものである。最終章の一部は『ユリイカ　特集スティーヴン・キング——ホラーの帝王』（青土社、二〇一七年一一月）における「『IT』に潜み棲むもの——ポー、ラヴクラフト、キングの恐怖の血脈にて」からである。原形なきほど大幅に書き直している章が少なくない。

この『ゾンビの帝国』の出版の第一歩は、二〇一八年三月二四日の慶応義塾大学にて日本アメリカ文学会東京支部での発表「恐怖の世紀におけるメディア表象——G・A・ロメロとゾンビ物語の進化論」の場であった。司会をしていただいた中垣恒太郎先生には厚くお礼申しあげたい。発表を熱心に聞いてくださった小鳥遊書房の高梨治さんは、『恐怖の表象——映画／文学における〈竜殺し〉の文化史』（彩流社、二〇一六年）、『エドガー・アラン・ポーとテロリズム——恐怖の文学の系譜』（彩流社、二〇一七年）に続いて、出版を勧めていただいた。原稿が遅れたことも含め、お礼とお詫びの言葉もない。また、新田啓子先生には、二〇一八年七月一四日、立教大学アメリカ研究所主催のシンポジウム「死者再生譚とアメリカの深層——ジョージ・A・ロメロ没後一年」にお呼びいただいた。それは第二章「ラフカディオ・ハーンとゾンビ」となって結実した。新田先生にもお礼を申しあげたい。また、二〇一六年一〇月一五日、日本英文学会中部支部の第六八回大会シンポジウム『THE DEAD WALK!——ゾンビと映画／文学のクロスオーバー』（富山大学、司会講師・小原文衛、講師・細川美苗、杉浦清文、森有礼）も拝聴でき、多くの刺激をもらった。講師の方々のご研究は本書でも利用させてもらった。しかしながら、ハーンとゾンビという着眼点を最初に手に入れたのは、何を隠そう、ポー学会会長の巽孝之先生の『メタファーはなぜ殺される——現在批評講義』（松柏社、二〇〇〇年）からである。本書の『ゾンビの帝国』というタイトルが、巽先生の『パラノイドの帝国——アメリカ文学精神史講義』（大修館書店、二〇一八年）

か、伊藤計劃・円城塔の『屍者の帝国』（河出書房新社、二〇一二年）か、そのどちらを意識しているのかは定かではない。

また、卒業生の稲垣英恭君は今回も校正を手伝ってくれた。いつもありがとう。巡りあえてよかった。第三章「H・P・ラヴクラフトとゾンビ」のクトゥルフ神話についての論考は、稲垣君の埼玉学園大学二〇一六年度の優秀卒業論文「H・P・ラヴクラフト論——『クトゥルフ神話』を読み解く」から、第八章「POV映画の文化史——メディアとゾンビの関係性」のゲームについての考察は、西村真人君の二〇一七年度優秀卒業論文「一人称映像考察——POV、FPS、フェイク・ドキュメンタリーの変遷」から、それぞれいくつかヒントをもらった。また、関西学院大学の学部から博士課程後期まで僕の指導教授であった大井浩二先生にもお礼を申しあげておきたい。エドガー・アラン・ポー研究から始まり、ゾンビ研究までするとは僕も思わなかったが、半世紀以上前にすでに文学研究だけではなく、文化研究への道を開いておられたのは大井先生である。最後に、子供の頃からホラー映画ばかり観ている僕が普通に育つのか、ゾンビにならないか、子供の頃からずっと今でも心配してくれている西山慶尚・西山悦代の両親には、心からの感謝を示したい。役に立たないはずのB級映画が、こうしてちゃんと人生の役に立っている。これだから、なかなか人生は面白い。

平成もまもなく終わりになり、日本の現状に絶望し、つらいことが重なる時期に、ゾンビが僕を癒してくれた。いつものように黒猫のこーちゃんも。ゾンビになりたいとは、けっしていうまい。

皆さん、本当にありがとう。

東日本大震災から八年目　二〇一九年三月一一日

西山智則

【著者】

西山智則

（にしやま　とものり）


愛媛県新居浜市生まれ。

埼玉学園大学人間学部教授。

1999年、関西学院大学　博士課程後期文学研究科　英米文学専攻単位修得満期退学
2015年、博士（大阪大学、言語文化学）。

【主要著作】

『恐怖の君臨——疫病・テロ・畸形のアメリカ映画』（森話社、2013年）、

「映画における放射能汚染の表象」『パンデミック——〈病〉の文化史』

（人間と歴史社、2014年）、

『恐怖の表象——映画／文学における〈竜殺し〉の文化史』（彩流社、2016年）、

『エドガー・アラン・ポーとテロリズム——恐怖の文学の系譜』（彩流社、2017年）、

「『IT』に潜み棲むもの——ポー、ラヴクラフト、キングの恐怖の血脈にて」

『ユリイカ　特集スティーヴン・キング——ホラーの帝王』（青土社、2017年）。

ゾンビの帝国《ていこく》

アナトミー・オブ・ザ・デッド

2019年6月15日　第1刷発行

【著者】
西山智則

発行者：高梨 治
発行所：株式会社小鳥遊《たかなし》書房
〒102-0071　東京都千代田区富士見 1-7-6-5F
電話 03-6265-4910（代表）／FAX 03-6265-4902
http://www.tkns-shobou.co.jp

装幀　坂川朱音（朱猫堂）
印刷　モリモト印刷株式会社
製本　株式会社村上製本所

ISBN978-4-909812-12-4　C0098